德国的古典精神

Deguo de
Gudian Jingshen

◎ 李长之 著

中国社会科学出版社

图书在版编目（CIP）数据

德国的古典精神/李长之著. —北京：中国社会科学出版社，2010.7
ISBN 978-7-5004-8837-8

Ⅰ.①德… Ⅱ.①李… Ⅲ.①文学评论—德国—近代
Ⅳ.①I516.064

中国版本图书馆 CIP 数据核字（2010）第 109100 号

策　　划	纪　宏
责任编辑	张　林
特约编辑	张莉娟
责任校对	王兰馨
装帧设计	万有文化
技术编辑	戴　宽

出版发行	中国社会科学出版社		
社　　址	北京鼓楼西大街甲 158 号	邮　　编	100720
电　　话	010—84029450（邮购）		
网　　址	http://www.csspw.cn		
经　　销	新华书店		
印　　刷	北京君升印刷有限公司	装　　订	广增装订厂
版　　次	2010 年 7 月第 1 版	印　　次	2010 年 7 月第 1 次印刷
开　　本	710×1000　1/16		
印　　张	22.75		
字　　数	234 千字		
定　　价	42.80 元		

凡购买中国社会科学出版社图书，如有质量问题请与本社发行部联系调换
版权所有　侵权必究

温克耳曼

　　温克耳曼（Johann Joachim Winckelmann，1717—1768），18世纪德国著名文学家、艺术家、哲学家、考古学家

康德

伊曼努尔·康德 (Immanuel Kant, 1724—1804), 德国古典哲学的创始人, 德国古典美学的奠基者

歌德

　　歌德（Johann Wolfgang von Goethe, 1749—1832），18 世纪中叶到 19 世纪初德国乃至欧洲最重要的剧作家、诗人、思想家

歌德故居

　　坐落在德国魏玛市弗拉恩普兰大街的拐角处，是一幢米黄色的三层楼房。从 1782 年到 1832 年，歌德在这里生活了 50 个年头

席勒

席勒（Johann Christoph Friedrich von Schiller, 1759—1805），德国18世纪著名诗人、哲学家、历史学家和剧作家，德国启蒙文学的代表人物之一

席勒故居

坐落在德国魏玛市歌德故居北边，步行只需五六分钟。席勒一家在这里一直生活到1805年他去世

魏玛国家剧院前歌德和席勒像

宏保耳特

宏保耳特（Wilhelm von Humboldt, 1767—1835），德国语言学家、语文学家和政治家，被视为理论语言学和19世纪整个语言哲学系统的创始人

薛德林

薛德林（Friedrich Hölderlin, 1770—1843），德国诗人

莱辛

莱辛（Gotthold Ephraim Lessing，1729—1781），德国启蒙运动时期剧作家、美学家、文艺批评家

黑格尔

黑格尔（Georg Wilhelm Friedrich Hegel，1770—1831），德国哲学家，德国古典唯心主义的集大成者

费尔巴哈

费尔巴哈（Ludwig Andreas Feuerbach，1804—1872），德国古典哲学最后的一个伟大代表

写在前面的话

一套大师学术名著，当有一篇正大序言，就学术而言，不外乎"辨章学术，考镜源流"。大师们的著作之学术价值无须赘言，编者的文化理想与学术追求虽在丛书编选的过程中得到凸显，而编选者亦有话告于读者。

吾国有"天朝上邦，万国求拜"的傲慢，也曾有"九一八"等幕幕被践踏的历史。美国有被英国殖民统治多年的屈辱，也有莱克星敦枪声响起为独立和自由而战的荣光。日本有地小物乏的天然劣势，亦有以蕞尔小国跻身世界强国之列的自豪。历史的精彩在于其不可复制，各国以其特有的民族特性演绎着自身的兴盛与衰微；历史的残酷在于其不可彩排，各民族用自己的坚忍体验着自身的辉煌与悲怆。

史家如一沧桑老人，他们讲述了他们所能陈述的历史，诸如吕思勉《中国史》（原名为《白话本国史》）、坂本太郎《日本史》、屈勒味林《英国史》、皮埃尔·米盖尔《法国史》、比尔德《美国文明的兴起》……这便是我们的"大国历史"，望读者通过大师的作品能了解古今大国之历史，让历史之大智慧，点亮吾人心中的灯塔。然你我更需用一种平静的视野和纯真的姿态去了解过去，国家无论大小，历史无论长短，种族无论优劣，其强有时，其弱亦有时，观今宜鉴古，明其强盛之道，察其衰败之机，方是我们的目的。

"大国历史"是历史沧桑的陈述者，"大国性格"则是历史深邃的思考者。这些辉煌文明的思考者，诸如小泉八云的《日本与日本人》、鲁斯·本尼迪克特的《菊花与刀》、桑塔亚那的《美国的民族性格与信念》、爱默生的《英国人的特性》、路德维希的《德国人》、李长之的《德国的古典精神》……用他们的智慧和对生命的热情穿破了人与人、民族与民族之间的偏见和隔阂。他们用激情洋溢的智慧文字与各国文明神灵契合，不论是英国人的优雅，或法国人的浪漫，或美国人的自由，或德国人的严谨，或日本人的尚武，或吾国人的仁德。历史均是人在演绎，然而这也不过是自由与民主康庄大道上同工之异曲。

　　几千年血与泪的浸染，我们逐渐摸索出共存的规则。几千年来国家之间的交往和各民族智慧的融合，我们的人类有了一幅新的面貌。几千年来在各自道路上的奋力前行，人类已逐渐锻造出一种灵魂的宽容与融洽。你我之间是那么的陌生却熟悉，是那么的遥远却贴近。

　　触感历史的变幻，狭隘的民族主义在这个地球村落中显得那么苍白；感动人类的共融，各国的历史不再被我们误读，各民族的性格不再被我们误解。幸福的生命是我们最为纯洁的心愿，自由与民主是我们永恒的追求，文明的生命是我们最为温暖的灵魂，让我们用激情掀开这历史的一页页、一幕幕。

再版题记

于天池　　李书

　　李长之先生的《德国的古典精神》是一本谈论德国文化的著作。

　　谈论一个国家的文化并不是一件容易的事情，尤其是介绍德国的古典文化，因为其中的代表人物都是国际文化中的顶尖大师。如果这种介绍不是剪刀加浆糊，不是獭祭，人云亦云的话，那么这种介绍的前提首先是著者自身对于德国古典文化的认知，而稍对于德国文化有所认识的读者都会知道，阅读这些大师们的作品并不是轻而易举的事情，它们不仅数量庞大，而且需要"高度的硬性理智"才行。王国维先生就曾说过，他好几次读康德的著作都没有读完——因为晦涩难懂啊。王国维先生都读不下去，何况是我辈！可是据我们所知，长之先生在清华大学读书期间，就已经把温克耳曼、康德、歌德、席勒、宏保尔特等人的著作基本读完，其中即包括康德的三大批判，而且，他阅读的不是译本，而是德文原著！

《德国的古典精神》虽然是1943年由东方出版社出版的,但除去《歌德对于人生问题的解答与收获》一篇,都是当日才二十几岁的长之先生在清华大学就读期间的心得。我们不敢说长之先生有多么天才,只是想说,即使是在现如今,能够负责任地介绍德国的古典文化的学者也是凤毛麟角。这是半个世纪之后,《德国的古典精神》一书仍然可以承担着介绍德国古典文化的责任再版的原因吧。

谈一个国家的文化,长之先生有一个明确的观点,就是"谈一国的文化时,须就其最高的成就立论,而不能专就低处看。文化是人类精神活动的最高的也是最后的结晶,只有这,才是文化"。"我们所据以衡量法国文化的当然是笛卡儿与卢梭,据以衡量德国文化的当然是康德与歌德,据以衡量英国文化的就是牛顿和达尔文或者莎士比亚了。谈中国文化时又何独不然?我们不谈则已,谈就必须就孔子屈原司马迁杜甫李白吴道子王羲之朱熹倪云林王阳明等人所成就的看,决不能就一般没有知识,没有教养的人的成就看。站在高级,可以了解低级;站在低级,却不能够了解高级,我们把最高的成就明白了,对于许多通常的平凡现象,倒未始不可一更容易地把握其意义。"①所以他谈德国文化,谈的是德国古典文化,在德国古典文化中,谈的则是温克耳曼、歌德、康德、席勒、宏保耳特、薛德林——颇有些"挽弓当挽强"的味道。就德国的古典主义而言,涉猎的领域很多,比如在建筑、绘

---

① 《论如何谈中国文化》,《李长之文集》第一卷,河北教育出版社2006年版,第9页。

画、音乐诸多方面德国古典文化也有强烈的反映，但长之先生此处主要讲的是哲学和文学领域；即使就代表人物而言，长之先生也只讲了六个人，虽然免不了有点挂一漏万，比如没有讲海尔德、莱辛等，但长之先生强调的是一种精神，"精神是一个，所以也不必沾沾于某甲某乙了。人本的，热狂的，艺术的；完人，治人！这就是一切"。①这是长之先生介绍德国文化而以《德国的古典精神》命名的原因。

宋人云："凡立言，欲涵蓄意思，不使知德者厌，无德者惑。"②这是站在伦理的立场说的，如果站在学术的立场，那么对于立言的要求就是既要有研究，又要善于表述，也就是我们经常提到的深入浅出。但是做到这一点谈何容易！《德国的古典精神》主要涉及文学和哲学部分（当然也主要体现在文学和哲学的领域），共有六篇文章。其中关于温克耳曼和宏保耳特是传记性介绍，关于歌德的一篇是书评。其余三篇则是译文。我们不想强调在学术上它们有多高的成就，虽然都言之成理，持之有故，像他认为温克耳曼的生活"似乎应当分为三期"；认为康德的《关于优美感和壮美感的考察》的第四部分论到中国，"见得他的了解很不充分"；认为考尔夫《歌德之生活观念》"五篇文字中，以末一篇《歌德之生活观念》为最精彩，以第四篇《〈浮士德〉观念之演

---

① 《自序》，《李长之文集》第十卷，河北教育出版社2006年版，第153页。
② 程颢、程颐：《河南程氏遗书》，上海古籍出版社2000年版，第70页。

化》为最平凡"等等,有着长之先生的心得与德国古典文化的会心,但毕竟其中的结论有受到德国学者结论的启发和影响之处,说它们是带有研究性质的介绍可能更准确和得体些。我们要强调的,首先是,长之先生所写的部分是建立在阅读这些德国古典大师原著文本的基础上,也参照了对他们评价的最重要的文献有所感而发,就资料的占有和利用上,他与德国学者并不少让,这可以从他每篇文章后面所列的参考书目上看出。这样,他的介绍和评论就不是拾德人之牙慧,抄撮陈言,而是以一个中国学者,站在自己文化的立场上对于德国古典文化的审视和评论。即使就译文而言,全书也表现了强烈的学术色彩和眼光。比如关于康德的介绍,他采用了译者导言和译文结合的方式,而译文则采用了康德批判前期"轻快、精悍、富于风趣,与其说是哲学家的东西,毋宁说是文学家的东西"的《关于优美感与壮美感的考察》,这对于读者能比较通俗易懂地了解这位大师非常有益;对于席勒的介绍,长之先生直接选择了宏保耳特为其与席勒通信集所写的导言,宏保耳特自身是古典大师,又与席勒有着深切的友谊,他的那篇导言可以说是对于席勒生平思想最经典最经济的说明了。选择是一种判断,而这种判断直接关系到眼界和眼光,关系到学识的高下。

其次,传记性批评和书评是长之先生最擅长的表述方式。这在书中也得到充分的体现。德国的古典精神,不仅体现在这些大师的著作中,也体现在这些大师们伟大的人格上。我们看到在长之先生那流畅，明晰，又具有绘画性的笔下，读者像是进入时光的隧道，进入大师们的画廊，而长之先生则是导游，读者耳目所及不仅有着对于古典精神的明晰的介绍，对于理论问题有着清楚的说明，更有着对于大师们活泼泼性格的描绘，像温克耳曼的感官，情绪，热情，真率；歌德对于生命的了解，"预感到高尚的灵魂，那是一种最值得渴望的使命"；宏保耳特性情的严整，决不被情欲所束缚，都给人留下深刻的印象。长之先生在序言中说他要"借助于那些古典人物的光芒"，得德国的古典精神"其仿佛"，应该说是做到了。

  文化是人类社会的共通的属性，如果对于世界的文化有全面的了解，那么对于某个国家文化的了解会更深更细更透，其介绍也会更有针对性更有特色。长之先生常说希腊、周秦、古典的德国是他向往的三个时代。他对于中国周秦文化精湛的研究，读者一般都比较了解了，无用赘言；实际上，他对于希腊文化的研究也非常到位，抗战期间，他在中央大学把厚厚的柏拉图对话二十余篇全部看完，然后对照当时吴献书译的《柏拉图之理想国》，张东荪、张师竹译的《柏拉图对话集六种》，郭斌龢、景昌极的译本《柏拉图五大对话集》，写了《文化上的吸收》和《柏拉图对话集的汉译》，不久又写了全面介绍西方哲学的《西洋哲学史》。德国古典文学哲学大师们没有一个不是对于希腊哲学倾心而有着深入研究的，德国古典文化的源头直接继承着希腊文化的血脉。因此，不同时对于希腊哲学有着深湛的了解则对于德国的古典精神的介绍极难措手。我们看到长之先生在其《德国的古典精神》中，时时将德国的古典精神与希腊文化进行比较，其追本溯源处，得心应手，非常到位。像他介绍温克耳曼的时候，讲到温克耳曼的美学思想和希腊哲学希腊艺术之间的联系时，讲到温克耳曼的美学思想，称"说明美之神秘性，美之独立性，审美和理性的关系，审美和感情的关系，美之原则"，"在这些地方都有他的特殊的地位，也就是在这些地方，他有自柏拉图后第一人的资格"，讲其性格时说"温克耳曼岂但是人间的，感官的，简直是情绪的！所以他所谓美，与其说在上帝那里，不如说就在人间的希腊，但与其说在希腊，还不如说就在他那些青年男友的周围"，你就不能不佩服他对于希腊和德国的文化同时烂熟于心，因此对于德国古典人物和精神有着深入骨髓的表述！

尤其是，长之先生"是一个中国人"，他面对的读者"也是中国人"，于是他"写这本书不能不采取中国人的立场"，"但凡我想到和中国相关的地方，也都情不自禁的流露出来"，这是长之先生写《西洋哲学史》时在前言里说的话，这也可以用在其《德国的古典精神》上。比如他在评论《歌德之生活观念》一书的时候便情不自禁联想到"治孔子也必须从精神史上治之，此其一；孔子所说的君子，也是一种人本理想。也当把孔子以前的理想先有一个把握，以便了解它的真价值，此其二；歌德对于人生的收获，是生命之流和生命之形式的合一，是无限和有限的综合，这和孔子的最后成就'从心所欲不逾矩'，岂不暗合？此其三；孔子所谓君子素位而行，这意义实在是指的种族的常数的形态和意识之常数的性格，这是孔子在人生中所体会的不变的方面，但同时孔子也主张'进德修业，欲及时也'，这和歌德所谓'人和生活都是引人向上的，只要人不失掉自己；一切都可以把人引入歧途，假若人安于故步'，同是一种勤奋精进状态。在不变中，孔子也体会了一种向前努力的变，所以孔子赞美那滚滚不舍昼夜的流水；在勤奋状态之下，任何生活都可以引人向上，所以孔子甚而说'不有博弈者乎'？正如歌德说做的是茶壶或者是碟子，还不是一样？反正一切是象征的，此其四；歌德的价值在乎肯定生活本身的价值，这实在等于归到孟子，因为孟子就是不把人的价值置之于外在，既不是上帝，也不是律则，乃是'人人有贵于己者'，乃是'由仁义行，非行仁义'，孟子的性善说，实近于狂飙，实近于卢骚所谓自然人，这是中国的古典的人生理想，彻头彻尾也正是人本的，此其五；歌德之反对任何职业，反对目的性，纯任自己的性格的发挥，表面上的像漫无目标，在每一生活的片断中，遇见任何生活对象，就全力以赴之，李白实在似之；假如说这样便是淳朴（Naiy）的，李白也正是淳朴的，而不是伤感的（Sentimentaliseq），用席勒的述语，此其六；浮士德的苦闷在无限的自我与有限的世界之挣扎，李白何尝不如此？此其七。总之，歌德的本质似李白，歌德的人生理想似孟轲，而收敛处，最大体会处，则似孔子。"[1]

---

[1]《歌德对于人生问题的解答与收获》，《李长之文集》第十卷，河北教育出版社2006年版，第213—214页。

他在介绍宏保耳特的时候便说："在人本主义者的理想，是有三个目标，便是普遍性、个性与全体性（Universalitat, Individualitat, und Totalitat）。个性到普遍性，须有一种完成的工作，这种完成的工作是美育的，这种完成的工作就叫'全体性'。在我认为，这恰恰相当于中国儒家的思想，普遍性相当于中国的'天命'，个性相当于'仁'，全体性乃是'道'。"①

不是单调地孤立地介绍德国文化，而是具有全球视野，不是为介绍而介绍，而是与中国文化相联系，与中国文化息息相通，这联系又不只是学术的研究上，而是渴望"从那里得到一种坚实而有活力的文化姿态"，以期改造国民性格，祈望"什么时候中国民族能够同样热狂了，能够同样热狂于吸收，热狂于创造，热狂于认识自己的文化传统而善为发挥了，那就是中国文化史的新一页的开始了，我遥望着"。②这是《德国的古典精神》一书重要的特点，是长之先生编写此书的出发点，也是其中最有价值最难能可贵之处！

当然，《德国的古典精神》也不是一点缺陷也没有。首先，它在体例上有点驳杂，就形式而言，六篇文章中有译文，有书评，有人物传论，缺乏统一的构想，更像关于德国的古典精神的论文

---

① 《宏保耳特之人本主义》，《李长之文集》第十卷，河北教育出版社2006年版，第248页。

② 《介绍〈五十年来的德国学术〉》，《李长之文集》第十卷，河北教育出版社2006年版，第254页。

杂俎或者是德国的古典精神代表人物的点将录。其次是，即使就长之先生"借助于那些古典人物的光芒"预想设计而言，也还是有些美中不足。这就好像阅读中国的传统史书，被人抽去了"书"、"表"，只有"列传"一样。尽管主要的，精彩的人物在活跃着，却终是缺少脉络沟通和鸟瞰叙述。也许长之先生有所察觉，附录了《介绍〈五十年来的德国学术〉》一文，多少有所补缺，但毕竟不足弥缝。最后是，由于这种结构性的缺憾，本书对于德国的古典文化热狂的崇拜多，缺少更深细的分析，更多体现了长之先生较早时期对于德国文化的认识。《德国的古典精神》出版于1943年的9月，是年的12月14日，长之先生写了《论德国学术与德国命运》一文（发表于1945年1月1日《时事新报》元旦增刊，收录于《梦雨集》时题目改为《论德国学者治学之得失与德国命运》），对于德国文化的负面因素与第二次世界大战的发生之间的联系作了深沉的思考。本书再版时我们与编辑沟通，作为附录附上，算是一种补充吧。

长之先生一生服膺德国文化，他在《介绍〈五十年来的德国学术〉》中说"我觉得德国人有一种精确性，神秘性，彻底性，热狂性，这是他们一切学术、思想、文艺、技术的基础"。"这是一个坚实而有活力的民族，他们很有青年气，坦白而直率，所好所恶表现得极其明白。"①而他的学术思想受德国古典作家尤其是歌

---

① 《介绍〈五十年来的德国学术〉》，《李长之文集》第十卷，河北教育出版社2006年版，第254页。

德的影响也极深，他在《伟大思想家的共同点》一文中说"事情往往是过后才晓得，在无形中受了某种影响时，尤其是如此。即如我之读Goethe Wenther吧，当时只知道极端爱好，恨不得把自己的全生命化了，全飞入那书本上生动的各字各句里去，同时，时刻又在心里惊叫着说：'这才是人！''这才是人话！''我要说的它说出了，''它这里想的，正是我想的！'后来我许多看法，许多态度，情感的任凭，艺术与大自然的向往，功利打算与所谓"远虑"的弃绝，原以为我自己就那样强烈的，回头再重看一看Wenther才明白自己原来是受了它的惠赐了"。①

遗憾的是，由于各种原因，长之先生一生都没能到德国去走一走，看一看，那是他到死都没有圆的梦！海尔德在《温克耳曼纪念》一文中讲，温克耳曼虽然没到过罗马和希腊，可是那精神和理想，都早在他心目中活泼泼地浮现着了。我们也可以说，长之先生虽然没有到过德国，但是德国的古典精神在他心目中也活泼泼地浮现着了。今年恰逢长之先生诞辰百年，谨以此书的再版深切怀念！

2010年1月

---

① 《伟大思想家的共同点》，《李长之文集》第一卷，河北教育出版社2006年版，第240页。

自 序

我常说，我有三个向往的时代和三个不能妥协的思想。这三个向往的时代：一是古代的希腊，二是中国的周秦，三是德国的古典时代。那三个不能妥协的思想：一是唯物主义，二是宿命主义，三是虚无主义。

唯物主义的毛病是不承认（至少是低估了）人的价值，宿命主义的毛病是放弃了自己的责任，虚无主义的毛病是关闭了思想的通路，所以我都不能妥协。至于出之于任何方式，那倒是次要的事，从素朴的唯物主义如俗谚所谓"人穷志短，马瘦毛长"，到马克思以精确的经济学为基础的唯物史观，我一律不能妥协。从魏晋时代所伪托的杨朱思想，所谓"久生奚为，五情好恶，古犹今也，四体安危，古犹今也，世之苦乐，古犹今也，变易治乱，古犹今也。既闻之矣，既见之矣，既更之矣，百年犹厌其多，况久生之苦也乎"，到禅宗所谓"原是臭骨头，何为立功过"（《坛经》），到俄国在革命前的宿命主义和虚无主义，我一律反对。唯物，宿命，虚无，三者往往相邻，我也不管是今人，是古人，是外人，是国人，是上智，是下愚，凡是这种思想，我就一律憎恶。

而且不但我憎恶，就是那些主张者本人，也有时会憎恶。我从未见过一个真能始终自圆其说的唯物论者，宿命论者，虚无论者。他们往往露出一点破绽。但那露了破绽的地方，却也往往就是那唯一有价值的地方。黑暗是掩不住光明的。从逻辑上看，全称否定的句子几乎都含有矛盾，例如说：一切的话都是靠不住的。则假若这句话可靠，就可见还有可靠的话，假若这句话本身不可靠，那就更可见有许多话是可靠了。消极的思想之难于维持其立场，是正如否定的话之难免矛盾然。

理想主义则不然。理想主义往往能自圆其说。世界上的大思想系统，很少是唯物论，宿命论，虚无论，却往往是理想主义。我所谓的三个可向往的时代：希腊，周秦，古典的德国，尤其是在这三个时代中之正统思想，可说都是理想主义。人和猪狗不同，人总想着明天。人生究竟是材料，人生的价值乃是在这些材料背后的意义。这就是理想主义的根据。

希腊，周秦，古典的德国，在思想上有许多契合处。最显著的是：都是企求完人，都提高了人的地位，同时那些思想家本人都是一些有生气的治人。关于希腊，周秦，我想会另有机会写出我的倾慕，现在所呈献给读者的，只是古典的德国。我承认，这里介绍的并不完全，但是借助于那些古典人物的光芒，也许在这里仍能得其仿佛。在这里，一共是六篇正文，和一篇附录。六篇正文之中有三篇是译文。我爱这译文，也许还在我自己的作品之上。温克耳曼是德国古典主义的建立者，所以置之于卷首。任兴趣和坦率是温克耳曼的性格，友情和艺术品是温克耳曼的生命。但是奇怪的是，温克耳曼反而主张由理智去把握美，这就可见古典人物都是多么就全般的立场出发，也无怪乎他们以完人为理想了。温克耳曼为歌德所向往，因而更增加了他在古典人物中的重要性。次一个应该叙述的人物是影响席勒很大的康德，所以紧接着就介绍了康德。对于康德的介绍很难，所以就索性用了康德自己的一篇文字。这篇文字与一般人所见的康德文字迥乎不同，一点也不枯燥，乃是优美而富于词藻的，可以令人恍然觉察出他确系歌德、席勒的一群。他提出了人性之优美与尊严性，这也确乎是德国古典精神的一个基石——提高了人的地位。像有所谓少年歌德之称似的，我们也不妨在这里称之为少年康德。少年康德是有深深的卢骚的影子的，正如歌德那里的卢骚影子然。从这里，也可看出德国古典人物在思想上的血缘。

温克耳曼和康德叙后，就要叙到古典人物的两大领袖歌德与席勒了。关于歌德，我所根据的是考尔夫的著作《歌德之生活观念》，我明知道这不过是一部常识小书，然而我所取的正是藉此以便见出现在学者对于歌德的公论；关于席勒则是译了一篇已经成为古典了的宏保耳特的论文。在歌德那里使我们知道如何是青年气，人生的意义和解答都是何等，以及歌德的人本主义的来踪去脉都是怎样；在席勒那里，则让人知道席勒是一个具有多么特殊的坚强的精神的人物，宏保耳特的论文是太深切动人了，他告诉我们席勒所邻近的乃是一种较诗业更高的境界，超过一切零零碎碎的各别的活动而上之，乃是最有力，最有威仪，最震撼了一切血肉之躯的一种境界，单称为自由是不够的，只可称为全然特出的超越一切的能力而后可。歌德所给人的是深广，席勒所给人的是高峻。人生之极峰与人生之深度，可说全都在这两个古典大师的身上发现了。

写席勒写得那样好的宏保耳特本人也是一个煊赫的古典人物，所以继之以介绍宏保耳特。宏保耳特本人是一个完人，生活极其严肃，但是也十分了解美，他的世界是：语言学，历史学，政治学，美学和教育。古典精神的寄托是人本主义，宏保耳特也可以说正是人本主义的化身。

宏保耳特也许太严肃了，乃殿之以热狂的诗人薛德林。薛德林是在古典主义与浪漫主义的边沿上，虽然二者并不水火。薛德林仍然向往希腊，这里依然是温克耳曼和席勒的影子。那笼罩了薛德林的热狂的，也可以说是一种卢骚的精神，正是这同一精神，笼罩过歌德，也笼罩过康德。附录的一篇，是介绍《五十年来的德国学术》一书的，这似乎与古典精神无关，但其中有我对于德国学术的一般了解，这了解却正以得自古典精神者为出发。

也许有人说为什么没写海尔德，我的答复是：也算写了，这就是散见在温克耳曼的一文里，和席勒的一文里的。再说他们的精神是一个，所以也不必沾沾于某甲某乙了。人本的，热狂的，艺术的；完人，治人！这就是一切。

假如精神上没有共鸣，原无所谓了解。因此，我并不期望人人能向往这个古典时代！

1942年8月16日，长之记于渝郊

目 录

再版题记 …………………………………………………… 1

自 序 ……………………………………………………… 1

第一编 温克耳曼(1717—1768):德国古典理想
　　　 的先驱 …………………………………………… 1
　　一 导言 ……………………………………………… 3
　　二 温克耳曼生活之三期 …………………………… 4
　　三 温克耳曼的主要著作及其批评 ………………… 15
　　四 结论——温克耳曼之精神 ……………………… 39

第二编 康德(1724—1804)对于人性之优美性
　　　 与尊严性的提出 ………………………………… 45
　　译者导言 …………………………………………… 47
　　一 论优美感与壮美感之不同的对象 ……………… 54

二　论人类之一般的壮美性与优美性 59

第三编　歌德(1749—1832)对于人生问题的解答与收获 81

　　一　考尔夫 83

　　二　《歌德时代之精神》 83

　　三　《歌德及其生活之意义》 86

　　四　《〈东西诗集〉之精神》 90

　　五　《古典的人本理想》 92

　　六　《〈浮士德〉观念之演化》 96

　　七　《歌德之生活观念》 98

　　八　结论 101

第四编　席勒(1759—1805)精神之崇高性与超越性 105

第五编　宏保耳特(1767—1835)之人本主义 143

　　一　导言 145

　　二　宏保耳特之精神进展及其著作 147

　　三　宏保耳特所生之时代及时代精神 151

　　四　宏保耳特之思想 155

　　五　结论——宏保耳特之人格 159

第六编　薛德林(1770—1843)：大橡颂歌 …… 163

附　录 …… 169

介绍《五十年来的德国学术》 …… 171

古典概念之根本探讨 …… 175

伟大的性格之反映——漫谈《维持》和《浮士德》 …… 181

论德国学者治学之得失与德国命运 …… 197

译康德《判断力批判》序言 …… 202

近代哲学之极峰(上)——康德 …… 205

近代哲学之极峰(下)——黑格耳 …… 218

《文艺史学与文艺科学》译者序一 …… 230

研究近代德国文学史之门径 …… 244

略谈德国民歌 …… 257

歌德童话：新的人鱼梅露心的故事 …… 275

德诗选译 …… 311

赠歌德(并序) …… 325

送季羡林赴德国兼呈露薇 …… 327

编后记 …… 329

第一编

温克耳曼（1717—1768）：德国古典理想的先驱

一 导言

德国文学史上的古典主义者差不多都介绍到中国来了，在1932年我们纪念过歌德的百年逝世，在1934年我们纪念过席勒的175年诞生，在去年的四月，我们又纪念过宏保耳特（Wilhelm von Humboldt），其他如莱辛、海尔德①、魏兰，我们或则已有他的译书，或则已有关于他的论文，在一般读者的心目中，也都不是十分陌生的名字了，但似乎那作了德意志艺术科学的建立者，为歌德先驱，影响歌德最深，为歌德向往最大的约翰、约阿其姆、温克耳曼（Johann Joachim Winckelmann）却独独遭受到了不同的命运，我们对于他还没有什么认识。

约翰、约阿其姆、温克耳曼，一如他被害时尚在年轻一般，他的精神永远是新鲜的，活泼的，壮旺的，年轻的。他的一生，是为浓烈的趣味、纯挚的友情、高华宏恢的理想所充满。倘若说歌德的精神，是充分表现了现代的话，则温克耳曼又恰恰是歌德的精神的开端和萌芽。

歌德所向往的是温克耳曼，温克耳曼所向往的是古代的希腊。在温克耳曼认为，只有在希腊那里，是精神与肉体的合一，知识与

---

① 海尔德（Johann Gottfried von Herder，1744—1803），今译赫尔德。——编者注

艺术的一致，人类生活的内容与形式的融合和无缺，换言之，他所企求的是完人，而希腊是他这理想的化身。这是古典主义的真精神。同时，这不特是古典主义的理想了，近代人所要解决的，也无非是这理想的实现，不过以现实为基础，又要寻一些可靠的桥梁。

我们从温克耳曼那里所得的，不是一偏，而是完全；不是辽远，而是临近；不是枯燥，而是鼓舞；不是狭隘，而是生发，开拓和滋养了。因为这，作《温克耳曼之生平及其著作》。

二 温克耳曼生活之三期

生在1717年12月9日的温克耳曼，有人把他的生活分为两期，以他在德国的生活称为前期，以他在意大利的生活称为后期，前期是阴郁的，愁惨的，后期是快乐的，明朗的。但我觉得再详细一点，似乎应当分为三期：在他三十一岁以前，这包括自1717年至1784年，是第一期，我称为苦闷期；自此到三十八岁，即至1755年，是第二期，可以称为准备期；此后到死，那时他五十一岁了，是1768年，乃是第三期，我称为完成期。

在他第一期生活里，他受的完全是压迫，毫无开展；以到德勒斯登（Dresden）为关键，他才开始了他的第二期的生活，在这一个时期里有他的第一部著作出现，他的思想才完全在这里显示了萌芽，在实现他能到罗马去的梦以后，乃是他踅入第三期的生活的时候，在这时他才写出了他那不朽的艺术史的名著。

他自始是穷困的，以鞋匠之子，而生于德国的北部，居柏林之西的施顿达耳（Stendal），先就学于故乡，其后他在柏林入了皇家的文科中学。

他对于艺术的兴趣是很早的，早年在施顿达耳就见过中世纪的宗教艺术，课本上也有看古代教堂的画图，这都在给他很深的印象，似乎已经预示着他要做一个古代艺术的研究者和鉴赏人了。

学校里给他的只是压迫，那些老头子一定要他读宗教。但他却热烈的向往于希腊的古典，荷马与赫鲁道塔斯（Herodotus）的著作激起他极大的热心，梦寐中都还是希腊。所以施右耳夫人（Madame de Stael）说他，是自觉为南国的风光所诱引着的。

据说在温克耳曼幼年的时候，常在附近的沙丘间，作考古的漫步。一个人的兴趣，是如何不能够加以遏止，从道可以看得出。温克耳曼在他的名著《古代艺术史》（Geschichte der kunst des Altertums）的导言中也曾说："对于艺术的爱好，从小就是我最大的倾向。虽然教育和环境全然和这背道而驰，但是我总像有一种内在的使命时时在督促着。"

1738年，他二十一岁了，入了哈雷（Halle）大学，习神学，这是为实现他朋友们的愿望的，但他却在做着赫鲁道塔斯的翻译的工作。对于学校的教育，他依然加以轻蔑。福禄特尔曾经说，谁要想瞻仰德国学术的顶点，须到哈雷去；但是温克耳曼却认为哈雷只是一城瞽盲。

这时哈雷大学里有当代的大哲学家乌尔服（Christian Wolff）以及美学建立者保姆戈尔顿（Alexander Baumgarten）诸人的课程，但是温克耳曼很讨厌这些成了派的学者，他觉得这些人都是以知道别人如何想为满足的，充其量不过在求认识一些书名和索引而已，他所要求的，却是能够自己想，自己有感觉的人。在大学里，他拿定了主意，为人类写点什么东西，并不去凑大学里课艺的热闹。在德国专有一帮讥笑教授的人（Professoren-verspotter），李希顿勃哥（Lichtenberg）、叔本华、尼采，都是这一流，而开其端的，就是温克耳曼。

于1741年他到耶纳，又研究数学与医药，于1742年在哈尔泊布（Halberstadt）任家庭教师。

次年，他被任为策霍逊（Seehausen）的学校校长，这时他最烦闷了，虽然以他的淳朴原始的性格，和一些天真活泼的小孩子们在一起是应当快乐的，但是他对于教书的生活，又感到压迫。他所致力的，还是审美的知识，他的趣味非常集中，把次要的牵挂一概屏除了，为了读书他曾经把睡眠缩短到四小时。这永远是他的精神！

这时他颇喜欢福禄特尔的著作。自然福禄特尔是属于较为脆弱的，矫揉造作的古典传统的，反之温克耳曼乃是代之以活的古文化之清晰的、永恒的轮廓，然而福禄特尔给温克耳曼的影响是无可否认的。也便是从温克耳曼，开始觉得法国的文学很可以作德国的借镜。永远怀着南国的向往的温克耳曼，对于本国的文学是瞧不起的!

一直到他三十岁,他过的是愁惨的日子。微贱的家庭,小时候不完全的教育,稍长就是零星的散漫的游学,在学校还是受教师们的压迫,到埃及去,是一个梦,到法国去,也受到意料之外的阻碍而折回,这便结束了他第一期的生活,所以我说这时是他的苦闷期。

在1748年,他三十一岁,德勒斯登地方有一个宾瑙伯爵(Graf von Bünau),是当时的一位有名的历史学者,自己在诺顿尼兹(Nothenitz)建立了一个很有价值的图书馆,温克耳曼于是写信给他,请求作个职员。

果然不久,他就在诺顿尼兹的图书馆里工作了。这时他便在德勒斯登参观了许多古物的收藏所,也认识了许多许多友人,其中叶塞(Oeser),李迫尔特(Lippent),哈哥道恩(Hagedorn)等,尤为著称,这些人都是艺术家,或者鉴赏家,而后来作了歌德的友人也是先生的叶塞,有很高的教养,兼有丰富的艺术上的实际的知识,给温克耳曼的助益更其巨大。

到了德勒斯登以后的温克耳曼,眼界一阔,便开始是一个作家了。后来在叶塞的遗产里,发现有温克耳曼这时写下的一篇《新通史之口述讲词》(Vom mundlichen Vortrage der allgemeinen neueren Geschichte)原稿,在这里我们可以见到他那和政治的历史作法之不同的见地,以及他的史观和作了他那艺术科学的著作的基础概念等。在这里他已经显示着对于古代艺术之处理的计划了,就是必须从气候、地域和种族入手,他对于历史的看法,已经从一般的普遍的观点来观察了,这是他的历史哲学,这种思想的来源,要为法国孟德斯鸠的思想的发挥,在这篇讲词里,温克耳曼对于艺术,已作为一种进展的考察,但是真正见之实际,自然是以后的事。

我们知道,温克耳曼一个始终不能放弃的愿望,就是到意大利去。但是他的头发变苍白了,还未能实现他的梦。也许大自然是不辜负人的吧,温克耳曼到罗马去的机会居然到了。

这是在1751年,教皇的代表(Nunziu)名叫阿尔琴图(Archinto)的,逢巧到诺顿尼兹游历,就暗示温克耳曼可以到罗马去走一走,并且还有在教皇的图书馆里任职的希望。温克耳曼为这诱惑动心了,于是谒此教皇代表于德勒斯登,于不安的心理斗争之下,他加入了天主教。这是1754年7月11日的事情,这时他三十七岁了。

关于他这次宗教的转变,自然有许多人是非难的。但他这种苦衷,只有歌德能了解。倘如我们晓得他的唯一的目的,就是研究古代艺术,那末如果没有他这次的转变,罗马就始终是一个幻影了。而他的一生不朽的《古代艺术史》的巨著也就决没有完成的可能了。温克耳曼自己说得好:"只要后人承认我写的东西是有价值的,那就是我最高的报酬了。"

他在德勒斯登又住了一年。这时有他的第一部著作《关于希腊绘画雕刻艺术之模仿的思考》(Gedanken über die Nachahmung der griechischen Werke in der Malerei und Bildhauerkunst）出现，第一版于1754年在德勒斯登与来布齐锡（Leipzig）印行，第二版在同地印行于1756年。他把所有的反对声都集在《关于希腊绘画雕刻艺术之模仿的思考之信息》（Sendschriften über die Gednken von der Nachahmung der griechischen Werke in der Malerei und Bildhauerkunst）中，同时他又著《关于希腊绘画雕刻艺术之模仿的思考之解释》（Erlauterung der Gedanken von der Nachahmung der griechischen Werke in der Malerei und Bildhauerkunst）以为答辩，二书皆以1755年刊行于德勒斯登。

他虽然没到了罗马，但是能够住在德勒斯登；他虽然没写出他的《古代艺术史》，但是他出版了关于希腊艺术之模仿的小册子；他已经呼吸在艺人与鉴赏家之群的空气中了，离实现南国之游的梦的时期也已经不远了，所以我称这一时期是他生活上的准备期。

第三期的生活的开始，是以1755年的9月起程到罗马去为一个纪程碑。他的宗教转变终于收到实利，受了皇家的资助，到了罗马。这时他的生活，除了靠阿尔琴图之外，还靠帕修乃伊（Passjonei）阿尔班尼（Albani）等牧师，不过他这时最亲密的友人乃是画家孟格斯（Mengs），他住的地方，就和孟格斯比邻，那地方是可以把这古老而悠久的城市，一览无余的。

温克耳曼得有这样的好机会，所以就尽全力于古代的与近代的艺术品的研究之上。于1758年，他四十一岁了，在春天游历了诺阿派耳（Neapel）、泡尔提采（Portici）、赫库兰诺姆（Herculaneum）与庞北伊（Pompeji）。是年的九月，他为翡冷翠的施陶史男爵（Baron Stosch）所请，去鉴定他的收藏，作了九个月的勾留。庞北伊是刚刚发现的一个古城，温克耳曼便享了那得看第一次收获的眼福。在施陶史家鉴定收藏的结果，他写定了一本书是《施陶史男爵石刻著录》（Description der Pierresgravees dufeu Baron de Stosch），1760年，即于翡冷翠出版。

就在这个时候，他接受了牧师阿尔班尼图书馆和古物收藏所监督的职务。1761年之夏，他完成了《古代建筑杂记》（Anmerkungen üder die Baukunst der Alten），这书在1762年，出版于来布齐锡。

于1762年，他参加了布吕耳伯爵（Graf Brühl）的团体，作了诺阿派耳及其附近的重游。

他把一些对神话学及考古学有关的文献，搜集了许多，编为《未刊考古资料汇编》（Monumenti antichi inediti），后来此书在1762年出版于罗马，分成两巨册。

1763年他任罗马一切古物陈列所的最高监督。他更印行了一些著作，是《赫库兰诺姆发掘记》（Von den Herculanischen Entdeckungen）《喻意之研究特别关于艺术者》（Versuch einer Allegorie, besonders für die Kunst）以及《论艺术中之审美能力及其教育性》（Abhandlung von der fahigkeit der Empflndung des Schonen in der Kunst und dem Unterricht in derselben）等。

在海尔德认为，《论艺术中之审美能力及其教育性》是仅次于《关于希腊绘画雕刻艺术之模仿的思考》的重要著作。许多人骂温克耳曼，因为温克耳曼自己认为是柏拉图以后第一个美学教育家。但是海尔德却为温克耳曼辩护，他说"从柏拉图以后，确乎没有人知道什么是美，或者感到美的，所以即便说柏拉图以后，没有一个正常味觉的人，也不为过，就不说感到美吧，即使温克耳曼说过以后，也学着说说，或者模仿一下的，也找不出什么人。15世纪，16世纪的大师，一部分还为温克耳曼所崇拜着的，有谁知道什么是美的呢？他们知道需要一个新柏拉图来教导他们关于美的知识吗？就是柏拉图，他能够知道授古代的艺人以美的认识吗？柏拉图能够从艺人的所得之外，更绅绎些别的东西吗？所以温克耳曼说他是惟一传柏拉图之学的，换言之，就是他乃是研究美之本质及其普遍性的，难道不对吗？……艺术家是不能教化的，或者能教化，但也还是艺术家的教化的，各人有各人的活动的领域，各人有各人的观点，各人的论调是出自各人的作坊，只有到了温克耳曼和他的朋友孟格斯，才有了希腊艺术之审美性的导师如柏拉图者！"

关于《论喻意之研究》，海尔德也有批评，则以为它不如《古代艺术史》、《论审美能力》、《关于模仿》等。他以为缺点有三：一是原书的计划太大，喻意一词指的也太泛；二是该书的见地不能为一种艺术所限，因为各种艺术实在各有一种不同的喻意；三是把绘画之各种自然的成分，作家的意欲，理解上的精微的传统，以及流行的思潮除去，就不免陷入一种窄狭的束缚。

温克耳曼自从到罗马来，就蓄心要写的《古代艺术史》，是完成于1764年，前此的一切著作，不过是此书的预备，这本书可以说是他全生的精力所在的。这书出版以后，他还无时不注意它的增补。

到了1764年，他已经四十七岁了，他的一生的事业既就，而他离开人世的日子也就近了。在这一年，他同弗尔克曼（Volkmann）和亨利·费斯利（Heinrich Füssli）作了第三次诺阿派耳之游，归后草成《最近赫库兰诺姆发掘报告》（Nachrichten von denneuesten Heculanischen Entdeckungen）。关于《古代艺术史》的增补，则别成《艺术史札记》（An merkungen über die Geschichte der Kunst）一册以容纳之。

1766年，他大部的时光耗费在完成《初论》（Discorso Preliminare）和他的《未刊资料汇编》上。1767年，他作了第四次诺阿派耳及赫库兰诺姆之游。

次年，就是1768年，他五十一岁，加入了雕刻家喀瓦采皮（Cavaceppi）的团体里工作。他这时在罗马已经12年了，他的祖国屡次召他回去，他也很愿重见他的故乡，于是他决定离开罗马。

但是很奇怪的有一种不适之感在袭击他。他只好停下了，到了维耶纳。这时他收获了不少的礼物和光荣，别的城市也在等待他的到临。歌德这一年十九岁，正在来布齐锡作学生，热切的盼温克耳曼能够来到的时候，而温克耳曼被刺的消息却传出了！

原来温克耳曼在维耶纳既不自在，遂又想重归到罗马，当他走到意大利的边境特里雅斯德（Triest）的时候，作了几日的勾留。以温克耳曼的诚挚，率真，对事一无掩饰，就把他的行程泄露给一位同伴了，这人的名字是法郎采斯考·阿尔堪该里（Francesco Arcangeli），并且又给他看了那些在维耶纳所得的金质奖章。这人为这些东西动心了，是1768年的6月8日的早晨，他来旅馆见温克耳曼，诡说是要告别，请求再看一看那些金质奖章，这时温克耳曼方在起草《为将来艺术史著者进一言》的著作，当温克耳曼弯下身子为他取那些奖章的盒子的时候，一条绳子套住了温克耳曼的项颈了。过了些时候，一个为温克耳曼所约好同行的孩子来叩门，半天没有应声，才发觉温克耳曼原来已经被害了，温克耳曼是又延长了几点钟才死去的，死的那么凄惨！歌德到底没能见到温克耳曼，温克耳曼之于歌德，正如魏吉耳（Virgil）之于但丁！

海尔德说，温克耳曼一生所最看重的就是友谊和名誉，但是偏偏死在友谊和名誉上！温克耳曼的死，海尔德说不复能诗人意味地来致其哀悼了，哭他，乃是人类地为他哭泣的！一种青年的热泪，充满了感激和恋情，为那美丽的时光，甜蜜的梦境和画图而洒！这些美好的东西都是他赠予的，一种像痴了的青年的火焰要抓住逝者而俱去；要追随着他呵，好到那比希腊更年轻，更多热情，更美丽的幽逸之谷！

歌德对于他的死则说倒是合适的，因为，他是正在人类生存的极峰而趋向神圣之途的，受了很短的惊恐，很短的痛苦，就离开人世！歌德说他以堂堂的男子而生，又以堂堂的男子而死，永远是一个激昂努力着的青年，长留在人间。从他的坟墓中，他的生命力是永远鼓励着我们，而他那自始就以狂热和爱前进着的生之迫促和重担永在我们心里唤醒。

他死了，他的遗产概归于阿尔班尼牧师。他的一个巨大的半身像，出自乌尔服（E. Wolff）之手的，为巴页恩（Bayorn）王鲁德维希第一（Ludwig, Ⅰ）建立于阿尔班尼村（Villa Albani），这地方是他最后的工作之所。维希曼（L. Wichmann）曾为他在故乡施顿达耳立了一碑，又在柏林博物馆的前厅为他立了一个大理石像。1823年，有他的一个大理石碑，置在他遇难的地方特里雅斯德的市立博物馆。他的全集，先由佛尔诺夫（Fernow）开始，为默页尔（Heinr. Meyer）与舒耳兹（Johannes Schulez）完成，自1808年编起，讫1820年，共是八册。以后更完全的本子是艾塞耳兰（Joseph Eiselein）编订的，共十二册，1825年至1829年完成。复有福尔斯泰（Fr. Förster）诸人编的温克耳曼通信集，乃是全集的附录。

近来每到温克耳曼的诞辰，罗马的考古学院就举行纪念了，而许多德国的大学，如柏林、凯尔（Kiel）、克莱夫瓦耳德（Greifswald）和（邦恩）（Bonn），每到他的生辰12月9日也举行温克耳曼节，并常有纪念的专文。这算他死后的荣哀。

在他后一个时期里，一生不朽的著述《古代艺术史》是完成了，他到底到了罗马了，据海尔德的叙说，他见的雕像，是不下七万件之多了，所以我说这时是他的完成期。

因此，他的生活，在三十一岁前，是一段落；到德勒斯登以后，到三十八岁，又是一段落；此后到了罗马，一直到五十一岁时的死，乃是第三个段落。

三 温克耳曼的主要著作及其批评

在上文中，我们举到了的温克耳曼的著作是：

《新通史之口述讲词》

《关于希腊绘画雕刻艺术之模仿的思考》

《关于希腊绘画雕刻艺术之模仿的思考之信息》

《关于希腊绘画雕刻艺术之模仿的思考之解释》

《施陶史男爵石刻著录》

《古代建筑杂记》

《未刊考古资料汇编》

《赫库兰诺姆发掘记》

《喻意之研究特别关于艺术者》

《论艺术中之审美能力及其教育性》

《古代艺术史》

《艺术史札记》

《最近赫库兰诺姆发掘报告》

《初论》

《为将来艺术史著者进一言》

一共十五篇，其中有的未完，有的可以归并，有的只是草略，或者只是其他著作的预备，所以重要的不过四五种。这四五种之中，最为人称道，最有永久价值的，则是二书：一是《关于希腊绘画雕刻艺术之模仿的思考》，一是《古代艺术史》。没有问题的，后者尤为温克耳曼之代表作。兹对二书，依次加以介绍，而特重于《古代艺术史》。

《关于希腊绘画雕刻艺术之模仿的思考》，一般人认为是温克耳曼的最初的著述，所以很重视。其中晦涩的地方诚不在少，但是就当时能够转移一般矫揉造作的古典主义而到真正的古代研究上去这一点说，却是极有意义的。

而且，要知道当时的文化界状况，是一般地疲乏于美学的、伦理的、政治的立场的时候，是反对政治上的专制，从而影响学术上的武断，以及外来的自文艺复兴后的文化艺术的末流之恶趣味的时候，所以温克耳曼挺身而出，是正要转向相反的潮流里去的。他要求的那单纯、有力、健康、良善的艺术，不过是那对文化的整个要求之一面而已。不错，他要恢复古代人类之最高的造型的能力，但是我们不要忘掉他对于当时病态的艺术是在攻击着的。温克耳曼及其后继者，对于所谓巴洛克（Barock）及洛珂珂（Rokoko）风，是极端憎恶着。在拜劳瑞（Bellori）的《生活》（Vite）及《绘画雕刻建筑中之观念》（Idea della Pittura, Scultura, ed architettura）中已经提倡着拉斐尔的精神，唾弃瓦萨里（Vasari）

的米开盖格罗的崇拜狂了,对勃尔宁尼(Bernini)派的东西是拒绝着,而古代的艺术品则指为典型的了。温克耳曼却就更进一步,不光是理论了,还要见之实际。

因为有这种背景,内容如此,所以也就必须有一个新的形式了。温克耳曼拿定了主意,书不是为一般教授学者之流写的,加以他之所受的孟填(Montaique)、爱迭生、拉鲁色弗考(Larochefoucauld)、沙弗兹布雷(Shaftesbury)诸家散文的影响,于是写来,便与当时的学者文章之无个性,散漫而艰深的迥乎不同了。清晰而简短;是富有暗示的,不是说明的;是能令人忘倦的,不是使人疲劳的。声调那么柔和;轻快、流动、扼要,是那特色。文章的大要,自然是表示温克耳曼的史观的,但是附带的他论到了风格,对于风格的重要及意义,他说了许多。

海尔德在1777年写就而在1781年发表于《德国水星》杂志的《温克耳曼纪念》(Denkmal Johann Winckelmanns)一文,对于这本书大为推崇。据海尔德的意见,他颇同意一人的最初著作往往是一人的最好著作这句话。他说所有温克耳曼此后的思想,他都可以在这本书里指出其萌芽来,只是在一种更流动,更壮旺的简短与风趣中而已。以希腊为唯一艺术之美的典范,而希腊之长是因其完美的自然环境,故作品皆有优美的形式,淳朴的思想,以及温柔或庄严的单纯性的一点,是本书的出发点,也是此后温克耳曼一生所服膺的一点。海尔德说,温克耳曼以后更成熟了,更有魄力了,更有学识了,是没有问题的;但是那种像朝霞样的青年锐气，却只有在第一本著作里呈献着。现在是芽，以后是枝、叶、花、香、果实。在这本书里，他要把握的，超过了他已经有了的，他要鞭策着的，超过了他所知道了的，那奔涌的思潮，浮动于神圣的梦境之中，以后他便有顾忌了，自己设下矛盾、律则、疑难，他的灵魂是分散了，不知不觉已多少走入做作中，还得维持个人的名誉。倒不如在他第一次工作的时候，无限制于世界的乐园之中，他在写自己的诗，他的灵魂是不分割的，像一个小孩子在才会说话的时候一样，恨不得把他一切所有的，都完全冲口而出。海尔德又说温克耳曼虽然没到过罗马和希腊，可是那精神与理想，都早在他心目中活活泼泼地浮现着了，他之到罗马去，不过在细微处一一证实了而已。

从海尔德的话看，我们知道一个人之少年作品的价值，同时可以想到一个人最不应该的事，就是在少年时代而受到自动的或外力的遏制了，不过就学术的立场看，当然温克耳曼的《古代艺术史》是更成就些。下面即详细地介绍其《古代艺术史》。

第一，本书之结构及要意：书的开首，先是导言，在导言里，他首先说明史的意义在求成一体系之学，艺术史的最大目的在阐明艺术之本质，而其最低限度亦须要求述说在各种民族、时代、艺人下之不同的作风，以及艺术之起源、成长、流变与衰亡；其次，他说明一般人对于古代艺术品的认识错误的由来，要在不辨真伪，不见其全，以一部分而推整体，又不知即在一艺术品中，何者为后人所增，何者为原物所有；最后，他说到个人对此学之兴趣，以及古物之沦丧与破坏。

导言之后，是正文。正文分两部分，第一部分是艺术之本质的研究，共五章。第二部分，是狭义的史，即希腊艺术之彼时外在环境的考察，不分章。

在第一部分里，第一章是艺术之起源及各民族之艺术不同的由来，先是说明古代艺术之状况，大抵起初只有材料，略加人工而已，其趋势多半由直致而归流动；次即就古代艺术所用之材料，略作叙述，由陶，而木，而象牙，而石，而金属；最后指出气候影响于人事之大，使一民族之文化蒙不同之形式与色彩，例如因气候严寒之故，舌部之神经则运转不灵，从而语言受其影响，是以北部之方言，往往较南方更多单音，又如马耳塔（Malta）之地，妇女无不美者，缘故就在这地方没有冬季。至于同一地带，可以发生不同的文化之故，则有民族之侵入的问题，一民族之侵入，自携其旧有之传统，迨折衷调和，亦自成特有之面目。气候之外，则一民族之教育、政治，为影响一民族最深者，文化之不同以此，艺术之不同以此。

第二章是埃及腓尼基与波斯之艺术，分两节，第一节是埃及艺术。此节之下，第一，论埃及艺术不发达之原因，作者认为这是教育的结果：埃及艺术之起源只是为涂抹木乃伊（Mumie）之用，他们艺术家从没有为"美"这个高尚的观念所激动过；他们民族的一种性格是甘愿吃苦，所以没有娱乐方面的创造，音乐即极不发达，其他可想，同时他们很敌视外国文化，对于本国，则陈陈相因，父子相袭，而不敢更张；科学亦不发达，因宗教迷信之故，绝无解剖学，对人身体，则毫无所知，所以他们的艺术便只有衰落而没有进步了。第二，论埃及艺术之风格，一共分三期，一是早期，二是后期，三是模仿期，每一期都是先叙述裸体，后叙述衣饰。裸体之中，记造像之骨、肉、头、手、足等；衣饰之中，叙及衣、帽、首饰、鞋、袜等。在记裸体时，并兼及于动物。埃及艺术第一期特色，是没有曲线，没有温雅，没有绘画性，骨肉是不十分明显的，这缘故仍是在于他们受宗教的束缚，对于人身的敬畏，但是他们动物的造型，反而是出色的，就是因为无所顾忌之故。第二期稍微曲折一些。第三期则并非纯粹的埃及艺术了，乃是许多模仿埃及的作品，所以称为模仿期，其中多少已带希腊味。在论第一期的艺术时，附带的则谈到狮身人面像是两性的问题。第三论埃及艺术之机械方面，分作法与材料，材料是木、铜、石等。钱币是可以考见艺术的，但是埃及没有钱币。埃及艺术犹其地势然，简单而易于鸟瞰，这是本节的归结。

第二章的第二节是腓尼基与波斯艺术，二者都无大的造像，前者论其钱币，后者论其浮雕。腓尼基人，因为地方气候好，温度总是在二十九度三十度之间，所以都很健康，发育平均，科学极盛，也善于经营，他们散在各地，希腊艺术科学之发达，许多是创自这般人之手。波斯人有一种偏见，以为裸体是不卫生的，不穿衣服则有一种不良的意义，所以在波斯找裸体的雕刻是很难的。他们另有一种宗教的信仰，认为神是不能以人形亵渎的，所以雕像就不能十分发展了。

在此节之末，对三民族的艺术复作了一个总观。温克耳曼觉得在这三民族之中，有一个共同点，就是都是专制政治，在专制政治之下，人民自以君主为惟一敬畏对象，所以不会有为普通人受人爱戴而立像之事，同时宗教的束缚太甚，艺术是宗教的附属，对于市民之日用与陶冶，可说无关，因而艺术家之概念，亦远较希腊人受限制为多。在三民族里，波斯是一点造型也没有的，埃及有一大部而粗糙，腓尼基则是毋宁从其钱币上而窥见其工制之精巧与纯一的，所以以造型艺术论，是都没有什么可观的。

第三章是爱忒鲁瑞及其邻近民族之艺术。第一专论爱忒鲁瑞(Etrurier)，其艺术之有利的环境，是自由，但以民族性之故，情感太剧烈，故失其达到艺术上最高点之可能性。次叙其神与英雄，神多有他们自己的名字，英雄的名则往往与希腊共之。再次则胪举爱忒鲁瑞艺术中之出色的作品。第二，论爱忒鲁瑞艺术家之作风，也是分三期：早期、后期、模仿希腊期。每一期又都是先叙述裸体后叙述衣饰。在第一期里，也是多半直致，人的面部美还未被艺术家注意，腿平行，臂下垂，这些都如埃及。第二期的特色，是强烈的表情和矜持的姿势，前者有违于雍容与健康，后者背乎自然。和希腊艺术比起来，则爱忒鲁瑞重骨，而希腊重肌肉。第三期的艺术因与希腊相似，遂留于论希腊时并论之。第三，论爱忒鲁瑞邻近民族之艺术，此中包括萨木尼特人(Samniter)、弗耳斯克人(Volsker)、堪潘人(Kanipaner)。萨木尼特人，好战争，享乐，与弗耳斯克人，在艺术上则只留有钱币。堪潘人，则钱币外，尚有带图饰之陶器等。

第四章是希腊艺术。这是全书中最重要，也是最精彩的部分，占全书三分之一还多。共分五节，第一节，论希腊艺术所以优越之故，先说自然环境，那里没有云雾蒸腾，人们的身体皆发育完全，尤其是女性，肉体丰满而美。更奇怪的，是他们都意识到自己这种优越，而且恐怕再没有别的民族是像希腊样的看重美了。他们注重身体，而且可以为竞技的胜利者盖庙。普通人生小孩，竟会为小孩的美貌而祈求神明。在政治方面，则是自由的，在教育方面，则是理智与情操的训练并重的。一般人极重知识，一城市里头一个有学问的人，为大家所仰望。正如我们现在一个富人，为大家所羡慕然。他们对于艺术尤其热狂，各城市常为神像或竞技胜利者的像而竞争，即倾全部财力，也在所不惜，这时有不少城市，并单单以建有美的石像著称。艺术家的作品，也常有展览和竞赛，因为艺术的教养，在希腊是一般的，从小就有训练了，所以找有头脑者为之评判也不是难事。至于艺术家，他们有一个极其骄傲的信念，就是他们的工作，乃是为着人民全体。凡此种种，真是养育一种艺术的理想环境了。

第二节，是论艺术之本质。这是从两方面来讲的，一是裸体方面，一是衣饰方面。在裸体方面，先论美的一般性，他说："美是属于自然之大神秘之一，它的作用，我们是见到的，他的本质，却是在一种不可发现的真实之中的一个普遍的概念而已。"一

第一编　温克耳曼(1717—1768)：德国古典理想的先驱 | 23

般人对于美所认识的，不是执着于一种错误的假美（Falsche Schöheit），就是不信有正确的真美。普通人之所以得不到正确的真美者，温克耳曼说："是由于我们的享乐之故。大多数人见一件东西，理智还没运用，感觉就先享受了，遂以为满足。结果我们所得的，不是美，而是快感而已。"至于不信任有真美的，则往往以各民族之不同的生活习惯为口实，例如黑人之以黑为美等等。温克耳曼的答复是，颜色不过所以负荷美而已，并非美的本身，他即举出许多例，果然白颜色也并不一定美。我们知道温克耳曼的意思，是主张美之独立性的，美感偏于理智，与感官的关系反少的，所以他说："美是由五官感到的，但是认识和把握，却是由理智。如此，理智对于一切虽在感受上大部分是差些了，但是却会正确些，也应当会正确些的。"以上是从反面，人之执假美和否认有真美入手，如此说；以下更从正面，阐明美之性质。"最高的美是在上帝那里"（Die hoehste Schönheit ist in Cott），温克耳曼如是说，"人间之美的观念，倘若越和这个最高的本质符合一致时，就越完全。美是有统一性和不可分性的，与物质截然相反。"美是超物质的。"美这个概念，就像从物质中被火点燃起的一种精神力，它要依照那上帝的聪明之下所首先规划的理性的生物之形象而产生一种创造物。这样的形式，就是单纯与无缺，在统一之中而多样，由是而为调和的，就像从肉身所发出的一种甜蜜而悦耳的声调然，各部分都是和谐的（Liesser Begrieff der Schönheit ist wie ein aus der Materiedurch Feuer gezogener Gelst, welcher sich sucht ein Geschopf zu zeugennachdem Ebe nbilde der in dem Verstande der Gettheit entworfenen ersten vernunftigen Kreatur. Die Formen eines solchen Bildes sind einfach und ununt erbr ochen und in diosen Einheit mannigfaltig, und dadurch sind sie harmonlsch, ebenso Wie ein susser und angenehmer Ton durch Konper. hervorgebracht wird, deren Teile gleichformig sind.）由单纯之故，我们可有伟大感（Erhaben）。大抵我们在见一种一览无余的东西时，我们的精神是不受限制的。我们的精神随着扩张，这便是我们伟大感的所由来。因此，一所宫殿，倘若雕饰太过，我们倒觉得狭小，一所茅屋，倘若单纯而雅素，我们会觉得壮大。由美之单纯性，我们可推出美之第二性质，是不落迹象性（Unbezeichnung），那就是说他不是由线，或点所规定其形式的，而其形式却只是美的自身。因而所谓美的样式者，并不是此人或彼人所特有的，也不是表现此时或彼时的性情或过度的情感的感受的，因为这些都是美所不相干的成分，而破坏了美的统一性的。所以理想的美是像泉中刚刚流出的清水然，虽若无味，但是格外令人觉得健康。因为其中的杂质，是丝毫也没有了。美的第三个特性是轻易性（Leichtichkeit），这地位就相当于吾人生活中之幸福感，既不是痛苦，也不是餍足的享乐；到幸福之感之路总是最直接，最不费力，也最不受损失地轻轻易易，从从容容而到达的，最高的美的概念也是如此，最单纯，也最轻易，它是不需要人的哲学的知识的，不需要钻研人们灵魂上的创痛及其表现的。总之，美的性质是单纯，不落迹像和轻易。美的形式是统一、多样和调和。美的青年，则是这种美的化身。温克耳曼说："从美的形式和塑就的美的青年，是像海的水面那样的统一的，其平如镜，然而又无时不在动着，而浪花在卷着。"美又有个性与理想之分，个性的美（individuell），是只就个体而论，指美的个体的；理想的美（idealisch），则是就许多个体之中而选择其美的部分以合而为一的，这是理想的，也就是典型的。初时的美之造型，多半是个性的，即是神像，也多半根据具体的个人。但具体的个人没有全然无缺的，所以需要从各个美的个体之部分的美，合而为一。这时就有理想的美产生了。

不过只是美是不足以餍艺术家的取材的，因为人生在痛苦与得意二者之间并无中道，而且人生的悲哀方面正是生命之海里的风一般，它促我们的船向前走，诗人所航的是这，艺术家所欲鼓动的也是这，艺术不以美为取材，而以悲哀为取材者，温克耳曼特称之为表现（Ausdruck）。温克耳曼并加以解说："所谓表现者，是我们灵魂的，或身体的剧烈与悲哀情形的模仿，也许是在悲哀时的心情，也许是可悲哀的行动。在这两种情形里，面貌和举止都要变态的。因而那种构成美的形式当然也要变动。这种变动越大，则有损于美者就越多。"美往往是指着静的方面，像海似的，即就经验所得，所谓美人，也多是指着静穆、雍容的人物。由是温克耳曼所谓美与表现，一是形式的，一是内容的；一是静的，一是动的；一是节制的，一是奔放的。不过这是就性质上的比较其倾向而已,就温克耳曼的意思,则虽是表现,亦必节制,才有艺术的价值。他说好的艺术家之表现悲哀,是如火焰之只许见其火星的,是如诗人荷马所形容的乌里塞斯(Ulyssos)的吐字,像雪片一样,虽然纷纷不息,落在地下却是安详的。所以即便表现悲哀,也是越在艺术品里压制这种悲哀,而艺术品越成功。他说古代的聪明艺术家和现代人是相反的,现代不会用少的表现多的,却是用多的以表现少的。最后温克耳曼说明艺术中过分表现之由来,是像说时为求字音正确些,于是把语调放重了罢了。但是,火性的青年却很容易以手段为目的,光把语调放重了,而字音的正确,反倒不易保持了。本来,艺术这件东西,须恰到好处才行。温克耳曼对于美,是无异词的礼赞着,对于表现,却终不免露出不放心的神气,是毫无足怪的了。以上是论美之一般性。

论美之一般性毕,则论比例,这是就人身上各部关系而言的,再次则就人身之各部,而一一论其美的条件,先是面部,次及于鼻、眉、目、额、口、颊、手、足、胸、下肢、生殖器、膝等,皆有详细论列。例如他说眉须短疏,目须大,眼眶须高,而上眼皮与下眼皮所成之内眼角须作弧状;口则下唇须较上唇为大,于是始两颊之酒涡易生;手须通体丰满,不能有可见之坑陷;胸部不宜太发育,当如诗人所形容之少女,如未熟之一束葡萄;生殖器一部分,亦有其特殊之美,在艺术上当如自然所见,左方睾丸宜略大些;膝部则不当有可见之软骨或突起之筋肉等,而当柔滑弯曲，不失其单纯。在叙说裸体之最后，则论及动物，包括狮、马等。

这第四章希腊艺术的第二节论艺术之本质，裸体方面论毕，便是衣饰方面了。衣饰方面是限于女性的，分材料、样式、装饰三项。在样式下，分论上衣、下衣、外套。在装饰下，分论衣褶、头饰、发饰、耳饰、足饰等。最后论及研究衣饰之重要，因衣饰多有区别性，不像裸体那样雷同，所以在研究雕刻上是应特别注意的一件事。以上是第四章第二节的大意。

第三节，是论希腊艺术之成长与衰落中之四时代与四风格。这四时代：第一，从古代到菲底亚斯（Phidias），其风格是直致与僵硬的；第二，从菲底亚斯以降，到普拉克西特勒斯（Praxiteles），其风格是粗大与棱角的；第三，是由普拉克西特勒斯、吕西普斯（Lysippus）、阿派勒斯（Apelles）诸人所造成的作风盛行的时期，其风格是优美与流动的；第四是模仿的时期，而艺术归于堕落。中间艺术的最盛时代，为期不过120年，即从派里克来斯（Perikles）到亚历山大之死而已。

温克耳曼对于这四个时代的风格，都有详细的说明。在第一期里，先叙述的是钱币，次及于雕刻。他说这一时的特色是拙重的；往往过分表现，但是生硬；力量有，然而不雅致，那强烈的表现阻止了"美"。在第二期里，是随着政治的开明与自由，而艺术也得到了解放与壮大的。原来在古代艺术里，那风格是建在一套的规律之上的，这些规律是由自然而得，但渐渐与自然相远。人们慢慢只知道跟了这些规律走，而不知道要从自然那里摹写了，于是一些艺术家遂思起而矫正之，为的是要重把艺术养育于自然之中，这些人从那种僵硬、直冲、仄险的轮廓一变而为松活了，把那种剧烈的姿态要易之以文质彬彬了，但是他们不知道美，于是只作到壮丽和高大。这些人物，便是菲底亚斯、泡里克里塔斯（Polycletus）、斯考帕斯（Skopas）、阿耳堪门诺斯（Alkamenes）与麦浪（Myron）等，这种作风便叫作高大的作风。第三期是始于普拉克西特勒斯，而完成于吕西普斯，与阿派勒斯时候正是亚历山大一世的前后。这一期的特色是雅（Grazie），换言之，即圆润而温柔（Rundung und lindigkeit），一切棱角都避免了。雅是需要一种很大的理智的。在这种作风里，是非常和谐的，更如一个好的法治的国家，法律很严格，但是有许多合理的解释可用，所以这种由大的艺人在雕刻像上所寻求的美，虽是自自然中绅绎出一种概念，根据一种体系而完成的那形式，但是变化与多样却还是不碍的。雅有两种，一种是天上的，神的，一种是物质的，人间的。后者是时代的产儿，是前者的侍女，前者是常在的、不变的、永恒的，她只和有聪明的人谈心，对庸俗则是固执与傲慢的，他常把自己圈在灵魂的活动中，而养育于神圣的自然之熔解人灵魂的静穆下，而这种自然正是自来的大艺人所要取象的。希腊人把第一种雅叫作温静的和谐，把第二种雅叫作有力的均衡。第一种雅是独立的、自足的，不事追求而欲被人追求的，她要自己提高，而到了一种繁香不自持的地方。第二种雅无所骄傲，所以很谦和，但不至自卑；她并不存心要悦人，但是也不至无人相识。温克耳曼举了一个例子，说明第二种雅，这就是那尼奥泊（Niobe）雕像："尼奥泊的作者已经到达那种超肉体的概念的王国了，他已经得到那种死之颂歌与最高的美合而为一的神秘了，他要为一个纯洁的精神与一尘不染的灵魂的创造者了，这种精神和灵魂是不为感官的欲求所搅起的，却只为一切美的直观的运用所作用；因为作者不复是雕塑的悲哀，乃是把悲哀变成了可爱了。"不过不久，慢慢艺术家并采用第一种雅了，后来就近于工巧一途，就进于感官的，肉感的了；雕刻的取材，遂特别注意于幼孩，为的是求轻盈与悦目。上面所说的时期，就是优美的作风的时期，那种表现的繁复性与变化性并没害其和谐与壮严，温克耳曼赞美地说："灵魂的宣泄就如水平似的，一无叫嚣之态。在表现悲哀的时候，是把最大的痛苦给隐藏了，却只有一种和悦，是像徐徐的微风一样，连纸篇都不见吹动的。亚都斯多德说艺术把理性哲学化了，这里乃是艺术把悲哀哲学化了。"第四期是艺术不能再进的一期，美的概念也不能更高的去把握了，我们知道倘若已不能较普拉克西特勒斯与阿派勒斯那样更进一步时，于是欲保持普拉克西特勒斯与阿派勒斯那样亦不可能了，模仿者是永远较被模仿者为下的，如哲学上之有折衷学派然，艺术上这时也有自己不能独创，只好采诸家所长，以为己有的作风。模仿是不必要科学的帮助的，与科学既远，人们的精力遂只用于琐小。像前一时期一样，一切僵硬避免了，趋于柔软。但是以前所需要明显的部分，却也圆润太过，而变为无生气了，求为悦目，而变为没有意义了。这种堕落的由来，温克耳曼说是"因为人们总要求'更好'，于是连正常的'好'也得不到了"。以后又有模仿埃及的消瘦，从消瘦又转而肥胖。造全像之魄力失，半身像遂多。这便是第四个时期的作风，由模仿而堕落。拙直、高大、优美、模仿是温克耳曼所指为希腊艺术中之四时代的四个不同的风格。他不独认为希腊如此，近代艺术，他也时常用这四期来比附。

第四节，是论希腊雕刻之机械的部分，像叙述埃及时似的，仍分材料与作法。

第五节，是论古代希腊之画，先论有名的作品，次论作品的时代，最后是论画之样式。包括壁画之壁状，画法及保存等。

从论希腊艺术所以优越之故，论艺术之本质，论希腊艺术之成长与衰落中四时代与四风格，到论希腊雕刻之机械的部分，和论古代希腊之画，还都是第四章里的内容。

第五章是罗马艺术，分两节，第一节是艺术中罗马作风之研究，第二节是罗马男子衣饰，都没有什么可以特别介绍的地方。

统上五章：艺术之起源及各民族之艺术不同的由来，埃及腓尼基与波斯之艺术，爱忒鲁瑞及其邻近民族之艺术，希腊艺术，罗马艺术，是所谓全书的第一部分，称之为艺术之本质的研究的。

第一部分，称为希腊艺术之彼时外在环境的考察的，便是狭义的史，温克耳曼自己说，这是把对于艺术影响很大的希腊环境作一考察，以观希腊艺术之命运的。因为，所谓学术，甚至思想本身，是视时代及其变动而转移的，而艺术为余裕与荣誉所养育、维持，所以与环境的关系尤为密切。从希腊的历史看，其所以最便于艺术的发达者，便是自由。这是这一部分的主旨。因为是艺术史，而不是艺术家史，所以他所注重的是作品，而不是作者，他们的私生活，一概从略。我们在这艺术史里很可看得出，差不多一切艺术品的流转和丧失，那关键是战争。本文中叙述到几个有名的雕刻：拉奥孔，拜尔维德勒之残像（Torso im Belvedere），阿波罗，包尔格赫西施之武士（Borghesischer Fechter）文字都特别生动。叙述到艺术的衰落时，他便说自由的精神已经失去了，所以高贵的思想，与真正的荣誉也一并消失，可知他是把自由看作艺术的核心的，所谓史，也不过是看自由的精神之受迫害的轨迹而已。最后，他曾声明他全书所论及的，只是雕刻绘画，所以在他所谓艺术的衰落时，而建筑都是进步的。他并以研究艺术史的价值作为归结，他说："古人就是困乏些吧，他们的艺术史是不错的；我们先已承受了这份不大完全的遗产；当我们对块块石头看一看时，从许多解答里至少我们可以找出几许的可靠性的东西来，其中的教训是远胜于史册中为多的，在史册中，除了一二灼智之外，不过烂账而已。人不要恐惧真实，即使不利，我们也要正视它；错路尽管走，许多正路正是从错路里走出来的。"而全书也就告终。

以上述其结构及要意毕。

第二，本书之价值与贡献：为方便起见，我认为可以分几方面去说。一本书的价值，首先是看其方法，温克耳曼的书在方法论的方面：（一）是他看到大处，写一本艺术史，他说要寻求艺术的本质，这令我们想要写一部哲学史，当然是寻求哲学的本质了，写一部文学史，当然是寻求文学的本质了，这样的史才有他学术上的贡献，才有除了史实之外，有它的史观，有它的特殊的心得。（二）是在他的书中，体系的研究和史的研究并行，这实在是一个好方法，普通对于一种学问，不外是这两种处理，例如文学，就有文艺史和诗学，前者即史的研究，后者即体系的研究，一个是纵的，一个是横的，一个是自外而内的，一个是自内而外的，合起来，才是一种完备的科学，温克耳曼能够并用，所以他这书才超出了一部普通的艺术史的贡献。（三）是科学精神，这首先表现于全书的有组织。任何民族的艺术，他总是先叙述其优胜或堕落的缘故，次叙述其作风，最后叙述其机械的部分；在叙述作风时，又总是分好时期，而每一时期中，先是裸体，后是衣饰，井井有条，其交代眉目处，尤丝毫不漏，先后照应，这是第一点。其次是他认为有规则可寻，例如爱忒鲁瑞的艺术重骨，希腊的艺术重肉，这是从民族的不同而寻见其规则的，埃及的初期艺术是直致的，次期的艺术是棱角少些的，这是从时代的不同而寻见其规则的，有规则在，则对于艺术品的鉴定，便不是任意的事，这也是一种科学精神，这是第二点。再则他极其看重物质的自然环境，他指出气候地带影响于艺术发达之大来，这是第三点。并且，他的艺术史不是架空的，他注重实物，这是第四点。因为他有这两种科学精神，所以他不愧是一个艺术科学的建立者。在看到大处，史的研究与体系的研究并行，科学精神之外。（四）是他能注意文化之整个性，在他叙述古代艺术雕刻时，他说到当时的戏剧也蒙了同一的色彩，在他叙述艺术的堕落时，他说到诗人也如同艺人，都作宫廷的阿谀，而恶趣味是一般地在流行，这便是所谓时代精神。以上四端，是他在方法论方面的价值和贡献。

本书是一本艺术史，所以我们不能不就艺术史的方面，而看看它的优长。这一则是他指明了研究艺术史的价值，是在一种训练，而我可以从中得到丰富的教训；二则他说明了时代，自然环境，和艺术的关系；三则是他提出了风格史，把希腊艺术划分了四时代，而标出了四风格，这一点极其重要，为艺术史的作者开了一个方法，为美学研究者增了一个课题，这可以说是全书很大的贡献之一，同时他道出了艺术的三历程，由需要，而优美，而奢侈多余。这是非常开明的看法，与近代人之看到艺术之起源是源于需要，遂把艺术的性质限于实用者，恰可以作一个好对照；四则是他把艺术的兴衰看作是自由精神的消长，认为自由是艺术的源头，认为自由是艺术的生命，认为自由是艺术的保姆，总之，自由是艺术之首要的发达原动力；所以在艺术的本身，则反对模仿，在艺术的背景，则注意良好的政治。这四点，都是他在艺术史方面的贡献。

　　因为本书是要探求美的本质的，所以关于这一部分，便有它美学方面的价值和贡献，其中重要的就是说明美之神秘性，美之独立性，审美和理性的关系，审美和感情的关系，美之原则：单一，多样，调和；美与表现的不同，艺术中之风格问题，艺术之类属问题（即绘画雕刻建筑等之孰高孰下问题，言其高下必有理由，此往往为一家美学体系所关，温克耳曼则以为绘画雕刻优于建筑，因其能多表现理想故）等等。在这些地方都有他的特殊的地位，也就是在这些地方，他有自柏拉图后第一人的资格。美必须无味之味，美必须超物质，美必须不落迹象，情感过则伤美，最高的美是诉之于理性，这些地方都极其精彩。现在看，什么多样、统一、调和等，都成了泛泛之论了，但是首先指出的，就是温克耳曼，到现在也还是颠扑不灭的美的根本原则，所以温克耳曼在美学史上有不可动摇的地位，是毫无疑问的了。

　　但这书最重要的价值，我觉得远是在教育方面、伦理方面。他不特告诉人如何审美，如何浸育于艺术的教化之中，他不特告诉人理性是如何重要，自由是如何可宝，宗教与战争，对于艺术，对于文化，又是如何的在阻碍与摧残，而他的最大的教训乃是要人成完人，是要人深刻。在温克耳曼的书里头，他指示人灵与肉，内与外，精神与物质，艺术与科学，皆当合而为一，而不宜偏废；最美的形式，就负荷一种最高的理想，有一种优越的自然环境就有一种优越的文化，理智的发展很高的民族，同时他们有一种发育很健全的身体，科学不发达的民族，同时他们也没有发达的艺术。这些教训多么深切！这里头有温克耳曼的信念和温克耳曼的向往！希腊为他所追怀者，也只因为在那里是他这理想的寄托！从艺术品的研究，他又教人深刻，他说当我们初接触艺术品时，就像才一见海似的，感觉上只见其壮阔而失掉了眼的作用了，再一看时才把精神沉静下去，把眼睛平息下去，由整个而注意其部分。又像读书，一读时觉得明白了，其实在仔细读了时，才知道上番并没明白。到达深刻的法子，只有虚心，所以他告诉人切忌在研究一种艺术品时，没认识其优长，即寻找其弱点。因为，照他说，一种否定的句子是比一种肯定的句子易于出口的，挑挑毛病是比掘发出长处易于着力的，批评别人也比独出心裁省气力，但是许多艺术品的鉴定，是因此致误了，因为那种缺陷有时是后来所致的，并不是属于那艺术品本身。自然，这种专家的经验之谈，对于艺术史的学徒，是最有参考的价值的，但是何独治艺术史，又何独治学术？我们生活中，也在需要这种虚心了。完人，深刻，虚心，这是温克耳曼在书中给人最大的教训，也是本书在伦理上最大的价值！只有在他这种精神的大处，我们才可以明白他如何影响于其他古典主义者歌德席勒诸人的缘故。

在方法论上的，艺术史上的，美学的，伦理的价值之外，还有一方面，是本书的文学价值，关于这方面的价值，差不多已是公论了，所以我们不必多说。我只愿意指出两点，一是他的取喻之敏捷丰富，这成了全书的一个特色，例如他说到美有理想的美，是采各个个体的美点合而为一的，他便说那是像园丁的接枝一样，像蜂的采蜜一样，又如他说到哈德瑞安（Hadrian）之欲有助于艺术，是只如医生之为病人的开方，能不死，养料却是没有的；类似的取喻极多，皆使人言下了然，而富有趣味；其次是文章的流利、活泼，全书随处皆是，不必例举。他尽了他那文学上描写的天才的，是叙述到那几个有名的雕刻，例如他讲到拉奥孔：

> 拉奥孔是表现自然间最高的悲哀的，那是一个男子的像。他意识到他那种精神的强毅和挣扎，他的痛苦使那筋肉膨胀了，神经紧缩了，那要武装起来的精神是以刚强的力而表现于额际，胸膛是为压迫着的呼吸所沸腾，但是他制约了自己情感的爆发：对痛苦要遏止着，而加以隐藏。那悲惨的叹息，他是极力要在不使出声，这造成了下体的姿势，这是使他那身子变成一个孔洞的所由来，我们可以由他那肠胃的激动而窥出。但是他自己的痛苦似乎还不如他那两个儿子，他们只顾看他的父亲，而欲有所求助：因为那为父的心是宣示在悲切的眼上，而那孩子们的同情心却只有在一种暗淡的空气中而流动、漂浮了。拉奥孔的样子是万分凄楚，但是他不呼喊，他的眼，在指望一种高尚的救援。口是充满了难过的，下唇沉重地垂着，上唇亦为痛苦所搅扰，由一种不自在所

激动，又像是有一种不应当的，不值得的委曲，自然而然的向鼻子上翻去了，因此上唇见得厚重些，宽大些，而上仰的鼻孔，亦随之特显。在额下是痛苦与反抗的纹，二者交而为一点了，这表示着那塑像者的聪明：因为这时悲哀使眉毛上竖了，那种挣扎又迫得眼旁的筋肉下垂了，于是上眼皮紧缩起来，所以就被上面所聚集的筋肉所遮盖了。艺术不能使自然更美，但是会变得她更有力，更紧张些；最大的痛苦的所在，却是最美的所在。左方，那个长蛇要喷吐它的毒气，所以靠近的肌肉自然是最感到惊恐的，身体的这一部分，尤为艺术上的奇迹。他的腿是要抬起的，为的是脱此苦厄，没有一部是在静止着，然而那雕塑的刀，却仍划出了皮肤的僵凝。

其他如叙述阿波罗拜尔维德勒之残像，包尔格赫西施之武士等皆极佳，现在只举一以概其余。他的文学笔墨，是打通了由造型艺术的美转移到纸上了的难关的，说这是文学上的贡献可，说这是造型艺术上的贡献也未始不可。

第三，本书出版之意义，影响，及他人批评：最重要之点，便是这本书在思想上成了德国古典主义者的先声，在文学上它是古典主义文学家第一部可纪念的散文，使温克耳曼可以有与莱辛、海尔德、歌德、席勒诸人比肩的资格，同时使他是把艺术史哲学化了的第一人，也是使德意志人开始有艺术美感的第一人，因为这样才被人称他是艺术科学的建立者。

说到这本书的影响，在思想上，当然是绘就了古典主义者的思想的轮廓，以调和为依归，以希腊为向往；在艺术科学上，则据逊尔泰（Wilhelm Dilthey）的意见，是开美学上历史的方法一派的，逊尔泰认为艺术科学的三期，一是理性派，二是分析派，三是历史派，历史派即导源于温克耳曼。历史派所注意的是四大问题：一是艺术的主观方面，即创作力之研究；二是艺术之客观方面，即艺术所取材的对象之研究；三是在空间上，注意艺术之天然条件的探求；四是在时间上，注意风格之划期的问题。凡此四端，都是温克耳曼所启发的。

关于这本书的意见，我以海尔德的批评最为中肯，因为海尔德首先把全书的要点抓住，他说这本书不是一本纯粹绝对的史，所以在史实的方面，倘若有什么小的错误，全书是并不足为害的，全书的要点是在根据民族的不同以道艺术的特色的，只有在这一点上有了动摇时，才是全书的毛病。这种批评方法是很对的。在海尔德的意见，则认为是艺术之民族的单位的解释颇有困难，因为所谓一个民族的艺术是否就是真正这一个民族所创的，而且所谓艺术也并不平等，同是艺术，其中的高下悬殊太多，因此，海尔德就力主文化的交流，认为一民族的艺术多是受他民族的影响。在这地方，我却为温克耳曼辩护了，他决没有这种决绝的把艺术分割为各民族所特有的态度，不过海尔德说事实是事实，不能因推理而推翻，又说温克耳曼似乎是先立下规则，而再去找例证，却不失为一针见血的话！这是因为温克耳曼把体系和史太混而为一了，有时不免有顾此失彼的结果。我们赞成温克耳曼的把两个方法并用，但却不赞成他的混一。前者是他的贡献，后者却是他的致失之由。海尔德可说抓住全书的特色和要害了，所以我认为他的批评，最值得介绍。其他批评温克耳曼的，多半因为他不了解近代艺术，遂并这部《古代艺术史》亦轻视之，却是不足为训的。

四　结论——温克耳曼之精神

歌德说有些人所治的学问，是与自己的性格相反的，温克耳曼却不然，他在事业上出色的所在，正是他性格上出色的所在。

那么温克耳曼的根本精神是在什么地方呢？以我看，他的根本精神，彻头彻尾是人间的，是感官的；但是他要从人间的，感官的之中超越而出，所以他要求理智，要求完人，这种努力寻求的方式，也就恰是一切艺术所要通行的，因为这，他爱艺术。

在温克耳曼看，一切宗教的目的，有一个共同点，就是要人常年轻，这在他的《古代艺术史》中论艺术的本质时曾提到。在同一书里，当他论到希腊艺术之四时代与四风格时，他说雅有两种，一是天上的，一是人间的，一是神的，一是物质的，但当前者也侵入了艺术时，艺术便有了堕落的，堕入工巧一途的征兆。

在温克耳曼那里，宗教不复是禁欲的，遏止人性的屏障了，在温克耳曼那里，艺术的宫，是宁建在人间，而不是在天上。

不错，他说美是在上帝那里，不错，他说最高的美是需要理智，但是我们要当心呵，这是他的理想，不是他的现实。理想上的所有，正是现实里的所缺！

他是人间的，所以最美的东西，还是人的身体，雕刻如是，真人也如是。他是感官的，所以他沉醉于美！

我们不可忘了温克耳曼和许多年轻的美男子的友谊。我们可以看一看他的一封通信：

>　　这篇论文是以你为题材的，我们的来往是太短了，无论对于你，和对于我。可是当我第一次见你，我们的精神上的接近，就在我心里发觉了：你使我知道我的希望并没落空；我的希望就是一个高贵的灵魂，能够了解美，而被在一个美丽的身体里。所以我的离开你，是我一生中最痛苦的一页，恐怕这种感觉在我们共同的友人都会有的，因为你的离开我，是我想到将不能再见到你了。讲这篇论文算是我们两人友谊的纪念，这，在我一方面，是丝毫没有自私的动机的，这里永远是为你，呈献在你的跟前。
>
>　　男子的美是可以有一个普通的概念可想的，我发觉那种只以为女子才美，对于男子的美一无动心的，是很

少在艺术上有一种公平的，生动的，不可动摇的鉴赏能力的。在这种人，对于希腊的艺术，一定看不出什么好来，因为希腊的艺术，毋宁是男性美，而不是女性美的。但是对于艺术的美的鉴赏是比对于自然的美的鉴赏更需要高的感觉力的，因为艺术的美，是像观剧时的泪一样，倘若无关痛痒，是证明没有生气的，这种泪必须为教养所唤醒，所陶冶。现在，因为这种教养在年轻时候是较成年更热心的，所以我所谓那种审美的能力是必须在到达那个年纪以前加以训练和指导，为的是到了那个年纪以后，就不会有对于美的兴味了。

这是他写给勃尔歌（Friedrich von Eerg）的，可以见他们友谊的实录。

歌德说温克耳曼生就了有这种友谊的热情的，他不但是可以作到，而且是有一种高度的需要在那儿。他觉得他自己只有在友谊的形式下，才得到达一个圆满的整体。

歌德又说他在性格的深处，有一种不安的因素。但是正因为他这种内在的不安与不适，使他的心胸高贵起来；那就是他对于离去的友人之一种不能压抑的向往。他愿意在信里仿佛同他们见面，谈心，他追怀于他们的怀抱，他企望他们欢会的日子的重温。

所以温克耳曼岂但是人间的，感官的，简直是情绪的！所以他所谓美，与其说在上帝那里，不如说就在人间的希腊，但与其说在希腊，还不如说就在他那些青年男友的周围。

正是这种情绪的，感官的特色，表现于他的工作上。

这位橄榄色的面孔的学者，带有深陷而锋锐的眼睛，一种敏捷的，感受性极强的热狂，在那里露透而出。他是并非用理智，而鉴赏了希腊人的文化的，却毋宁是凭一种直觉和本能。

因为有人比他是哥伦布，于是瓦耳特·培泰（Walter Bater）形容他说："他的科学是容易错的。但是他有一种方法，可以立刻由极轻微的指示里就断定那是陆地，哪怕只是一根浮来的芦苇，或者飞过的小鸟，他似乎比任何别人更接近于自然些。"

是的，他凭直觉和本能。也就因为如此，他讨厌哲学，在那里才是真正运用理智的。他也轻视诗，但是歌德说得很好："他却一定是诗人的，无论他想到过与否，或者愿意与否。"（Er.muss Poet sein, er mag daran denken, er mag wollen oder nicht）

因为温克耳曼是偏于感官的，所以他注重物质世界。在他的著作里已经充分表现了自然科学的精神了，这也无怪乎他晚年愿意弃考古学，而从事物理。

温克耳曼的生活，非常淳朴，质实而认真。他在罗马，饮食就只有面包与淡酒。

他的原稿，虽已拿去付排，但他倘若发现了错误时，他便不惜索回再改。

他对于朋友，绝没有秘密。

真诚而直爽，坚实而坦白，永远是他的性格。

他极任兴趣。兴趣是一切。

他的工作，由本能和情绪的支配，没有预先的设计。他发现什么了时，他是热狂得不能形容的，同时错也不能免，但他一发现了错，他就立刻改正了，他发现得也极快。

我们时常觉得他是一个活人，而且年轻，你看他讨厌学者教授，他立志不为这般人著作，他不愿意摆架子，在他的文章里，充满了热情，逢到当攻击的，也就决不放过。

我们从近代心理学的眼光看来，人们爱情的发展，先是同性，而后及于异性的，个体的生物是如此了，整个的人类也有这种阶段，所以在初民无不喜欢男性美，或者喜欢两性人(Hermaphrodit)，不要说希腊，就是印度，我们看那种佛像，也正是具有女性美的男身，埃及的狮身人面像，经温克耳曼证明，也是两性体了，我们慢慢专注意了女性，以女性为惟一美的对象者，是后来的事。在这种意味上，我们见出温克耳曼之原始意味的性格，也可以作他青年精神的另一面观。

温克耳曼所要求的是完人，但是他本身，给我们印象深的，是活人。他要求最高的审美所需的理智，但是我们在那里见到的是深厚的人间味，浓重的情绪、感官、物质世界和原始的、壮旺、淳朴的精神。用歌德的话讲，温克耳曼的思想，彻头彻尾是异教徒的。

1936年1月13日草于济南

参考书目

Herder, Denkmal Johann Winckelmanns

Goethe, Winckelmann und sein Jahrhundert

Walter Pater, The Renaissance

Wilhelm Waetzold, Deutsche Kunsthistoriker

Dilthey, Gesammelte Schriften Bd.6

Lehmann, Poetik

Wickelmann, Geschichte der Kunst des Altertums

第二编

康德（1724—1804）对于人性之优美性与尊严性的提出
——康德：关于优美感与壮美感的考察（译文）

译者导言

(一)

生于1724年的康德（Immanuel kant），所作的这篇《关于优美感与壮美感的考察》（Beobachtungen über das Gefühl des Schönen und Erhabenen），是被认为成于1764年（时康德四十岁）的，但是实在是在1763年8月8日已经送交教授会的主席去审查了。哈曼（Hamann）寄林德诺（Lindner）的一封书上说：

"我现在正从事于康德的关于感觉的考察，我很愿意见到一种很概括而优秀的批评。"

这日子是1764年2月1日，可说是现在可考的关于康德这篇文章的第一件文献。也是由这个日子推断，知道康德此文之成，是在《头脑病态的研究》（Versuch uber die Krankheiten des Kopfes）之前。

不管是1763也好，1764也好，总之，这篇文章是1770年以前，凡是康德在1770年以前的著作，便有一个特殊的意义。因为，以1770年为限界，康德前后的思想有一个绝然不同的面目。在研究康德思想发展的人，以及研究普通哲学史的人，差不多一致同意，把康德1770年以前的著作，称为批判前期的著作（Vorkritische Schriften），把康德1770年以后的著作，称为批判时期的著作。

像康德这样大器晚成的思想家，是历史上很少见的。他的三部最主要的著作，所谓三大批判，《纯粹理性批判》、《实践理性批判》、《判断力批判》，都先后草成于1781至1790年之间，这时他已是六十岁左右的人物了。所以有人说倘若他死得像莱辛、席勒那样年纪，我们恐怕不知道康德的真正思想是怎样的。《纯粹理性批判》出版于1781年，论说应该以1781年以后的著作为批评时期的著作了，然而不然，因为在前此十年的中间，实在是他的酝酿时期。他在1770年写过一篇Disputaio de mundi Sensibili atque intelligibilis forma et princilpus，这其中已经包括着《纯粹理性批判》的端绪和规模，自此至《纯粹理性批判》的出版，他差不多一个字没有写，他的沉默，正是他的酝酿。因此，以1770年为界，作为康德思想发展的分水岭。

《关于优美感与壮美感的考察》，是属于康德批判前期的著作。这是我们必须好好记牢的。

所谓批判前期的著作，无论在形式上、内容上，都有它的特点。先说形式，普通人读了康德的书，总得一个枯燥、沉闷、冗长的感觉，然而这只是康德批判时期的著作才令人有这种印象。因为一般人是太注意于他那批判时期的著作了，所以就以这一段著作的特色，概括了他的著作全部了。批判前期的著作迥乎不同，其文章异常的轻快、精悍、富有风趣，与其说是哲学家的东西，毋宁说是文学家的东西。只有在这种地方,我们相信德国文史家所说"康德是能为歌德而不屑为歌德"的一句话的真实。至于内容,我们却先要不必忙着说,虽然同谓之批判前期,这一期中却也有分别。我们知道,康德的第一部著作是《生命力之真正估价的思索》(Gedanken von der wahren Schatzung der lebendigen Krafte),这篇东西成于1746年(时康德二十二岁),以此为始,他才著述多起来。按照Fröaulsen的意见,自此称为批判前期的第一期。自1762年至1766年内,则称为批判前期的第二期。1770年后,他自然也采用了普通的分法,便是批判时期了。第一期和第二期的分法果然很好。在第一期里,他的文章的内容多半是自然科学,特别是地理、数学、物理天文等等。在第二期里,他的文章的内容,则多半是形而上学和知识论的问题。康德在早年所受的绝有影响的两个人物是牛顿和卢骚,在他第一期著作里,我们恰恰可以看到牛顿的影子,在他第二期的著作里,我们恰恰可以看到卢骚的影子。这两期,却也有一个共同点,就是康德自己的思想还没成熟,他自己在思想上还不能独立的时代。在他的批评时期,不错,休谟对他的思想很有作用。但是他不是完全为休谟所左右的。正如他的讲书时采用的课本一样,他不过以课本为引子,却还是在发挥自己的意见。据说康德常误会别人的意见,他善于讲而不善于听。不过这是无碍的,因为他在发展他自己的独创性(Originalltat),如他在《判断力批判》里所谈,这却是天才的惟一特征。所以在他的批判时期的著作里,很少引用别人的意见,我们打开全书,几乎不见什么援用的词句。因此有人说康德不大读书,然而这却是错了的,他的读书实在是勤快,而且丰富的,他不好征引,也是批判时期才如此,在批判前期就完全不同。批判前期,实在是他猛烈吸收的时代。凡此种种,都是康德批判前期和批判时期大不同的地方,其中也都有内在的意义在。

《关于优美感与壮美感的考察》,便很能代表出批判前期的特色。它是成于1763、1764年间,便恰恰是第二期的东西,于是,也就有我方才所说的卢骚的面目。

(二)

如果从题目看,以为这篇《关于优美感与壮美感的考察》,是哲学部门中一篇美学的论文,看了后一定要失望的。第一,这不是十分专门的哲学论文,他自己在文章的开头不久已经声明:"我也多半是由一个普通观察者的眼中去看而已,并不是纯粹由一个哲学家所得的。"

第二,这不是讲优美与壮美的学理的,这在Ueberweg的《哲学史》第三卷上也已经叙到了(见该书第526页)。我认为他介绍得简要而中肯,索性把其余的话也录出:

> 这是在普通理解上的一串关于民族性、性情、爱好、两性等等的精细的观察,其见地是美学的、道德的、心理

的，杂然并存，有的部分颇透露着智慧。……壮美与优美的分别，是在心理上，"壮美在感动着，优美在摄引着"，壮美又分好多种，即惊心动魄的壮美，岸然高贵的壮美，以及辉煌光华的壮美。很令人注目的是道德之审美性的基础，即："对人性之优美性与尊严性的感觉。"Shaftesburvy Burke等人的意见，康德似乎是由Mendelssohn那里间接听来的，这是很显明地看得出的。

因在这种缘故，所以倘若我们要寻找这篇文章在哲学中的影响，或者就康德本人论，是和《判断力批判》如何相关，这都是徒劳的事。

然而在大处，却仍然可以看出的的确确是康德的东西，因为康德思想的两个要点，就我现在能够了解的说，是立法性（Gesetzlithkeit）与主观性（Subjcktivität）。他的知识论，他的伦理学，他的美学，都是如此。他不讲什么是真，什么是善，什么是美，但却讲如果是真，如果是善，如果是美，都是什么法则。而这些法则是在客观上么？不是的，乃是在主观上。关于这一点，他认为很重要，所以他在《纯粹理性批判》的序上，自诩为是哥白尼的功绩。这和一般的常识的想法相反，但是却是康德的绝大贡献，有些人认为康德是经验派，根据是他在《纯粹理性批判》中劈头第一句话，就是知识与经验俱始。要说康德不讲经验，这是错的，然而他却是讲经验的法则。经验的法则是不是经验呢？

这很难说，在康德便认为是先验的、超验的，这是康德哲学称为超验哲学之所由来，也是康德哲学之为批评哲学的张本。经验是主观的，康德却讲经验的法则。所以我说他的哲学，是以主观性与立法性为要点。分而观之，是主观性与立法性，合而观之，则是主观之立法性。我认为这是康德哲学之核心。

就是在这篇不大的文章里，也可以看出了，康德处处要找法则。只要他的思想所到处，无一处他不要成其为体系，无一处他不运用其一以贯之的精神，他又重在主观，文章的头一句话就是：

快乐或者烦恼的种种感觉，是并不十分系于所以唤起这些感觉的外形状况的，倒是毋宁关系于各个人各自的情感多些，由个人的情感，而快与不快以生。

怎么样？但这也便是康德思想的形式的一般。

作用了康德处处要寻法则的习惯的，恐怕是牛顿的自然科学。作用了康德处处想到主观的方面的，恐怕是卢骚的革命情绪。对于自己，对于别人，对于整个人类的尊严性的认识，这是卢骚思想的基础。这点，在康德是充分发挥了，无论在理论上，在实践上。康德在这篇文章中，关于这，也可以说"一篇之中，三致意焉"了。所以我说，这里头有卢骚的影子，而且是深深的。

全文分四部分，第一，论优美感与壮美感之不同的对象；第二，论人类之一般的壮美性与优美性；第三，两性中壮美性与优美性之对立关系；第四，从壮美感与优美感之不同论民族性。多少有点美学意味的是第一部分；第二部分完全是讲人的性情的，可以说是伦理的立场；第三部分很有趣味，人们因此说康德之不结婚并不是不知道女子的美；第四部分论到的民族很多，就是中国，也在被论之列，不过眼见得他的了解很不充分。现在所译的，只是第一部分和第二部分。

大家可以看出，这里是很优美的散文，倘若和批评时期的东西一比，几乎不像出自一人之手。

我的翻译是根据Erust Gassirer主编的《康德全集》第二卷，有时则以普鲁士皇家学院的本子为参考，尤其是注解方面。关于这个导言，大部分是我自己的意见，——但关于在读本文时的许多启发没有列入，以免驳杂；同时，却参考了下列各书：

Erust Cassirer, Kants Leben und Lehre

Ueberweg, Geschchte der Philosophie Bd III

Fr. Paulsen, Immannel Kant

Windelband, Geschichte der Philosophie

1936年8月8日长之识于北平

一 论优美感与壮美感之不同的对象

快乐或者烦恼的种种感觉,是并不十分系于所以唤起这些感觉的外物状况的,倒是毋宁关系各个人各自的情感多些,由个人的情感,而快与不快以生。因此,一人的欢欣,在别人就许是厌憎,一人爱情上的痛苦,在别人看便或是一个谜,或者生了反感,这个人所感到的,在那个人竟会完全漠不相干。关于人性这方面的特点的观察,范围可以很广,而且有不少待发掘的宝藏,是十分有趣,又可得些教训的。现在我却把我们的眼光只投射在几点上,这是在这方面更显著特别一些的,不过,我也多半是由一个普通观察者的眼中去看而已,并不是纯粹因一个哲学家所得的。

因为一个人只有在他的爱好满足了之后,他才算是幸福的,所以那种使他能够多享受一些的却并不需要选择的才能的感觉,一定不是繁琐性的。发育得壮健肥大的人,他的厨子在他就是最机灵有趣的作家,他那厨子之美妙的杰作也就在地窖里,在这种人达到一般的猥亵之一种俗而拙笨的笑场时,是比那种以高贵的感觉自负的人容易得到欢乐的。一个懒易的人喜欢听书,因为这样他好入睡;在各种享乐上显得傻头傻脑的商人,也可以有聪明人的享受,那就是当他算计他的营业利益的时候,他还可以追逐异性,那是他把异性也算作可以享乐的事的时候;喜欢打猎的人,便可以捕蝇,像道米填(Domitian)君王似的①,或者逮野兽,像A什么先生似的,所有这些人都有使他们按照自己所喜欢的事而享受的感觉能力,他们无需乎忌妒别人,也不能够在别人那里得什么念头;不过关于这,并不是我想加以注意的。却另有一种较为精细美妙的感觉,其所以这样称呼者是或者因为人在享受时,时间可以长些,并非马上满足,以及一享受就可享受完了的,又或者因为它可以为心灵的感受性作让步,这种心灵的感觉性是要立刻会变到道德的感动上去的,也或者因为它是关连于才能和了解力的优越性,这是和那完全不用脑筋的感觉相反的。这种感觉才是我所要从某一方面去加以观察的。但是我在这里却要把那种爱好除去②,论说那种爱好未尝不和高度的理解力洞察力紧紧相关的,还有激动,这是凯普勒(Kepler)③所能够的,像伯耳(Bayle)④所说,他可以不为南面王而易其发明,但我也要除去了。这种感觉太高等了,现在所计划要谈的感觉乃是只可以触动感受的感觉,但同时却也是一般人的心灵所能来得及的。

---

① 道米填,公元81—96年罗马英主。其详细事迹可参看 H. Schiller, Geschichte der romis-chen Kaiserzeit,第520、538页。道米填善射,又喜捕蝇,捕得后用针关牢,视以为乐。

② 爱好,系译 Neigung,因此中有意志,欲求意味,故康德在论审美感觉时弃而不谈。关于此点,康德于其《判断力批判》中,颇有发挥。

③ 凯普勒(1571—1630),德天文家。

④ 伯耳(1647—1706),全名为 Pierre Bayle,法国哲学家与文学家。他在积极方面的成就不如在消极方面的批评。他最著名的著作为 Nouvelles de lanrepublique des lettres(1684年),与 Dictionnaire historique et critique。伯耳在这儿所根据的是出自 Thomas Sansius, Mantissa consultationum et orationum, Tubingae, 1656年,第792页。

我们现在所要说的精细美妙的感觉，首要的当分两种即壮美感与优美感（Das Gefuhl des Erhabenen und des Schönen）是。被二者惹起的都是好受的，但却是不同的。例如山景吧，那如削的峰巅高出于雪际，又如米尔顿所描写的急风暴雨，或者所形容的地狱式的王国，这在我们都有快感，但也有恐惧感；相反的如众芳争妍的草场，山谷而有蛇形的小溪，又被正在牧着的牛羊群所覆盖着，再如极乐世界的描写，或荷马那关于爱神衣带的绘描，这都可以令我们愉快，但其中乃是微笑与欣然。这样，有在我们身上能发生相当强度的印象的，所以我们有壮美感，后一种却只是正常的享受的，所以我们又有优美感。大的橡树，光亮的草地上的寂寞的影，这是壮美；花林、短篱、插图中雕板的树，这是优美。夜是壮美的，白天是优美的。在夏夜的安稳的寂静中，星斗闪烁的微光自夜之灰褐的影子里投射而出，孤伶的月正立在水平线上。这时那被壮美感所占有了的性情，便渐渐引向高的感觉里去了，这时乃有古道热肠之感，有飘然出世之感，有永恒不灭之感。光辉的白天却是流向人事的急切中与享乐的感觉中去。壮美在感动着（ruhrt），优美在摄引着（reizt）。当人在满有着壮美感的时候，面孔是热切的，有时是像热了似的，或者是惊异的。反之，那生动的优美感觉是表现在明亮的眼睛的辉光上，表现在续续的微笑上，表现在兴高采烈的精神上。壮美又分许多种。壮美感有时由带着恐怖或者悲哀的，在某种情形下是只带着宁静的赞赏的，在别种情形下则于一种壮美的设计之中又有一层广被的优美性。第一种

第二编　康德(1724—1804)对于人性之优美性与尊严性的提出　｜　57

我叫作惊心动魄的壮美（das Schreckhaft-Erhabene），第二种我叫作岸然高贵的壮美（das Edle-Erhabene），第三种我叫作辉煌光华的壮美（das Prachtige-Erhabene）。深的寂寥是壮美，但就是惊心动魄的一种。①所以那广漠伟大的沙漠，例如在鞑靼人住的地方无边的大戈壁吧，时时就有恐怖的影子，山魈，以及鬼脸等在那里出没的可能了。

---

① 康德原注：我在这里只举一个高贵的怕惧的例子就够了，这里头是一种整个儿的寂寞的描写，下面是自《布莱姆》杂志（Brem. Magazin）四卷第539页《喀拉参之梦》（Carajans Traum）摘出的数段："这一个不毛之地的王国，财富日增，而同情心，仁民爱物之心却日衰了。同时，因为人类爱的心是凉下了，所以他们归到祈祷与宗教行为的热心上去。"就照着这种情形作者继续讲下去："在一晚上，我于灯下结账，把营业的盈余算清，睡魔便找了我来了。这时我看见死神的大使像旋风一般向我而来，他就打起我来了，使我告饶也迭不得。当我明白我的命运要入于永恒的手掌，当我明白所有作了的好事没有什么可添，所有作了的坏事没有什么可减，我真了然若丧了。我要被引到三重天所居的王位上去。在我眼前燃烧着的光焰，向我招呼：'你的事神是完了，喀拉参！你把你那人类爱的心封闭了，而你对你的积蓄用铁掌把持着。你只是为你自己而在活，所以你将来在永恒里也仍是孤寂，在一切集体之中，将同整个的创造绝缘。'这时我被一种不可见的大力击碎了，穿过创造物之辉煌的机构而前进着。立刻有无穷的世界落在我的身边。当我走到自然的最靠边的尽头，我见出，那无穷际的空虚在我眼前往深渊里降去。一个永远寂静的，孤伶的，黑暗可怕的王国！一种不可说的恐惧在这情景里充满了我。我渐渐把最后能望到的一个星也消失也，末了，那最后的微亮也度入极度的黑暗中。那种生之执着时刻走向失望里，而我和这现住的世界的相离也与时俱进。我伴了不可忍受的烦恼而想，几千万年之后，我离这创造的世界越远了，我却永远在不可测度的黑暗之渊里，向前看，也没有来的救助，也没有来的梦想。……在这种无所闻见之中，我以一种强烈的心情伸出我的两手，向着真理的对象，因为这正是我所盼着的。而且我现在是被教训出了，对人类应当估价得高高的，因为，就是人类的很不足道的一点吧，就是我在我的门前知道以我的幸福骄傲的一点吧，也就能使人在那种可怕的沙漠里将那高耳康达（Golkonda）地方所有的财富弃如敝屣。"

以上是康德的原注，按所引杂志全名为 Bremisches Magazin zus Ausbreitung der（见下页）

壮美的东西必须时时是大的，优美的东西却可以是小的。壮美的东西必须是单一纯净的，优美的东西却可以加上涂饰、点缀。很高大巍峨的，和很幽深无底的，一样是壮美，但伴了后者的是惊惧感，伴了前者的则是称赏，所以后者是惊心动魄的壮美，前者是岸然高贵的壮美。埃及的金字塔的一瞥，是使人感动的，像哈塞耳奎斯特（Hasselqust）所说①，是远过于人在各种描写中所想像而得的，但是那结构是单纯而高贵。罗马的彼得寺则是辉煌的。因为由于设计要求大和单纯，那么，尽管镶嵌的金饰是以优美性而广布着，但是大部分还是使人得到壮美的感觉，所以那对象还是叫作辉煌光华的。一个兵械库应当高贵与单纯，一个皇家住室应当辉煌，一个行乐宫却应当优美，令人魂销。

悠长的时间是壮美的。倘若它是属于过去的，那么它是高贵的，倘若那是向不可知的将来看的，这就多少有点惊恐了。出自

（接上页）Wissenschaften und Künste und Tugend，第四卷系于1761年出版。《喀拉参之梦》，为一东方传说。康德所引，有不符原文处。

又按引文中所谓第三重天，此乃古人对天分为多层，其数目三至七，泡耳（Paul）以乐园为七重天之第三重之称，这是后来拉宾派（Rabbinic school）所承认的。在这里，是将逝的意思。

高耳康达，为海得拉巴得（Hyderabad）旧名，以产金刚石著称，现在用以代巨富。

① 哈塞耳奎斯特（Frederik Hasselquist），生于1722年，殁于1752年，为瑞典博物学家与旅行家。他原来是著名生物学家林纳氏的学生，因不满意师说，于是旅行作实地考察，但因为体弱，病死道中，此间所指之书为 Reise nach Palastina（1749—1751），此书于1762年，在 Rostock 出版。形容金字塔的一段，见第82—84页。

远邈的古代的建筑，是令人敬畏的。哈勒（Haller）[①]在他描写将来的悠久时是带着轻轻的惊惧，在描写过去的悠久时则流露着固执的称赏。

二 论人类之一般的壮美性与优美性

理解是壮美的，聪慧是优美的。勇敢是壮美的，伟大的；狡猾就小气了，但那是优美。克朗维耳（Cromwell）[②]说，小心是一种作市长的人所需要的德性。真实与诚坦是单纯而高贵的，笑谑与悦人的称赞却是精细而优美的。温雅是德性的优美性。无利害关系的热心是高贵的，圆到与礼貌确都是优美。壮美的性质唤起敬意，优美的性质唤起爱慕。偏于优美的感觉的人只有在困难时才寻找他们诚坦的，有常性的，严肃的朋友；他们所选择了来往的多是爱笑谑的，温雅的，有礼的人。人们往往所估量得很高的，是过于真正能够接近的，那人使我们赞赏，但是却使我们未敢凭了友爱的稔熟性，冒然去接近。

有种把优美感和壮美感二者可合而为一的人，就可以见出，被壮美的东西所感动的是比优美的大些，只是那壮美没有优美感

[①] 历史上有好几个哈勒，此当是 Albrecht von Haller（1708—1777），为瑞典解剖学家与生理学家，但是他的天才实在是多方面的，著作极富，本行之外，有关于宗教的，有关于医学的，有关于植物学的，还有诗集和三部小说。

[②] 当系指 Oiver Cromwell（1599—1658）英国共和时代之护国主，是很有政治才能的人。

的交迭性或相混性，因而容易使人疲劳，不能像优美感享受那么长①。有时在经过了很好的选择的集会中，那种谈话可以引起很高的感觉。却一定在热烈的笑谑中消融了去的，那感觉的，严肃的面孔和失笑的欢乐，就必定是一个好对照，这种对照可使壮美与优美二种感觉毫不勉强的轮流而生。友情总是壮美一列的，性爱却就是优美本身，然而，温柔与敬畏也可以给性爱以尊严与壮美性，相反的，戏弄的玩笑与狎习也可以在友情中增入优美的色彩。按照我这种意见，悲剧与喜剧的分别也就在这儿，就是前者是为壮美的感觉所感动着，后者为优美的感觉所感动着。在悲剧里是表现为别人的福利而作出的大量的牺牲，在危难之中而有的勇气和主意，以及经过了试验的忠实等。在这里爱情是痛苦的，温柔的，而且充满了敬意，因此别个的不幸遂可以使观者有动于中，思欲为之分忧，即在豁达的心胸的观者对之，也为这不相干的烦恼所拘住。他可轻轻地被感动了，而且更可意识到自己性灵的价值。喜剧相反，那是表现很细的设计，可惊的穿插与知道如何作弄自己的智慧，自欺的愚蠢，打诨，以及可笑的丑角等的。在这里的爱情不是多么不快的了，却是欢娱的与家常的。但这却也像在其他情形时一样，高贵与优美是在某种程度上也可以合在一起。

---

① 康德原注：壮美的感觉是很强烈的使心灵的力量扩张的，所以有点使人疲劳。人们可以多多读一会儿牧歌，而米尔顿的《失乐园》便不行，得·拉·布鲁叶尔（De La Bruyere）之与杨格（Young）亦然。我觉得后者以出自道德的诗人论，那缺点是在把那壮美的情调抓得太一致了；因为印象的强度是只有用温和的段落可以使人耳目一新的。在优美的方面，只有太讨厌的艺术是令人疲劳的。把人刺激得疲劳了，就变为痛苦，而且感到沉闷。

就是罪恶与道德上的破坏，也常带了壮美或者优美的成分，至少在它们呈现在我们感官感觉上，而没有经过我们理解上的推究的时候是这样的。一个可怕者的怒是壮美的，《依利亚特》中阿乞勒斯（Achilles）的怒便是了。一般地说，荷马诗中的英雄是令人惊悸的壮美，魏琪耳（Virgil）的则是高贵的壮美，对于奇耻大辱的公然报复，是有点伟大的成分在的，因为这样在法律上是不许可的，所以那关于这的描写便有了几分惊惧和快意，如汉畏（Hanway）[①]所描写的吧，当沙喝纳底尔（Schacn Nadir）在夜间于他的帐幕里，为几个叛兵所袭击的时候，已经着了伤了，在与死亡作挣扎之际，他呼道："怜悯你们吧！我把一切都给你们！"他们之中有一个答应了他了，这时他却高高的拿着军刀道："你没有可怜悯之点，你毫无长处！"一个无赖汉的决心奋斗是非常危险的，但这在描写中却依然很感动人，在那无赖汉要走向可耻的死亡里去，他对于死却还有一点敬意的，这是因为死神正在对他很顽强而且轻蔑着。从另一方面看，这种很狡猾的设计，纵然是出之于无赖的勾当，但本身却是精细而可惹人笑的。在高尚的意味的向人戏媚求欢（Koketeterie），换言之，即故意做作又惑人心胸的，倘若一个在别种机会是老实的人出此，或容许可责难的，但却是美的，而且一般说起来是宁取于此，而不取那可敬的、庄重的道貌的。

---

① 汉畏（Jonas Hanway, 1712—1786），康德所引见其 Hlstorie des grossen Erooerers Nadir Kabi Hamburg und Leipzig 1764 Ster Theuil S396。

由外部所见的人的形状，是一会可以蒙上这种感觉，一会可以蒙上那种感觉的。高大的身躯得到人家的重视和注意，娇小的则容易使人多有一些爱怜。褐色皮肤与黑眼睛是近于壮美的，蓝眼睛，白皮肤则与优美为邻。年长一点的人是多有一些壮美性的，年幼的人则多有一种优美性。这与地位的分别也有关，所以这些我们只就说过的讲，甚而衣服上也可征验出感觉的不同来。伟大庄重的人物一定是看着纯一的，在他的衣服上有极度的堂皇的式样，娇小玲珑的人，则可以修饰、点缀许多。老人衣服宜于暗色与和谐，年青的人却尽管带着灿烂亮晶的附属品。在地位上，同样的财富与等级吧，那宗教方面的人的衣饰一定最纯一不过的。政治家却多半取的是堂皇。闺阁之友（Cicisbeo）便喜欢什么，就用什么打扮了。

　　外界的幸运环境，至少以人们之容易受欺骗之故，也能加入这些壮美优美感之中。门第与官衔在一般人们很重视。财富即使没有什么好处，它本身就可以获得人超乎利害的敬意，这大概是因为有许多伟大设计，是与它的呈现合而为一，又由它才可以完成的缘故。这种评价法就是有钱的坏人也有机会有，自然他们不作那些伟大的设计，他们根本也没有对于那种高贵的感觉的概念，钱财在他们只是为了可以弄得以富骄人就够了。以贫困为罪恶的思想之日增，是由于人穷了就遭人轻视，这不是由什么好处可以挽回的，至少一般人眼中不能如此，地位与空名也不能把这种粗浅的感觉给盖住，倒是在某种程度上可以

第二编　康德(1724—1804)对于人性之优美性与尊严性的提出 | 63

把一人的长处也给抹杀了。

在人的天性里头，没有一种尊荣的性质不是同时有无穷的在同一衬托下以及非常不完全的似是而非的支流的。惊心动魄这壮美的性质吧，倘若不自然了，就只是奇险（abenteuerlich）①而已。不自然的东西，只要立意要表现壮美的，不管是一点，哪怕根本没遇到壮美，是都会变成丑怪滑稽（Fratgen）的。人要是爱又信奇险的，就是一种幻想者（Phantast）；倾向于丑怪滑稽的便是一个乖僻的人（Grillenfangr）。在另一方面，优美感也有分别，倘若一点高贵味也没有，就变成愚稚（Iappisch），倘有这种性质的男子，年幼的人可以称之为浪子（Laffe），年长的便可称为怪物（Geck）了。因为老年人是需要壮美的，所以一个老怪物是天地间最可轻视的，正如一个年轻的乖僻者是讨厌，最不可忍受的。笑谑和活泼是归入优美感的一类。但其中也多少有点理解的成分，单就这点论却是与壮美相关的。倘若在一个人的活泼之中而没有这点理解，就是傻气（faselt）了，常常傻气的人，便是愚痴（albern），人可以很容易地看得出，一个聪明人也有时傻气，并不是一点生气也没有，只不过是一个短期间之内，理解力感到声嘶力竭了，一时无所供给之故罢了。那种言或行既不诙谐又不动人的人，是令人讨厌的（Iangweilig）。令人讨厌的人即

---

① 康德原注：自要壮美性或者优美性越过了普通所承认的限度以外，以人就欲以"浪漫的"称之。

使忙着诙谐或故意动人,也是乏味的(abgeschmackt),乏味的人而又自吹自捧,便是一个呆子(Narr)①。

　　我要把这些人类弱点之可惊异的轮廓都举例以明之,因为,在没有霍蛤斯(Hogarth)②的雕刻刀的人,不能雕出什么花样来了,便只好从描写上去补偿的吧。为了祖国的或者朋友的权利,勇敢的担当起危险来的,是壮美的。十字军,古代的骑士风,还却只是奇险而已。决斗,由于错误的荣誉观念之决斗中的惨败者则是丑怪滑稽的。缘于一种合理的厌憎,对于尘嚣而有一种遗世独立之想,这是高贵的。像古代隐士那样隐居的想法③,却只是奇险的。寺院及寺院之属的坟墓,倘若一意要限于生动的圣迹,是丑怪滑稽的。在根本上那些圣者对于大苦大难的克服却是壮美的。禁欲盟誓,以及其他僧人的美德,便也是丑怪滑稽的。什么圣骨、圣木以及其他一切废物,要在西藏,那大喇嘛的排泄物都保持着,

----

　　① 康德原注:人们可以立刻看出,这个可敬的团体是分为二部分,一是乖僻的一部分,一是怪物的一部分。一个有学问的乖僻的人,常被搛着一个炫学者之称。倘若他是有一幅固执的学究面孔的,像新旧时代的冬斯(Duns)那样人物,在他看帽子上带的金刚钻倒是体面的。怪物是这一流,世界上最多。他们比乖僻的人还好。人们还可以在他那里得些什么,也可以大家笑笑。在这幅滑稽画中,就仿佛这个对那个歪嘴,又用他那空空如也脑袋撞他弟的头。

　　② William Hogarth(1696—1764),英国大画家与讽刺画家。初习银板雕工。

　　③ 按所谓 Eremiten,即英文之 hermit,相当于中国所谓岩穴之士,他们往往是单独的跑到荒山野岛上去,像Thebaid 的许多隐士便是这样,所以康德认为是奇险的。别有一种在教堂附近隐居的,这不叫作eremiten了,乃是 anchorite,可相当于中国所谓市隐,那恐不是康德所以为然的了。

这也都只是丑怪滑稽而已。由聪慧的人与锐感的人来的著作,如魏琪耳与克劳普施陶克(Klopstock)的叙事诗便属于高贵的一种,荷马与米尔顿的便只是奇险的了。奥维特(Ovid)的《转变》是丑怪滑稽的,而法国那些热狂者之神怪童话则是丑怪滑稽中之尤者,那是时时在酝酿着的。希腊诗人安纳克雷昂(Anakreon)[①]式的诗,一般地说是很近于愚稚的。

有理解力与观察很尖锐的作品,只要它的对象是含有感觉成分的,同时它就含有思想上之分歧的成分,宇宙之大的数学概念,从永恒观点而生的形而上学的考察,如人的心灵之前知,不朽等等。都有一种壮美性与尊贵性。在反面,哲学是可由许多空洞的精巧性所扭曲了的,基本上的真象也阻止不了三段论法的四个图解之不变作学校中可笑的画图。

在道德的性质里头,只有真正的德性是壮美。有种很好的伦理上的性质,很值得爱,也很美,以它之与德性相调和论,还是要看作高贵的,但却不能在德性的意义之下去算它。这地方的判断是很微细而麻烦的。人很可以不把性情叫作德性,性情只是德性的行为的一个源头,不错,德性由此而出,然而在基本上,只是有时和德性一致而已,人的天性却实在是常和德性之一般的规律相冲突的。一种软心肠,在一种温暖的同情感觉下而易有的,是美而可爱的,因为这表示在别人的遭遇上的一种好意的分忧,德性之根本原则正

[①] 希腊抒情诗人,约生于公元前560年。其详细生活后世知者甚少。

由此而起。只是这种好意的烦恼,是颇软弱,而且时时会盲目的。因为,这种情感是感动你们的,你们要有所浪费以救助那受苦的人,不过你们却是指望别人的,而且你们所置身的地方,乃是不能完成正义之严格的责任的,所以那行为决不是出自德性的目的,德性的目的的行为便不能激使你们把一种高尚的感激性,使其牺牲于这种盲目的迷惑之前。倘若不然,你们本来是把对于人类的博爱放在第一位的,你们把行为时时放在这个目标之下,这样,你们对那受苦的人的爱也还是存在,只是这种爱是出自一种更高的立场了,而且对你们的感情的责任说,是放在一个真正的关系之内了,然而博爱虽是对人不幸的同情之基础,但是同时也是正义之基础,这就常把你们当前的行为迟疑了下去了。什么时候这种正义感要提到恰好的普遍性上去,这就是壮美,不过就有点冷然。要说我们的心胸为各个人的遭受都去尽量的温存体贴,而且在各个人的困窘上都代为悲哀,这是不可能的,否则像海拉克里特(Heraklit)仿佛融化在止不住的同情泪泉里似的,那么所谓德性之士,在所有这些好心肠的机会不过是柔情的懒散人罢了。①

【同情心之外】②,第二种对人的好感,确乎又美又可爱,然

---

① 康德原注,再仔细考察的话,同情固然可爱,但是本身没有德性的价值。一个受罪的小孩,一个不幸的好妇人,可以使我们有这种难过的心,同时大战的消息可以使我们寒心,马上会想到有无数的人在极度恐怖之下无辜被杀。许多国王,他们可以为几个不幸的人而面带忧容,但是同时确能为虚荣而下令开战。在这里,可见作用的比例是难说的:谁能说泛人类爱是一种动因呢?

② 括号内之字,为原文所无。下同。

而不足为真正德性的基础的是取悦于人的行为（Gefalligkeit），这是一种由友情，由同意于人家的主张，由按人家的意旨而行事，以讨人欢喜的倾向。这种动人的社交的基础是优美的，这种心肠的温柔性也是良善的，只是它可不能是德性，再说要是没有更高的原理去范围它，减弱它的话，那么，所有的坏事都可以发生。因为，殊不想我们对于所往来的固然使他满意了，但却常常对不在这小范围以内的别人就不公平，既然如此，所以一个人只想这点动机的话，他可以作许多坏事，倒不是直接要作，而是为的取悦于人而已。由于一种讨好的交际的念头，他可以作一个撒谎造谣的人，闲散无事的人，或者酒徒之类……因为他一点也不是按着以福利关系为出发的原则去作了，却只是凭了一种倾向，这倾向本身是优美，但倘若没有限制，没有主宰，就变成愚稚了。

真正的德性是只有在根本原则上拔枝而生的，这个原则越普遍，便越壮美，越高贵。这个原则不是悬想的许多规条，却是在人人的心胸中所生有的一种感觉之觉醒，这远比同情啦，取悦啦，那种种特殊的立场广阔得多，概括得多。我相信，当我说出这是对人性之优美性及其尊严性的感觉（das Gefühl von der Schonheit und der Wurde der Menschlichen Matur）的时候，我已包举了一切。前者是博爱的基础，后者是主敬的基础，倘若这种感觉在任何人类心理上最充分的完成了，那么这人也一定自爱、自重，而且因为他也是人类之一之故，所以那种广阔而高贵的感觉自会长大下去。只有这时人们把他那特殊的倾向归之于一种这样扩大的倾向之中，我们良善的动机才可以相当地应用得上，于是到达一种高贵的地位上去，这种地位，就是德性之优美性了。

从人类天性之弱点及那种赋多类人心以一般的道德的感觉之少数力量看来，这发号施令的主人一定又给我们许多可以有所帮助的冲动，作为德性的补充的，在这些冲动还没有在根本上移向优美的行为之际，同时那为上一个冲动所引起的别个冲动就又来了，那是可以有很强很大的推动生出来的。同情心与取悦于人，根本倒是优美的行为，但它容易为一种粗糙的自私观念之偏重所窒塞，至于它不是德性之直接基础，这是我们已经见到的，不过因为与德性有关，因德性而高起身价来，所以也便得到德性的名儿了。关于这种德性，我可以称之为适应之德性（adoptierte Tugenden），那种建在根本上的则称之为纯真的德性（echte Tugend）。前者是优美和牵引人的，却只有后者是壮美和值得尊敬的。使人有头一种感觉的性情，我们叫好心（ein gntes Herz），那样的人，我们叫好心的人（gnth erzig），相反的在根本上有德性的性情，那是有权利和高贵的心（ein edles Herz）相连的，那样的人，乃是叫作一个正直磊落的人（rechtschaffen）。适应的德性与纯真的德性很有一些相似，在这时，它便在那好意的良善的行为上含有一种直接的快乐之感。好心的人可以不费思索的，出自一种直接的取悦于你的本领，和平而有礼地与你来往着，在别人有困难时他也可以有诚恳的安慰。

只是这种道德的同情心还没到圆满充足的时候，都迟缓的人性向了利他的行为方面而冲动着了，所以天地间那发号施令的主人便又在我们身上放上某一种感觉,这种感觉是精细的而能推动我们,或者可说是使我们粗糙自利观念和为一般福利着想的念头持得其平的。这就是荣誉感(das Gefuhl vor Ehre)和随了的羞耻心(dic Scham)。我们的价值在别人那里,我们的行为的判断在别人那里,这观念是很重要的推动力,这可以令人作许多牺牲,原来在人的好些部分,不是出于一种好心的直接激动,也不是由于什么原理原则,却是常当由于一种虚幻,只为外界的表面现象就作了什么的,这很有用,虽然在本身颇浅薄。因为这就像我们的判断是撇却自己的价值与自己的行为而定规了。由于这种行动而发生的,是一点也不能算有德性的意味的,这样行为的人,是会把荣誉之念的推动基础经过考虑地给盖住了。这种倾向是不如好心之与纯真的德性那样接近的,这缘故就是,它不是直接地由行为的优美性,却是由于落在外界的眼睛下的形势而动作着。因此,荣誉的感着虽精细,而由之而生的德性相似物,我却可以用德性的浮光(Tugenschimmer)以称之。

我们试以比较人类的性情,就说上面所提及的【对人性之优美感,尊严感以及荣誉感】三者之任何其一在人们作用着而决定了道德的性格的吧,我们就可看出,它和每一种普通所分的性情之一种有密切关系,而且,越此以外,道德感即将有很大的缺陷,有的部分便将贫血。这并不是这种不同的性情的性格之主要的特征已经想到很周到了,因为有许多较粗的感觉,例如自私,一般享乐……我们实在完全没触及,所以关于这种倾向就不如普通的分法好，只是因为我们说过的这些较细的道德感却是容易和性情中的别部分相合的，并且事实上也是大部分在合而为一了。

对于人性之优美性与尊严性之一种内在的感觉，以及为统系所有行为于一普遍基础之上而将心性紧握与增强的事，是严肃的，是并不与一种动摇的享乐性或轻净的变动性为伍的。它甚而是与那种悲壮接近，那是一种柔和而高贵的感觉，这是至少就它立于惊惧感之上，这种惊惧感是为一个锢闭了的灵魂所觉得，当这灵魂是很有意地看到危险，又能够忍受并且战胜自己的艰难，而伟大的胜利摆在眼前的时候论，是如此，所以，那种纯真的德性在根本上，其自身有点在温和了的理解之下与忧郁的（melancholisch）性格相调和的样子。

那种好心肠，即心的一种优美性与细致的感觉性，就其可能性看，在各种普遍情形下会触动起同情或好感，是与外界环境的转换很有交互的影响的。因为那心灵的行动是并不立于一种根本的原则，所以它的形式便常变动不居，对于对象有时便就这一方面而呈现着，有时便就那一方面而呈现着了。又因为这种倾向的出发是要归到优美的，所以它与人所谓多血质的（Sanguinisch）性情很自然的合而为一，多血质就是好动摇，而任血性的。在这种性情上，我们可以找到可爱的成分，也就是我们曾经叫过适应的道德性的。

荣誉感，在别种机会是已经一般地被认为是暴躁的（Cholerisch）脾气的一副记号了，但是我们却可以从中看出那种常要面子的精细感觉之道德的结果，是可以在这种性格上找出一幅肖影来。

永不会有一个人是连这精细的感觉的一点踪迹都没有的，只是大部分上缺少而已，比较地说，我们就称之为麻木不仁的人了，这样便有所谓冷血性的（Phlegmatisch）性格。人们如果没有这种性格，那就许连较粗的冲动，例如爱财等都没有的，但是我们现在却把那许多和它成为姊妹性格的不相提并论了，因为这是不属于我们这个范围之中的。

我们现在试把壮美的与优美的感觉，主要从道德的意味，在我们已经采取过的性格的分法之下，给以更仔细的观察。

把一个人的感觉归入忧郁性的事，并不是因为他没有生活的乐趣，为暗淡的痛苦所伤，却是因为他的感情在超出某种限度而扩大起来，或者由于某种原因而走了错路的场合更容易发作之故。他是特别有一种壮美的感觉的。就是优美感，他也同样有一种接受力，不过在他不只是摄引了，却是使他同时惊叹之中，而使他感动。他的生趣毋宁是满足，而不是享乐。他是长久不变的。因此他把他的感觉能统一于一基本原则之下。这些感觉越不与那不定性及变动性相涉，那将这些感觉属其下的基本原则越能普遍，于是那把低级的感觉所联系的很高的感觉也就越扩展。所有欲望的特殊立场，倘若不是从一个这样较易的基础推衍而来，便将有许多例外，而与许多变动相纠缠了。那和悦而蔼然可亲的阿耳塞斯特（Alcest）曾说："我爱我的妻，我敬重我的妻，因为她又美，又温存，又聪明。"但是，当她病了，而变样了，因为老而憔悴了，之后，他那最动人的一点是消失了，在你跟前她并不比任何别人聪明了，那怎么办呢？相反的，那好心而规矩的阿德拉斯特（Adrast）便想："我对于这个人将以爱与敬遇之，因为她是我的妻之故。"这种意识才是高贵而大方的。现在那偶然存在的动人处也许变了，但是她仍然永远是他的妻。高贵的立场是永在着，因而是不为外物的变动所影响的。从这种情形看，一种根本原则，是很可以与一种只为几个缘故而沸腾的激动作比较的，一个根据根本原则的人，是很可以与那种偶尔向着慈善与可爱的行动游移的人作对照的。所以，在那个人内心里便有这种话：我必须救助那一个人，因为他受苦；并不是因为他是我的朋友或一伙，或者我能救他了，说不定一天他可以报答我。这时是没有工夫去推理了，问题也都收起来，只是：他是一个人，所有人所遭遇的，就是我也遭遇的。那个人的所作所为在人性里头便是伸展到最高的福利的基础上去了，所以，无论从他的不变性看，或者从那应用的普遍性看，都是极其壮美的。

我还继续说我的观察。忧郁性格的人是不以别人的判断而困恼的，无论他们以为真，以为好，他总还是按着自己的见识向前走。因为那种行动的基础在他是有一种基本原则的性质，所以他不能轻易为别的思想所左右；他的坚定有时甚而是出自执拗的光景。他对于时样的转换是漠不关心的，对于时样的五光十色也加以轻视。友情是壮美的，于是他的感觉里也有。他可以把一个善变的朋友丢弃了，但这朋友之离开他却没有那样迅速。即在他的绝交的念头里头，也仍是可敬的。畅谈是优美的，意味无穷的静默相守是壮美的。他对于自己以及别人的幽深神秘处是一个好的监督。真实是壮美的，而他便痛恨说谎与造谣。他有一种在人类天性之尊严性中的高尚的感觉。他对自己估价以及待别人，都是认为一个值得尊重的创造物。他不能忍受腐败的奴性，他是在高贵的胸襟之中呼吸着自由。从朝廷里戴着镀金的锁链的阔囚以至到戴着铁链的摇橹犯，他都厌憎着。他是他自己的以及别人的严格判官，他要是厌憎了，对自己及别人，便决没有两样。

　　由这种性格分化，严肃性可变而为悲壮，忠实可变而为豪爽，切望自由可变而为热诚，侮辱与不义，在他可点燃起复仇的欲望。所以他是颇令人可畏的。对于危难，他很倔强，死也认为轻如鸿毛。由于情感上的固执，以及可以助威的理性之缺乏，他能陷在奇险的意味之内。对鼓舞，表面的现象，他有所攻击。假若理智再弱，他可以变为丑怪滑稽、有意义的梦、预感、符咒。他有成为幻想者或者乖僻的人的危险。

　　多血质的性格有一种优美感。他的快乐是欢腾活泼的。倘若他不是在快乐着，他就在难过，他决不懂得在满足状况下的宁静。变化多端是优美的，而他正爱变化。他在自身以及别人那里寻找快乐，还娱乐别人，所以他是一个善于社交的人。他有许多道德上的同情。别人的快乐使他也高兴，别人的痛苦使他也心软。他的伦理的感觉是优美的，只是没有根本原理，而且时时随着对象所给他的种种印象变。他是一切人的朋友，或者简单了说，他没有一个真正朋友，虽然他是好人和善意的。他不作伪。他今天和你倘若是朋友，明天你病了，或者有什么不幸，他一定会给你以真切而无限的同情，但是这同情也许会偷偷地走了的，那就是当环境变了的时候。他永远不作判官。法律在他是觉得太严格了，他总得要用眼泪贿赂一下。他不是一个圣人，他从没有绝对的善，或者绝对的恶。他常荒淫无度，作些坏事，但那与其说是由于不好的倾向，不如说是由于寻乐而已。他是豁达而慈悲善舍的，但是他对于应当作的却是一个拙劣的计算者，因为他，不错，有不少行善的感情，但却很少有正义之念。似乎没有一个人比他，从他自己的心里看来，有那么好的见解的了。所以你们即对他不敬，也仍然应爱他。他这种性格的最大缺限就是他可以到愚稚的路上去，他是嬉戏与孩子气的。倘若不是老成持重把他的活动性灭一灭，理智提他一提，他的危险，就是变成一个老怪物。

普通所谓暴躁的性格，是有那种壮美的，就是所谓辉煌光华的壮美。说真的，它只是壮美性的一点浮光，乃是以很平庸，很恶劣的人或物成为内容，为一种强烈的花纹所蒙，使人由表面所欺，为表面所动而已。这就像涂饰太过的建筑，为的是冒充石头，使人有一个高贵的感觉，恰如真是石头造的一般了，而就那所涂的屋檐与角柱看来，也确乎令人看了有坚固之感了，然而那是一点基础也没有，什么东西支持也没有，所以那白铜制的德性，假金造的聪明，以及画好了的功绩，其外部炫人，也不过如此而已。

暴躁的性格的人看他自身的价值以及他的事业与行动的价值是从碰到他眼底下的情形或现象出发。从那内在的状况以及对象自身所含有的行动基础上看，他这个人是冷然的，既不为真正的福利所动，也不热中于名①。他的整体是造作的。他要知道如何采取各种立场，为的是好对他的情形由不同的观察者的意见去判断：因为他是不问他自己"是"什么的，他却只是问他自己表现了什么。因为这种缘故，他要知道那对于一般的趣味及印象之影响，其实这是出了他那行为之外的事了。在这种狡猾的观察之中，自然需要冷血，而且不能与他那心上的爱、同情、设身处地等相混，所以他，许多傻气和烦恼是逃掉了，这却是一个多血质的人所常陷在里头的，一个多血质的人颇易惑于自己的直感。一个暴躁性的人却得显着比他本来更聪明的样子。他的善意是礼貌，他的尊敬是仪式，他的爱情是经过了思考的谄媚。他时时是自个的，如果他要做爱，或者交友，他决不会又拒绝这个，又拒绝那个。他是以时髦为光彩的；但是因为他看一切东西是矫揉造作的，所以他作来也很生硬，不见得巧。他比多血质的人，原则施用得广些：因为多血质的人是只为临时临地的印象所动的，不过暴躁性的人的原则，也不是德性的原则，乃是荣誉的原则，他对于优美性，或者行为上的价值，可说毫无所感，他所感的只是世界上的舆论。他的所作所为，倘若人们没追根求源的话，便也像为公益，或者

---

① 康德原注：但是他也仍然觉得幸福的，因为他想到别人还是因为那个尊敬我。

是德性自身等，因此他在一般人的眼光看未尝不获得敬意，以为是一个有德性的人，但是在明眼人跟前，他得遮掩仔细的，因为他颇知道，他秘密动机的发现将指出他只是好荣誉而已。因此，他很致力于作伪，在宗教中，他是一个伪善者，在交游中，他是一个谄媚者，在政治团体中，是一个随风转舵者。他情愿作伟人的奴隶，由此他又可以为少数人的暴君。那种纯朴性（Naivetät），就是一种高贵而优美的单纯性，这是大自然的宝器，不是艺术自身所负有的，可说与这人完全无缘。所以，这人的味觉是已经退化了，便空有那浮光呼喊，换言之，他是向背道而驰的地方胡吹而已。无论他的作风，他的陪衬，都走向夸大（Gallimathias）里去，倘以辉煌光明看，便成了一种丑怪滑稽的样子，倘以严肃紧张的壮美看，则有点奇险味或乖僻状。受了侮辱时，他愿意决斗，或者对簿公庭，在市民的关系中，他愿意讲门第，势力，和官衔。只要他还有面子可讲，眼前有虚荣可求，他总是忍耐着，必至完全没有优势或本领可吹了，那么，他就只好作一个他最不愿意作的呆子。

在冷血性的人，那性格之中是没有什么显著的壮美性或者优美性可见的，所以这种性格不在我们讨论的范围之中。

我们说过的这些精细的感觉，无论从哪一种看，都是不是壮美，就是优美的，不过当那没有一定的感觉的性格的人在判断的时候，那就时时在变动而不调和了，这也是一种命运吧。一个安静而忙于自私的人，是没有感受一首诗或一种英雄道德的高贵成分的能力的，他宁愿读《鲁滨逊》而不愿意读《格兰地逊》（Grandison）①，而且他会以喀陶（Cato）②为一固执愚痴之人。同样的，在一个有种严肃性的性格的人，别人所以为销魂者，他以为愚稚，那贩羊的地方的戏法之纯朴性，他就觉乏味而不成熟了。即在并非没有一种调和一致的精细感觉的性情，那感觉的感受性也很有程度的差异，人可以看出，在一人以为高贵与庄严的，在别人看就觉得粗大，险怪。又有种机会，在别人的感觉上是不道德的事体，在我们却就能觉得是一种很高的性情，并且还可推出那是怎样心胸的人来。一个讨厌优美的音乐的人，很可以令人想到，书法的优美性以及爱情之精美的激动性恐怕在他身上没有力量。

有某一种琐屑性的精神（esprit des bogatelles），这是为一种精细的感觉所指明的，指明它的这种感觉却与壮美感所要达到的截然相反。有一种趣味是极人工的而又令人讨厌的，例如翻来覆去的韵脚、谜语、表环、极小的链子等都是。还有一种趣味，是太规矩，而又令人头痛的秩序法，一点用也没有的，例如在书架上排得很好的书籍，但以一个空无所有的头脑遇之，反以为乐，又如一所屋子，收拾得亮得像玻璃柜一样，洁净极了，但是住了一个永不请客而阴沉的主人。又有一种趣味，是以稀奇为尚的，一点内在的价值

---

① 按狄福（Defoe）生于1659年，殁于1731年，其《鲁滨逊漂流记》出版于1719年4月25日。《格兰地逊》（Sir Charles Grandison）为里恰德逊（Samuel Riehardson）所著书名，里恰德逊生于1689年，殁于1761年，是书则成于1753至1754年间。二人皆英国著名小说家。里恰德逊之书富有道德色彩，又惯用书信体，故说者谓歌德之《少年维特》即受其影响。

② 多指Dlonysius Cato 乃疑为作Dlonysius Calonis Disticha de Moribrisad filium 之人。

也没有，例如《厄皮克泰特》(Epiktet)的灯，查利十一王的手套，某种的货币搜集都是。这种人由在学术上的深思之士及乖僻的人看来，是很轻视的，在习俗中看来，却是一种不拘束的优美或者高贵的人，但只是没有头脑。

如果一个人对于感动或者摄引我们的东西之价值及优美性没看得出来，便马上责备他不了解这种东西，这只是人们彼此间的不公平而已。在这种地方，与其说是理解力所见出的，这不如说是由感觉所感到的。心灵的能力是这样广大的一集合物了，所以人们便常把感觉的现象归之于洞察力的才能之中。有一种人，他在理解上的优点很多，但假如他不是同时对真正高贵或优美的东西有一种强烈的感觉的话，那洞察力的才能便归于枉然，因为那种强烈的感觉正是使这才能运用得好而有规律的动力故。①

这样是一度适用过的，就是把满足我们较粗的感官欲求的，例如饱餐和豪饮，衣服家具上的消耗，宴乐上的浪费等才算有用，但我便看不出，为什么那对我们最活跃的情调可引起追求的，就不以有用称之。所有后者一类在某一种人却是贬在脚下的，那就是一种自私观念很厉害的人，在他，所谓精细雅致的趣味，是从没犯过思索的。在这种人的眼光看，一只鹦鹉不如一只母鸡，磁

---

① 康德原注：人们又可看出，感觉的一种精细性对于人是有用的。任何人遇到肉或饼都有一顿饱餐，可以叫人睡一个舒服觉，这证明肠胃真不坏，然而不能算什么受用。相反的，人在吃饭时，听一点音乐，或者见一种画，令人沉醉于忘我之境，或读一点智慧的故事。哪怕是出自一点短诗，这时都可以使人的眼睛处在一个高尚的人类的地位，人们才可以得些益处，于是有一种光荣的意义。

器古玩就不如饭罐。世界的聪明人很看不起农夫的价值，殊不知发现宇宙的深广，不作到人人一致时不能罢休，是正如耕种必须找着好土一样的。感情本来不同，却要求一种一致的感觉，这是不可能的，从这里而生的争辩，是多么傻——一个在感觉上比较粗而又普通一点的人，也知道的生活之可爱与动人处（这好像是无关紧要的），是把我们的注意集中在自身上；倘若我们想把那生活之可爱与动人处弃而不顾，那自然没有什么弄那些很复杂很麻烦的东西的关心了。同样也没有那样一个粗心的人，他对于一个伦理行为越感动别人，越与自私相远，而且越可以在他们之中剔出高贵的动机来这些事全不感到的。

　　当我把人类的高贵方面及弱点方面都观察了以后，我自己可以指说给自己，我的立场并不是凭这种刻画，想把整个人性的大幅在一种动人的形式下描绘出来的。因为我愿意拿定了主意，觉得只要是属于大自然的设计之内，那宏恢的规模就决不能不是一种高贵的表现的，纵然人们无论怎么短视，忽略了这其中的消息。但为要来一个薄弱的观察我信下文是堪注意的。那种依着根本原则而生活的人，可说极少数，但却是好极了，人们即便在根本原则上是错了，而且得到了其中的毛病，却也可以更加改良，使原则越扩大，那么这原则就越普遍，而那定这原则的人也就坚定了。那种由好心肠而动作的，是较多数人，他们在表现上极佳，虽然在他们身上是找不出几种优良而只是特别的方面而已，因为这种好心肠的德性的本能是有时会缺少的，不过这正如大自然的伟大目的并在动物界推动着的那样有规律的其他本能一样，是在一个平均数上作用着。至于那种把眼睛死盯着所有自利之事以为其惟一活动之目的，以自利是一切的枢纽的人，乃是最多数，但这也是再没有更有用的了，因为，这些是最勤励，最有秩序，最小心翼翼的；在他们并不故意利他之际，便给大家以生活上的保障与安定，这在生活中是十分需要的，他们又给精细的心灵以优美性与和谐性之传播的基础。最后，所有人心中的荣誉之念，程度上虽有不同，是很普遍的，这给人类全体以可惊赏的摄引人的优美性。因为，就算荣誉的欲望是一个很傻的妄念吧，然而其他的倾向却可以归附其下，所以它是一个绝好的伴奏的冲动力。既然各个人在大舞台上都按他最有作用的倾向而行动着，所以人人是为一种暗中的动机所推动的，他总是在自身之外而想采取一种立场，以便判断他自己所造而落在人人眼前的环境。因此，这些不同的各组便可以在一幅辉煌光明的表现下而合一了，这是在各种变化中而豁然开朗，或为一种统一体的，于是道德性之总体乃标明优美与尊严。

第三编

歌德（1749—1832）对于人生问题的解答与收获

——关于考尔夫及其《歌德之生活观念》的介绍

一 考尔夫

考尔夫（Hermann August Korff）是当代的一个文学史家，莱比锡大学的教授。假如他现在也还健在的话，应该是六十了，因为他生在1882年。

他的最著名的著作，自然是那脍炙人口的《歌德时代之精神》(Geist der Goethezeit)，从1923年出版起，确是一部大著。次之则是1924年所出版的人本主义与浪漫派（Humanismus und Romantik），1928年所出版的《狂飙突起期之文艺》(De Dichtung Von Sturmrd ud Drang），以及1925年所出版的这本小书《歌德之生活观念》（Die Lebensidee Goethes）。

二 《歌德时代之精神》

很可惜，我没有直接得读那部《歌德时代之精神》的机会，只是见弗朗慈·舒尔慈（Schultz）教授在那给玛尔霍兹所著之《文艺史学与文艺科学》一书所作的跋语里提到过。我读了这介绍以后的印象乃是这样：

考尔夫这部书是代表玛尔霍兹所说的精神史的方向的，乃是近十年间德国文学科学上最有意义的成绩（按舒尔慈此跋作于1932年）。这部书原定三卷，第一卷出版于1923年，第二卷出版于

1930年，第三卷在舒尔慈执笔介绍中却还没有问世。第一卷讲狂飙运动，第二卷讲古典派，第三卷讲浪漫派。在考尔夫来看，这三者相当于辩证法上的正反合，三者合起来便构成了一个精神史上的单位。这个单位乃是从1770年算起，到1830年为止，考尔夫即称之为"歌德时代"的。

精神史都有它自身的联系和必然演化，那演化乃是遵循着辩证法。以狂飙突起至浪漫派为一个精神史的单位的看法并不始于考尔夫，在舍洛（Scherer）的《德奥精神生活史讲演及论文》（Vortragen und Aufsatzen Zur Geschichte des geistigen Lebens in Deutschland und Osterreich）并其《德国文学革命》（Die Deutsche Literatuz revotution 1874）一文中，就已经有着了。

考尔夫的根本思想，像观之有内在的自身法则并辩证法，以及客观的时代精神之存在等等，是渊源于狄尔泰（Dilthey）的。另外，却还有柏格森、西埋尔（Simmel）、龚道耳夫（Gundolf）以及黑格耳派的成分。

考尔夫和柏格森、西埋尔、龚道耳夫不同者，只是在他们所加以理解的，是精神现象中所成为"格式塔"的东西，而考尔夫则专应用于一个整个时代的精神之"格式塔性"（Gestalthaftigkeit）而已。他之视此整个时代的精神之格式塔性，是像一个自主的有机体似的。

考尔夫这部《歌德时代之精神》，也可说是一部观念史。它以一部观念史而作为一种一般的历史之侧影。他觉得观念和观念体系，是有一种有机的自身法则性，它们的展开和斗争，是辩证的，这就是他的根本信念。就这种意义看，文艺作品之表现观念，并不是偶然的，作品原是世界观和人生观的象征，原是观念之成长，存在与转化的化身。

因此，文学史并不一定重在个人，重在某某作家。所以，考尔夫这部书也可以说是一部没有人名字的文学史。他也不重在细节，却是即在普通人所已知的事实中，找出一种观念的线索而排列之。

第一卷讲非理性主义之正，第二卷讲非理性主义之反。非理性主义之反，就是古典精神。古典精神是由两种成分合成的，一是狂飙期中之自然唯心论，二是启蒙运动以来的理性唯心论。在海尔德和康德的对立，并在这对立而又归于综合中，古典精神便产生了。

考尔夫的书，也自有他的一种根本立场，这就是，他想在古典的并浪漫的世界观中，证明一种与基督教的宗教性相反的宗教形式。这根本的问题是在德国的唯心论是否可与基督教，尤其是新教合而为一上，这是近来的德国思想界讨论得颇起劲的问题。

考尔夫的书的长处，是在坚定、致密，而且清晰。他像一个化学分析家一样，他把那一时代之复杂而具有一次性的客观精神都浸在他所配制的定性液中了，而且他能更进一步，造成他所要看到的化合金属。在简劲、透彻，而有辉光的笔下，他又富有可亲的活力,充分表现着那种执着于此岸的生之喜悦。短处则在他过于求系统和结构化了,精神现象是否一定这样逻辑,却是仍然可以重新考虑的。

以上就是舒尔慈教授所介绍的大意。在钱歌川所编译的《现代文学评论》中,也提到这书,并说考尔夫的根本思想是在"历史的知识不要外延化,而要内包化"(中华版,第49页),这话很扼要,而且有意义,颇足以代表一种方法论的面目,只是不知道钱先生所根据的是何书,他只是在全书的附记里说了一声大部是翻译就完了。现在权且把他们的话记在这里,以备异日得读原书时,再为印证。

三 《歌德及其生活之意义》

《歌德之生活观念》一书,却在最近读到了。这书原是在重庆的一家旧书店里,当我看见了时,便已十分动心。只是因为囊中羞涩,便把这消息告诉了宗白华先生。他刚买了来,我便截下读了两遍。

这书的清晰,异于寻常,简直不像德国人的一般著作。

全书包括五个演讲,是1919年到1924年间举行的。假若按时间排列,便是:

《〈东西诗集〉之精神》(1919年)

《歌德及其生活之意义》(1920年)

《〈浮士德〉观念之演化》（1922年）

《古典的人本理想》（2923年）

《歌德之生活观念》（1924年）

除了1921年没有演讲以外，可说每一年都有一次。书虽然小，不到二百页，可是也占了五六年的时光。

如今这印成册子的书的次序，却是依照了一种逻辑上的先后的，于是放在第一篇的乃是《歌德及其生活之意义》，次之是《〈东西诗集〉之精神》，又次之是《古典的人本理想》，最后是《〈浮士德〉观念之演化》，和《歌德之生活观念》。原来作者是想让这小书也自为一个系统的吧。全书自以最后一个演讲为最精彩，无怪乎取作书名。

现在就依书的次序，作一个撮要式的介绍，偶而以己意贯串而把握之。先说《歌德及其生活之意义》。

所谓一个生活的意义是什么呢？这就是精神上的一种统一之点，存在于生活的各方面之中，作为根柢，而且发展生长着的。换言之，就是生活上的一种最高原则。

这种精神上的统一有两类，一是有目的性的，这就是一个人的职业，二是没有目的性的，这就是一个人的性格。歌德的生活之意义，则是属于后一类。他反对任何职业，他反对把有生命的东西置之于任何外在的目的的范畴之下，他之赞成康德的《判断力批判》，就是认为这乃是人生在目的的专制之下的解放。他的思想不出乎现世，他永不愿意把他的生活限制在一种理性的目的的律则之中，总之，在根柢上，他是最反对目的论的（第5页）。

假若以幸运之神（Tyche）与恶魔（Damon）比，歌德是属于后者的。恶魔的意义就是一种超乎寻常的"内在生命之律则性"的表现。

歌德的生活是在无休息的自我转化中，但他之转化，并不是由错到对，却是基于一种形式上的改变的必然性而然，为的是好经历各种生活内容。歌德与一般人的生活的不同，是量的不同，而不是种类的不同（西埋耳也有这种意见）。他所要求，其实就是一般人所要求的，只是他非大量不能满足而已。他生活上的每一方面，他都是用全力以赴之的热忱去从事着，在每一片断，那里都有一个整个的歌德在。这种全力以赴之的精神，就是一种青年精神，歌德可说永远是一个青年！

凡是留心歌德生活的人，都可以看到一个颇为奇异的现象，这就是歌德时常"逃"，——自各种生活里逃。这意义实在是归到自己，肯定自我（第16页）。每一次逃，都是表示一种独特的规律性对于外在的命运的战胜，也可说是恶魔对于幸运之神的战胜，歌德一方面愿意转变，一方面不愿意失掉自己。所以说："任何生活都是引人向上的，只要人不失掉自己；一切都可以把人引入歧途，假如人安于故步。"

歌德的价值在代表一种新的生命情调，这就是承认生活自身的价值，感受"如是生活"的可贵，不像基督教的人要把心灵奉献给上帝，启蒙期的人要把个性桎梏于理智的规范。

因为歌德肯定人生，所以他的文艺中的人物都不是为故事而设，反之，故事却是为人物而存在着（第19页）。同是写命运，莎士比亚所写的是外在的命运，歌德所写的却是内在的命运(第24页)。

对于大自然的感觉，他和启蒙运动时的人也大不相同。启蒙期的人总以为自然是一种外在的，自具目的的，可欣赏的对象而已，歌德则以为人生和自然有一种内在的默契，同为一种不尽的创造原理的发挥。

歌德对于生活的肯定，却并不是只肯定一种生命之流而已，却还在一种独特的带有律则性的形式。在生命之流与生命之形式间，有一种挣扎，这也就是浮士德的课题和任务所在（第27页）——歌德的恋爱，也不过是这人生问题的化装。从爱情里，他知道人类的心肠是多么变动不居。生命的特征就好像在逝者不返，生命的内容永不会满足，生命的企求永不会休憩。那么，生命自身的价值会不会因为这种变动不居而震撼呢？这就是浮士德的问题。从《原始浮士德》到《浮士德片断》，到现在所通行的《浮士德》二部剧，可说都是这个问题的挣扎的过程。他从对人生的热望，到失望，到感觉是一个问题；最后乃得了解答。

在心理上，一切美好的生活片断之不可羁留，是他痛苦的所在；在伦理上，对那种更进一步的努力的力量，却有一种满足。这就是浮士德式的生活方式之二重奏（第33页）。

《浮士德》的问题逐渐由心理的，变而为伦理的了。它的解决是：意识地肯定这种浮士德式的生活方式就是一种最高的价值所在！那更进一步的努力的自身，就是他的生活的基本概念，也就是他的幸福与痛苦的共同根源。

从这里，可以明白一切消逝的都是象征的一句话的意义了，假若生活的价值就在纯粹的生活作用自身，那么，一切生活的内容，还不是只有一种象征的价值而已了么（第35页）？

归根是，要达到形式，但却仍不失其为生命（Form Zu werden, und doch Leben Znbl eiben），这就是歌德对于人生问题的收获（第38页）！

四 《〈东西诗集〉之精神》

照尼采的话讲，天才有两种：一种是喜欢去创造生命的，一种是喜欢被动的开花结实的。前者可称为男性的天才，后者可称为女性的天才。莎士比亚是前者，歌德就是后者。

因此，歌德常有所模仿和向往。不过他那模仿的意义，也还是内在的转变的形式之化身而已。

他在很早就向往着东方和希腊了。这原因是他面对着那问题发生了的现代欧洲文化的世界，实在已有些反感（第51页），他于是宁愿渴求一种还在混沌未开的文化世界中（第53页）。

人类的了解本不是偶然的。正如歌德自己说："你所把握的精神，就等于你自己。"（《浮士德》）歌德所了解的东方，其实只是在一个西方人的幻想中的东方，换言之，与其说是东方，不如说是东方精神中之与他相符合的东西。

那么，歌德在东方所了解的是什么呢？这便是人与人间的温暖；甚而东方人的语言在他觉得也是由这个人传到那个人，而不是由这个脑子传到那个脑子的（第54页）。歌德在这样所追求的，和追求于荷马、莎士比亚中者并无二致，根柢上乃是卢骚主义的重燃。

在这时，歌德有一个历史观，他认为历史是那无尽的生命中之永恒的原始现象之复归。在《东西诗集》中也就透露了一种根本思想：同样的东西，在永远交替的形式下重现着（第57页）。这部诗集的意义就在变动不居的现象的重担下，逃往生命的原始现象之永恒的真理（第58页）。任何形式，不过具有象征的价值而已。

在这一点上，是希腊文艺与东方文艺之不同点。东方文艺是不拘于迹象的，它的迹象都化了（Gestaltauflosend）。在表面上看着没有意义的东西，到了东方人的手里便变得有意义起来（第63页）。这种技巧的特点是：并不注意形象和界限，却只是流动和无尽无涯。它重的不是强度，而是广度。

这种文艺是永远不会有止境的，因为世界的宝藏根本没有止境。只是在每一点上，也都圆满自在，因为一点一滴也都是那整个的宇宙的象征。

把一切东西的象征的价值估高了，才会把现实的价值看低。斯宾诺萨所谓慧观（intollckiuelle Anschauung），柏拉图所谓对理念之爱，都是同一个消息（第68页）！

歌德说："我把我的活动和事业，都永远只看作是象征的，在根柢上，我究竟做的是茶壶或者碟子，也还不是一样！"这是他向爱克曼所说的，在《少年维特》中也有类似的流露。本书中也把这话引了不只一次（第69、101页）。一切都是象征的，大概这是歌德的智慧的中心，也是他的体验中的至宝！《东西诗集》正是这种精神之又一个回响。

一切是象征的，于是他的生活里时时可以转变着，时时可以前进着。考尔夫说："只有对未来有信仰的人，才可以创造未来！"（第71页）

五 《古典的人本理想》

所谓人本理想，其实就是教育理想。这是在一定的历史演进的意义之下的一种确定的人生理想，换言之，就是所谓古典的。人文理想的对待物，是中古的圣徒理想。

凡是理想，都是指对于一种现实的问题而有一种理想的解决而言。所以，人生理想，也便总与那时的生活情势有关。

人本理想的来源是两个，一是文艺复兴的人的理想，一是新教徒的人的理想。

在表面上，这时的古典派以古代为依归。其实这里所谓古代，已经有过了好几次的变换，先是经由西塞罗（Cicero）所了解的古代，认为希腊人都是身心两方面得到充分的发展的，尤其是教养上。这是把古代"罗马化"了。之后，文艺复兴以来，却又有了一种内在的变动，就是对古代人又赋上了一些底奥尼西式、浮士德式，或者说偏于情志一方面的性质。这是无疑地又把古代"文艺复兴化"了。古典派心目中的古代，就是经过了这样的几次化装的。

为说明古典的人本理想之宗教情绪的基础起见，我们不能不说一说启蒙期中的人生理想。启蒙期中的一切，都律则化，理性的律则，尤其高于一切。可是那时的人，同时以自由为理想。表面好像矛盾，其实不然。他们认为只有服从理性，才有自由可言。又要尊理性，又要重自由，这样的理想，就是自己管理自己。在政治上表现而出，就是民主。

和这种潮流相反对的，是狂飙运动。狂飙运动根本是一种宗教精神的运动，它是在德国精神史上文艺复兴与宗教改革的结果佳期（第83页）。凡是爱的结合，一定是奉献自我的，因此在狂飙运动中，也是既无文艺复兴之迹，亦无宗教改革之迹了。

狂飙运动的意义是不可计量的，它是卢骚主义对于理性桎梏的反抗，它是有生命的人对于理智主义的反抗。在这里，产生了歌德时代的精神，产生了德国唯心派的新生命。

当时有一种自觉，觉得总有一些非理性的东西，较一些理性之产物更为深刻，觉得真正的人之生命的源泉乃是他的天性之内在的必然性，觉得只有魔性的人才是真正的人类理想。不用说，在根柢上，这是卢骚的自然人的另一表现法罢了。

这种魔性的人，当时称之为天才。这是因为当时的运动既采取了一种文学革命的形式，遂不能不表现在艺术的意识形态之下。

魔性的人是一种对于宗教型的人的新观念。认为在人的内部，人与上帝密切结合着。人类就是上帝的显现。人就负荷着上帝自身。魔性者，就是获得神性的自由之谓。同时这也就是所谓泛神思想。

魔性的人的公式就是：普洛米修士——浮士德——维特（第90页）。普洛米修士代表以神之子的资格为获得形而上的自由对于一个上帝的统制的反抗。浮士德代表人生中的天堂与地狱之可留恋，所反对的是基督教。维特代表充满了神性的并爱情的心灵。

那种内部的充满无限的神性和有限的世界的矛盾，就是浮士德的矛盾。在浮士德式的人物看，这世界对于他自己的神性是一个永远的幻灭的对象。他浮动于高度的神性和深度的为神所弃的感觉之间，时而是天堂，时而是地狱，时而是神的赐福，又时而是世界的幻灭，于是构成了一种世界的哀愁（Weltschmerz）。

维特何以自杀？我们不妨看作是由于要自有限的桎梏中解放而出，以求得内在的神性的解放而然。维特的烦恼乃是在这个世界对于他的心灵的要求之拒绝上。因此，他的心灵也就要离弃这个世界了。

第三编　歌德(1749—1832)对于人生问题的解答与收获 | 95

　　浮士德的问题，其实也就仍是维特的问题。不过在《浮士德》里，是把这个问题战胜了，这种理想中，那魔性的人物之课题性是解决了，同时那维特式的世界哀愁之解救也让人体验着了（第93页）。在这里，神与世界，心灵与肉体，文艺复兴人与新教徒的人，重又合而为一，这就是歌德的使命，也是他的整个生命的意义（第93页）。

　　维特不能永远是维特，他还该受教育。维特的受教育，就表现而今维廉师父之游学。这不只是维廉的游学，乃是人类的游学。学生眼看要作师父了，要作生活的师父了。为解救维特的烦恼，曾一度求助于艺术。但终于把生命归宿到事业活动上去。这也就是《浮士德》里所谓的"事业是一切"！

　　维廉和浮士德都是成熟的维特。作师父究竟和作学生不同，歌德慢慢发现了人生中的限制的价值。他说："人生不会幸福的，除非他的无限的努力寻得了一种自定的限制。"这就是他的人生哲学，席勒也说："维廉是从一种空洞而不确定的理想中而步入一种确定的活动的人生的，可是却没有放弃了那理想化的力量。"

　　在事业是一切的时候，事业就是上帝！在这时便决不会自杀了，因为自杀便等于杀了上帝了（第97页）！在维特中的人生否定，到了浮士德里，便成了人生肯定（第99页）。不必憎恶那把无限制的内在性加以限制的对象吧，就在抵抗中才更产生了全然新鲜的生命冲动！

　　人生的正当途径既不在靡菲斯特的唯物主义，也不在维特精神的高度的理想主义，却是在二者之间，却在对于现实的人生加以象征的神圣化的力量上。

永恒的努力是人生问题的根源，却也是解救之力。在那更进一步的努力中，以及支持这更进一步的努力的象征的世界观中，就是人生之谜的解答。

文艺复兴的人生理想是一种人世的教育，新教徒的精神是把有限的人生只赋以象征的意义，现在这种人生问题的解答却就是完成文艺复兴的人生理想于新教徒的精神之中（第104页）！

这种对于世界之象征的看法，也就是把世界当作一件艺术品去把握的态度，乃是审美的。如何才能训练人对世界加以象征的理解呢？最有效的方法自然还是艺术。艺术究竟是世间的，所以，歌德对于人生理想的解决，还是用文艺复兴的精神去把新教徒的神权思想代替了（第105页）。所以称为人本的！

六 《〈浮士德〉观念之演化》

《浮士德》的构成期可以分四个段落：一是福朗克府期，这就是自1774年至1775年间，成就的是《原始浮士德》；二是意大利期，包括1788年至1790年，成就的是《浮士德片断》；三是和席勒的过从期，即自1797年至1808年，他成就了《浮士德》第一部；四是自1825年到1832年，是他的晚年，整个《浮士德》完成。

在第一期和第二期里所写的是浮士德的毁灭，在第三期和第四期里所写的是浮士德的被救济。

在写浮士德的毁灭时,可称为一种性格的悲剧。因为浮士德是有着不尽的追求的人,但人生的形式都是有尽的,二者的冲突,就产生了悲剧(第117页)。

但是浮士德对于一切的追求,与其说求一切(Allos),不如说求全(das Gonze)。像瓦格涅那样人的,才是真正寻求一切呢,后来歌德慢慢知道要想求全,却非通过一切不可了。用歌德自己的话说,就是:"假若你想步入无尽,却只有先走入有尽的一切场面。"这是初期的浮士德所不了然的。

《浮士德》的演化,是一个由问题而到解决的演化。从对人生的惶惑,到了人生的肯定,其实人生的本身并没有变,只是对于人生的态度变了(第135页)而已。

歌德肯定人生,是一种理想主义。这就是承认了人类本身的力量。歌德重又发现就在有限的界限下,人生还是值得活下去的。人生问题的解决,原即在人生之中。人生是对于一切问题的战斗,胜利却只有在面对这些问题时才能获得。惟有敢于尝苦与乐的人,才能得到真快乐。

然而歌德之表现他的人生哲学,并不是用一个明晰的概念的方式的,却是用文艺,在文艺中以一种神秘主义出之。

不错,浮士德终于把他那无穷的追求的创痛医好了,但并不是绝然放弃对于无穷的憧憬(第137页)。只是把这种无穷放在一个象征的方式里而已。我们对这个世界及其样式,就该奉献我们的全力，那每一点每一滴就像具有那全部似的，就像是具有那最后的形式上价值似的（第138页）。

为了保持我们心灵上的优越，在我们奉献于外在的世界之际，却还应该维持一点距离。这是艺术的态度，也是游戏的态度。席勒说："只有当人玩着的时候，才是真正的人！"这话值得深长思之。

在歌德与席勒看，只有艺术才是一种内在的自由的世界，假若人天天在此牵彼挂中，那就是内在的囚牢了。因此，浮士德要结合的是海伦，那是美的象征！

七 《歌德之生活观念》

歌德的出现，是在德国精神史上有着特殊的意义的，因为这时正是德国精神史上的存亡绝续之秋。

大概人类的历史是周期的在获得形式与形式动摇的交迭中的（第145页）。文艺复兴以来，人类重又入于形式的动摇中。复兴就是再生，包括转化和重归幼年。

这种动摇，表现而为狂飙运动。少年歌德就是其中的代表。后来，少年歌德是在象征的意义之下而毁灭了，他自烦闷的阴暗中解放而出，从游移中而获得了形式与规律，发现了产生自己的本性的准绳。

一切都是象征的！这话也可以用来了解歌德。我们要发掘那被象征的东西，那就是理念的歌德（Die Idee Gothe）。所有他在实际生活中的一切流露与成绩，我们都可看作是多多少少一些记号而已。真正的歌德是埋藏在，也显现在，他那经验的个人中。从这个观点看，所有在实际现象中，带了经验界的缺陷的歌德，是无足轻重的（第149页）。

想简单地把握理念的歌德，例如寻一个公式什么的，这根本是妄想。我们唯一的途径，只有探求于它在各方面的表现中（第151页）。

所谓理念的歌德者，乃是一种最后也是最高的理想上的统一，乃是一种世界观的形式，乃是撇却一切细节而抽象得来的歌德精神，乃是歌德之本质（第152页）。

我们既要寻理念的歌德于各方面中，我们自不能不触及他的文艺作品。他的作品乃是真正体验的文艺，他的作品之最后本质是生命，他的作品之原始的材料是生活。西埋耳说，每一个时代都有一个中心思想。由是而构成世界观。例如希腊人的中心思想是有形式的原质，中世纪是神，稍近代是主观或自我，从歌德出来，生命却就是这中心。把一切新看作是生命的，这种的生命哲学，可说自歌德始。

歌德对于生命的了解，可说是从两个对立的经验而来的，一是由爱情之易逝和心肠之易爱而得来的生命之流，一是在生命之流中又发现了的生命之律则性。

歌德在1782年所写的《自然颂赞》，最可以表现这种体验：

"大自然是在永远创造新的形象的;一旦存在的,便不会再来;凡是在那儿的,就是从前所没有过的。一切是新颖的,然而一切也是古老的。她时常转化,永无休息。生命就是她最美丽的发明;死就是她的艺术匠心,以便更多创造些生命!"

在歌德觉得,生命常是重复同一个题目,同一个模型,同一个典范,但同时也伴有永久的变形。一切东西都有一个普遍的形式律则性的要求,这就是,都有一种挣扎到形式的意欲。就外面看,有一种类属的常数,这就是形态。形态之一律可说是自然的伦理;就内面看,意识上也有一个常数,这就是性格(第158页)。

把形式之永恒不尽的更易性和种属常数并性格常数二方面综合起来的,是歌德的蜕变说(Idee der Metamor hhose)。

从综合的观点看,自然间的律则是活动性的律则,自然界的规范乃是有生命的规范。而且有一种原始的形式(Urformen),为万物所从出。后来细胞学发达了,便更证实了歌德这种理想是可以成立的了。

这样一来,形式已带了生命,律则乃是产自生命本身。正如法律虽若限制个体的自由,但它是适合法律要求的变动而存在的。自然间的形式亦然,对于个体的自由虽若有所限制,但并不限制创造的生命自身的自由。

往深处追问,我们还应该问:这一切形式的形式是什么?这一切生命的最后律则是哪样?一切蜕变的意义又是何等?歌德的答复则是：生命价值之上升。一切种属和一切形式必须超越它自身，这就是天地间真正的常数（第161页）。歌德在《温克耳曼》一文里说："一切尽了它的种属中之至善的，必须超越它的种属。"又在他的诗里说："假若安于故我，那就一无所有。"这一种理想主义，这是超人思想的先河。

"预感到高尚的灵魂，那是一种最值得渴望的使命。"这是歌德自己说的，他自己便正是已经担负起这种使命的了。

生命的意义在上升到更高的形式，一切形式的最后意义在它不失其生命。在这里，动中得了安息，勤奋中得了和平，一切演化中终有止归，这是歌德式的生活的最大秘密，也是古典的人物的最大的秘密（第170页）！

八　结　论

就德国一般的学术水准看，这本书不能算是最高的。就歌德的书论，这书里的新奇之点也并不多，这就是说，其中的结论大都是常识的，至少有大部是公认的。而且因为体裁是讲演的结集，重复之处既不免，先后似应更置之处也不少。在五篇文字中，以末一篇《歌德之生活观念》为最精彩，以第四篇《〈浮士德〉观念之演化》为最平凡。他的要旨不外在：人生在更进一步的努力中，一切乃是象征的；人生本身就有价值；部分就有全的意义。然而无论如何，我不能不深深的感谢这部小书，因为我从中得了这些：

在方法上，一则让我知道"所谓了解，是了解一件事情之内在的必然性"（第77页）；二则让我知道看一个人的作品，必看整个的，例如作者在这里把浮士德当作长成的维特，并非维特自维特，浮士德自浮士德；三则让我知道，研究一个作家，当追求其现象界之背后的精神核心，例如他这里的理念的歌德（第149页）；四则让我知道所谓精神史的方法，例如作者把歌德放在文艺复兴以来的人生形式之动摇中去理解（第148页）。这都极可珍贵的。

在启发上，让我对于孔子、孟子和李白的理解工作上都多了些负担和印证：治孔子也必须从精神史上治之，此其一；孔子所说的君子，也是一种人本理想，也当把孔子以前的理想先有一个把握，以便了解它的真价值，此其二；歌德对于人生的收获，是生命之流和生命之形式的合一（第27页），是无限和有限的综合（第97页），这和孔子的最后成就"从心所欲不逾矩"，岂不是若合符节？此其三；孔子所谓君子素位而行，这意义实在是指的种族的常数的形态和意识之常数的性格（第158页），这是孔子在人生中所体会的不变的方面，但同时孔子也主张"进德修业，欲及时也"，这和歌德所谓"任何生活都是引人向上的，只要人不失掉自己；一切都可以把人引入歧途，假若人安于故步"（第17页引），同是一种勤奋精进状态。在不变之中，孔子也体会了一种向前努力的变，所以孔子赞美那滚滚不舍昼夜的流水；在勤奋状态之下，任何生活都可引人向上，所以孔子甚而说："不有博弈者乎？"正如歌德说，做的是茶壶或者碟子，还不是一样？反正一切是象征的，此其四；歌德的价值在于肯定生活本身的价值（第18页），这实在等于归到孟子，因为孟子就是不把人的价值置之于外在，既不是上帝，也不是律则，乃是"人人有贵于己者"，乃是"由仁义行，非行仁义"，孟子的性善说，实近于狂飙，实近于卢骚所谓自然人，这是中国的古典的人生理想，彻头彻尾也正是人本的，此其五；歌德之反对任何职业，反对目的性，纯任自己的性格的发挥，表面上的像漫无目标，在每一生活的片断中，遇见任何生活对象，就全力以赴之，李白实在似之；假如说这样便是淳朴的 (Naiy) 的，李白也正是淳朴的，而不是伤感的 (Sentimentaliseq)，用席勒的述语，此其六；浮士德的苦闷在无限的自我与有限的世界之挣扎，李白何尝不如此？此其七。总之，歌德的本质似李白，歌德的人生理想似孟轲，而收敛处，最大体会处则似孔子。

在我自己的理想上，我知道我的批评的最高原理，凡是越让人忘了内容是什么，而可以使读者填充入任何内容的，就是最高的艺术，乃是不自觉的一种东方艺术精神的表现（参看第63页），而歌德在论富朗克府画展时所说："艺术到了对象无足轻重而达入纯粹绝对的境界时，那才是最高的。"和我从前没见这话时所想的颇有些契合，也更增加了我的自信；再则我的人生观本为艺术的，现在看考尔夫所写的歌德，几乎每一篇也都是以归到艺术的人生并艺术的重要为结尾，也让我觉得这恐怕也是毫无可以动摇的了！

假若说一本书的价值究竟是在它的方法和启发时,那么这本小书也还是十分可爱并可感的,而且我还要向让我先把这书截留了看的宗先生道谢呢。——只是遗憾的,还没有直接读那《歌德时代之精神》!但我猜想应该只是这书的扩大并补充。

1942年6月11日作于重庆沙坪坝

第四编

席勒（1759—1805）精神之崇高性与超越性
——宏保耳特：论席勒及其精神进展之过程（译文）

我跟席勒亲密的来往和通信，是多半集中在1794年到1797年的中间（时席勒年三十五至三十八岁——译者），以前我们彼此还不十分认识，此后呢，我在国外的时候多，因此我们的通信也少下去。刚才我说的这一段期间，无疑的，却是席勒的精神进展上顶有意义的一段，自席勒发表《堂喀洛斯》（Don Darlos，作于1787年，时席勒二十八岁——译者）后，无期间的戏剧著作的停歇，现在是告一段落了，以《瓦伦石坦》（Wallenstein，成于1799年，时席勒年四十岁——译者）为始，他好像预感他的生命快要结束似的，写下了不少的同样名贵的杰作。这时是他的一个转换期，在一个人精神生活的体验上总算少有的。那生就的、创造的、诗人气氛的天才，是冲决而出了，把从前所有遏止他在一个运用思想，以观念世界为生活的人所需要的才能的限制，统统打破了，在思想上所必需的纯粹而清晰的形式，是自这次旧战中渐次完成了。这一次是很幸运的转机，不能不说是由于席勒性格上的坚毅和他工作上的勤勉；他常是用这种勤勉以不同的方法以应付某一件事体的。这里便见出，他是以一种富有生命力的质素，而纳入艺术的纯而不杂的规律里去的。正因为如此，他需要一个创作家的奔放，同时，还需要一个批评家的严肃。这在他是十分确实的，所以在他缺乏前者的时候，他就时刻陷在疑惑里，简直有点胆怯，从事于诗呢？还是从事于哲学呢？拿不定主意，对于他那诗人职责也很没有自信，却也是在上面我说的这一个期间，在他的生活上才有所决定了。本来，所有那即使在小小的诗篇制作而感困难者，却都作了他最后胜利中臻于圆熟之境的助力了。

是在1794年的春天，他刚从他的故乡作了一个旅行回来，要再卜居于耶那（jena）。他所得的那一场大病，几乎坏掉了他的整个健康，实在说来，他此后并未恢复，加以这次旅行的劳顿，遂使他一切工作都不能继续起来，但他竭力支持，还在勤苦着，时时作作这，又时时作作那。那同歌德的定交，也给了他不少的鼓舞。现在就碰到这个问题了，什么是他应当从事的，什么是他能够从事而最有成功的希望的。他已经除了《关于人类之美育通信》（开始作于1793年——译者）外，没开始什么工作。诗是自1790年（时席勒三十一岁）就没动笔。历史的兴趣是淡了，反而对哲学的研究热起来，在这时，他意识间总在计划着《玛耳特赛》（Malteser）和《瓦伦石坦》这两个剧本，只是当时的环境，却像离他决然去着手的时机，还有着一条鸿沟，我为了和席勒接近些，我也在耶那找了房子，住了几个星期。我们天天见两回面，特别是在晚上，我们往往谈到夜深，平淡的感触，我们也谈。这种谈话就作了此后我们通信的张本，从那里就可以看得出，他一步一步地要走向他那最后的，也就是最伟大的创作之途了。

在这谈话和通信中，也露透着比在作品中更直接、更完全的一种伟大精神的活动来的。他的作品，只是他之所以为他的一部分而已。在那活泼新鲜的表现之中，他那精神，纯洁而圆满地流动着。一种人所不能模仿，也不能强求，甚而人能为人所想像的意味，是为同时代的人所感觉到了，并且还流传下来了。这种伟大的精神和性格所具有的那种潜在而像有魔力的效应，常是在后起的思潮中，一代一代的，一民族一民族的，更有力地，更广阔了的再汹涌下去。在郑重其事的写作里，这种活泼的真实性也许要受了限制了，这时就只能像山涧的溪水，略作潺湲之音了。一个民族的精神的进展，老是比写在书里的早着许多，所以凡有所创造或完成，却也只有在这时而未显的，但却是顶重要的时期里才最能有所影响。在这里，自要一个人略去观察，就可以见出一世纪的伟人是如何开思想上的风气的；统他一生的精神，即为的是将律则符合于现象，超有穷以达无穷。这也是我常为纪念席勒而想到的，在我们这个时代里，恐怕再没有别人，能以他的内在的精神生活来证实这个观念的了。

席勒的诗人的天才，在他第一部作品里就已经看得出了；我们且不管那形式的缺乏，以及在成熟的艺术家看来的粗疏，只消看在《强盗》（Die Rauber）和《费斯可》（Fiesko）中，却就是表现出一种坚毅的、伟大的、天赋的魄力了。已经透露出在他所有种种哲学的、历史的著作中所时而迸发的，以及在通信中所更提明的，对于诗的是一如对于他自己那精神之根源的向往了。那里已经显示着一种男性的威力和净化的纯洁了，这是很久以来为德意志民族所自傲而且是荣誉所系的。可是这个诗人的天才，是把他的思想太往高处和深处紧缩了，于是，遂成为一种独特的理智表现而出，和其余的许多根本的东西分离了，他有的这些，却也自为一个整体。在这之中，有席勒的特别的个性在。他对于作品要求先有深刻的思想，次纳入一种严格的精神的统一性之中，最后还有两方面，一是合于牢固的艺术形式，一是须使每个作品里的取材并不是随便的，乃是从他自己的个性里发出来的一种扩大的观念的整体，这是席勒在作品里顶表现个性的一点。从这出发，席勒为使他的作品更作得伟大和高超，总是先把他那与其诗人天才相关连的理智成分，经过相当的时间，而弄到清晰和明确的地步上去的。他这种特色，就可以解释人们对他的作品之责难的所在了，人们说在他的作品里是没有艺术之神的用武之地的，在他则所谓天才之得天独厚者，实在只是精神界之有意识的活动而已，但我们却觉得，却只有席勒那种真实的、理智的伟大性，才使他的制作当得起这种责难。

　　如果我把他的件件作品拿来，以印证上面所说的真实，我以为是多余的。现在我却是作一个演进的研究，从我之发现他有这种特性，特别是从我与他之来往，又从我记忆的他的谈话，以及按时代前后的他的作品的比较，看看他的精神的过程究竟是怎么回事，也许对于读者或者是更有趣些的吧。

　　各个观察席勒的人所特别感到的，都是这样：所谓思想是一个人之生命的根本成分者，在席勒是比在别人更其有着高一层的和含蓄了的意义了。精神的活动好像永离不开他，有时还经他身体方面的不适的打击，思想可以使他起死回生，思想并不使他疲劳。这大半可以见之于他的谈话，席勒好像生就这样了的。他从不找一种特殊的材料作为话题，他却是任其自然，想到什么说什么，可是自这偶然的话题中，他总把话导之于一个更普泛的观点上去，人往往在他那小小的对话中，见出那是有为精神界所鼓舞的讨论的中心在的，他把他的思想，常当作已为一般人所认可的定论看，而为谈话时所援引着，可是这个刚被思索，他心目的观念就又活动了，于是，他思想上永无休歇。他的谈话，是异于海尔德（Herder）的。再没有比海尔德话说得更漂亮的了，只要一个人在交际上是不太窘的，总可以听到那好好的辞令，被称赞的人往往是有这种长处的，很利于在说话的时候，加倍表现他们的能力。思想、表现能力、温柔之态和高雅之致，是属于一个人的内在的精神的，说话时正不过此中消息之流露而已，因此，谈话总是在一种虽自己好像不能预知谈到什么归宿之中，而有一种打不断的清晰的所在，似乎半明半暗的吧，然而我们却可以从而认识那种确定的思路。不过倘若话中的材料是故意的创造的话，自然人所得的就不是如此了。只会反对什么的话，人也不能指望在其中有所得的，那只是有一种阻止的用处罢了。自言自语，人未始不可以听，然而这就失掉了彼此谈话的意义，席勒的话，美丽是不算美丽的，可是他的精神，永远是在锐利和确定下，达到一种新的思想上的收获，这种努力常是在他进行着的，而浮动于处理他那话题的充分自由之中。因此他常是把相关的事实运用着，也因此他的谈话总是那么富于词藻，而这词藻实在却是即刻发生出来的。然而那种自由却一点不破坏他探讨的历程。席勒常是紧抓着一个线索，那是一直维持到终极的，只要那谈话不被偶然的事件所扰乱，总不能轻易放松了达到那个终极。

所以席勒的谈话，常是在思想的领域上得到新土地，也因为如此，在他的精神活动上，常是有一种努力着的独特之见。他的信也是的。他所见到的，总是说一不二的。平淡的讲演，他顶多延长到天黑，这种家常的谈话，却可以彻夜。白日他工作，或者有固定的研究，他的精神同时就可以在工作和研究中得到开展了。可是那种纯以知识为目的的研究，以信赖它的人看去是有无穷魔力，而不至于太拘守于一隅的，但他却还不以此为满足。知识对于他，还只是原料而已，精神的能力才是他宝贵的，在原料中他是要多看出些什么来的，并不是就作为工作的凭借而已。

只因为他是求精神之较高的努力的，他特别注意从深处创造了，小的地方常为他所不喜而忽略。然而也是奇怪的吧，就是他常从极小的部分的材料中，似乎不能使他得什么东西的，他却获了许多方面的见识，当人去仔细考察的时候，这也往往越达到了最有真知灼识的实际了，人就不能再说别的了，因为那并不是有别面的途径可寻故。在德意志国境他也是见了一部分，并未到过瑞士，可是在他的《退尔》（*Teil*）一剧（作于1804年，时年四十五岁——译者）中，却已经有着最活泼的描写了。谁要曾在莱茵瀑布旁立过一次的，一定在那一刹那间会无意地忆起《潜水者》（Des Taucher，作于1798年，是一民歌体的诗——译者）中最美的那一笔，那是活绘出这个激动着的水流的，其壮观真可以吞噬了观者的眼帘；然而这也是并没有身历其境的张本。席勒从经验中所得到的，他只消看一眼，以后就可以作为描写他生疏的地方之用了，因此，他不轻视听讲中的研究工作，每是在一种偶尔的取用之资里，他会坚牢的印入他的深思，而他那时刻在活跃的幻想力，永远在生动地工作于任何时地所搜集的材料上，以补足了这种十分间接了的了解之缺陷。

同样的情形，他可以采取着希腊文学的精神，纵然他看的只是译本。他觉得一点也不费事，他就也来翻译，可是他却没译完，他要保存那原译的价值，因为他是太喜欢那一字一字的拉丁文的句法了。这样，他只译出了那一场，就是鸠律披策斯的《泰提斯的结婚》(Hochzeit der Thetis)。我承认，我每在重读时，是有无穷的愉悦的。那不只是一种语言上的交代了，乃是传达一类属之诗于另一类属，幻想力所得自原文的活跃，是更繁复了，所以表现出一种纯粹的诗的效应来。关于这，人们只能归之于一般的幻想力与感觉的能力，那是一个诗人和他那观念的内容所分不开了的，由他的创造中，总是把那鼓舞的气息吹送给读者的。古昔的精神，便影子似的，着了可使诗人耀眼的服饰而显现了。但是在作品的每一笔中，却都有一种原始性的状态很了然地存在着，而且是这样纯粹了的，因之可使人自始至终，便对于古昔很神往。我现在并不是在说席勒的翻译强，我只是说席勒之深入于希腊精神，这尤其是表现于此后的两件作品上而已。《依比库司之鸽》(Kraniche des Ibyks) 与《胜利之宴》(Siesfest)（皆作于1798年——译者），其带有的古色古香是这么纯粹而且亲切，人甚而是不敢期之于近代的作家，说真的，也是那么美丽，又那么充有活力。这诗人是把古代的精华吸取而变为自己的了，他在其中鼓荡着自由思想，于是产生一种新的，而在各部分却是他自己的气息的诗篇了。这两篇东西有其绝然相反的对照。那《依比库司之鸽》可称为一个完全的史诗；所有这诗之内在的价值，都是在打动人类心坎的艺术家之表现力的威权和迸发的观念与思想上。一种不可见的，只由于精神所创造的诗的威权，在实际上表现一种稍纵即逝的力的，是根本的属于一种观念世界的，却也就是席勒所活动于其中的。在他造成一个民歌的形式的前八年，他的意思是已经有了，这是清清楚楚地表现于《艺术家》（Kunstler，作于1789年，时席勒年三十——译者）；这首诗里的

  幸运之神歌队声，
  凶手逍遥无人惩，
  歌声之中死者影。

即这个观念论，就也有完完全全的古风；古代文学对他是很有使他的作品蒙上纯一与强烈的色彩之作用的。所以，那个整个故事是自他那里一涌而出了，特别是倭伊门尼顿（Eumeniden）之出现和歌唱，所受的影响，尤为显然。伊斯启里斯（Aschylus）那有名的《和歌》，是简直织有近代诗的韵脚与用字的形式的了，但一点也不失其静穆伟大之美。席勒的《胜利之宴》却是抒情的，又是客

观的意味的，在这里，那诗人就不得不把自己的胸臆加上了，并不只是古代的观念情感了。可是在其他的方面，这诗有点荷马意味，也像别的诗那么单纯。只是在大体上有一种更高的更独特的精神，为古代诗人所不及，而且正是因此得到它的伟大的优美性。运用古代诗里的一段，而赋以更高的意义，这在席勒早期诗里也这样作过，而且不少。我只引在《艺术家》里形容死的一句吧："必然的归宿之柔和的逼近呵。"令人忆起荷马的佳句"柔和的射击"来，然而他把"射击"改为"逼近"，一转手之间，意思就更温婉和深刻了。

对人类精神活动能力的信赖，由诗人的描绘而夸大起来，是充分表现在《哥伦布》一诗的顶端题句上了，那是完完全全代表着席勒的独特的个性，而吟咏在诗里的。信任这种为人类所不可见的，却即存在于人类间的能力，以及在这种壮美的、幽深而真切的景象，内在的神秘的处所之中却有一种一致性，现在实与神秘为一性情所统摄，于是那原始的、永恒的主体之真实与反映，因以可能，这就是席勒的观念体系。同时又有一种坚持力，他用这以应付各个理智上的课题，非到彻底解决，决不放松。在《塔利亚》杂志（Thalia，本为剧神，此为席勒所创办的一种文艺杂志——译者）中拉裴尔给尤律斯的信上说的"当哥伦布在没经过的海上，毅然走入一个不可测的赌局"，这句勇敢而美丽的话，就已经透着他上面这种信念了。

从内容与形式上看来，席勒的哲学的概念，不过是他那整个的精神活动的副本罢了。二者在同一的轨道里活动，而且走向同一的目标，只是那活动着的精神常有更多的材料，而在他身上运行着的思考能力，却又永远不休歇的使那流动的精神增高而已。他统摄了这一切的终点；便是以人类的天赋之总和的表现，凭人类分辨能力的和谐一致性，而达到人类的绝对自由里去，在我看，二者是一而不是二的，只是一个求变化与材料的，一个乃是求一致与形式的，在这里已经表现出那是由自由意志的和谐性，而追求一种超乎一切目的的根源的了。在知与意志中间毫不受限制的施行着的理性，对于直观和感觉是分别地处理着，而并不使二者的范围互相逾越的。正相反的，却有一种情形，感觉自自己的独特的本质里，而入于自己所选择的轨道上，成为某一种状态而出，在这状态之中，直观凭了种种不同的规则，采取了形式。这种形式，并不是有路可寻的，乃是由忽然的一下，而豁然贯通，其中根于感觉和直观的这两种性质而来的不可避免的矛盾，是为那互相作为根据的现象所扫除了，于是对于人，就有在那现象之中而存在的一幅图画出来，不是给的现象，而是给的方向，这个呢，我们便叫作是审美的。因为它所处理的材料是成自感官的，并非借助于概念，所以可以当作有独立性的自由在。

在《论妩媚与庄严》（Anmut und Würde）及《关于人类美育通信》里，这个意思已经说得明明白白了。但我很疑惑，这个带了内容繁复的概念的和成自稀有美妙的讲演的论文，现在人人要读的，是不是要颇有考虑余地的保存下去。实在说来，这两篇东西，特别是那通信，不是没有毛病的，席勒为巩固自己的立场起见，就走入了一个比较严格而抽象的路了，因此，倘若把他讨论的对象，以为可以应用无阻地试一试，就办不到的，甚而只求概念中的推论没错，也仍还不成。然而关于美的概念，关于创作与行为中之审美的成分，也即是一般艺术之基础，以及关于艺术本身，那却是把最重要的问题都包括了，这是已经到了不可更易的地步了。在这整个范围里，那种非从枝节的原则立好不能解答的问题，是没有的。这不只是因为概念的处理和划分清晰所致。却是由于在那论文里一种稀有的长处，就是在它那整个范围里，在它那完全的内容里，把所有可以生出的枝节都已交代好了。总起来看，在那论文里的意见是并不分割和破碎的，倘若让我用一个比方，则不是像多面镜样的，一面映着一样的光彩和色泽，这特别是在《论妩媚与庄严》的后半，分别情感与行为有许多类属的时候尤其看得出了。

从没有把这些材料处理得这么晓畅，这么完全，这么清楚的。这些材料是没有完的，不只是概念之整理，而且还有美学的以及伦理的教育的问题。艺术与诗是直接诉之于人类的最高贵的素质的，艺术与诗是开始提醒了人类，在超乎一切有限性之上，而另有一种住于人间的素质的存在的。艺术与诗都是建于崇高处，直为崇高而生。确定二者之追求崇高，同时对凡属琐屑猥俗之见，凡非发自纯洁本源之感，皆排除之，这是席勒所永远偋俛着的独特的聪明里的，就好像在他根源的倾向之中给了他一种真正的生活的指针似的。因此，他所首先而且严格要求于一个诗人本身的，并不只是好像分离着的作用的天才与智能了，却是因他的天职之崇高而所允许的他那整个性情之流露，他不只是昙花一现的刹那的存在了，乃是成为性格了的一种升腾。"在他要触到那美妙的事物以前，首先而且最是当务之急的，便是把自己的个性先作到最纯洁的地步，而且把庄严的人性也要净化到极处吧。"这一段是采自《关于毕尔格诗歌》（Uber Burgers Gedichte，此文作于1791年，时席勒年三十二——译者）的，席勒把对那有理由而受反对这种意见的诗人之不公平的责难也一口道出了。无疑的，这批评是太苛。因为，只要语言之差不多的一致的状况是允许我们在德国有这个时代的诗的话（这是系之于一切诗的作用的条件），那么，毕尔格的各种幻想就确乎唤起诗意，而毕尔格的各种情绪也确乎抓住一种在他是完全适合的真实与深刻了。席勒在他后来的通信里，也已经承认，在那批评里，提出的理想只能适用于特殊的情形了的。所以在他这一般的要求之中，是什么东西也没留给了我们，却只是可借以见出席勒自己的个性的与人格的表露罢了。他这种要求，再没有比碰到是施之于他自身时那么严格的了。人对于他可以确实地这样说，从很远处而俯就流俗，或与庸常为邻，在他是永不会的，而那高超而可贵的见地，却是常充满了他的思潮，而且在他的情感、生活里，也往往带了出来，至于对理想的憧憬与努力，更是常鼓舞于他的诗里，以及小品里，有着同样的活泼新鲜之态的了。因此，在他的作品里，很少有人所谓的"弱而无力"，或者"平淡无奇"。此外确实地还得加上，就是我已经说过的，他那种精神能力常是用着相同的紧张而在工作。至于说在一种消遣的意味下面把精神放松一下，那他是好像不懂得的。从这些地方可以给出席勒的个性，而在他的诗与哲学论文中却是不容易见到的。因为在他的作品里，有些小地方纵然表现了，人们会是为别的兴致的放过，只有现在他这责难，倘若我们加以注意的话，就见是直触到他的个性的根本了，因而他那性格的高尚的统一性，遂明明白白地显现在我们的眼前。他对于他早期作品之严格的批判，也在这《关于毕尔格诗歌》的文中，而十分强烈的表示着了，而在他死的前二年，为他的诗集预序的文中，说得更为显然。在这里所损伤了他的伟大而细腻的感觉的，也就是人们所称为他的生活的第二期，很明显地表现于《堂喀洛斯》，以后却未曾犯了的，也只是不合于他这诗人的个性和人格罢了。他那高洁的，以人的性格与生活的见地为出发，费全力而努力着的意味，在那部作品里，却也同样表现着了。在他所损伤了的，只需要一种艺术家的修正就行了，这种修正是对误会"艺术的真"的观念而言，是对不知把部分统一于全体的必要性，因而有一种不相属的不清晰的鉴赏力而言。同时，材料的选择，当然亦受影响。在《堂喀洛斯》里，席勒像是在这个范围之外的光景。还有，在这里，是有他泛世界性的立场和国家之感的冲突，以及他那得自经验的概念和并无概念而只有有限制的经验之认识的交战。很显然的，这命运是悬之于民族的与智识的裁判之手，以及观念的境界之消退，并在这极大的政治兴趣之中，是又不掩那夹杂着爆发的、热狂的、无邪的、又有点报复意味的爱的色彩的。就是这样，这些成分，还有那时时要向高处飞腾的原动力，在包围着我们诗人。可是选择呢，还是听凭了他以前早已养成的性格。这并且还见之于他表现的形式，他把散文放弃了，那是在他写《瓦伦石坦》初稿时所采取的，重新回到散文来，他于是发现他以前的错，这发现对他便有着永久的用处了。那在《马克斯》（Max）与《泰克拉》（Thekla）中间的第一场，原先是早写的，硬没有用散文写，一写却就是用的韵文了。

像我上面说过的，诗是在全人类的努力之下要达一种高超而严肃的境界的，凡狭小偏枯之见，都可借时消除了的。但是深中于德国人士之心的，却是忽略这种抑此扬彼的看法，只以为诗是生活中的一种开开玩笑的装饰，要不，只是希望从中得到什么直接的道德的效用和教训而已。诗从席勒那手里才又救出来，自然，席勒是由个人出发的，可是他却是运用了他身上的德意志民族性，而从语言的本源上，窥见了那隐藏的本义，又会重新恢复了去应用的人。在这里是有精神演进的意义的，所谓精神演进就是世界历史中的观念的一方面，和什么事实，什么行动相对待了的，现在在这精神演进中，开始有一个新尺度了，这新尺度便是由个人的特别幸运而获得了的，但看去虽似乎超过于一民族的精神阶段的，其实它还是借助于民族精神，是并不意识地，由一人的个性而显现罢了，但结果却仍是归入民族精神的巨流里去。现在，艺术及一切审美的效用，是得着正确的看法了，实在再没有别的新兴的国家，有像德国这样的成绩的了，并不是诗人自夸，确乎是永久可以视为伟大而煊赫的一种收获了。德意志民族性之里面的真正的倾向是在他们的伟大的深入性上，因此他们可以得到大自然的奥秘，因此他们的事业都是带上了观念的，又加之以感情的色彩，总之，全和这深入性相关，在这地方，德国不同于其他的任何新兴民族，而在这里深入性的概念的决定上，倒是宁近于希腊的。他们追求诗与哲学，并不求二者之分，却在求其合，只要他们在努力于哲学，也不管是纯粹的，是应用的，对于那不能舍弃的影响也许常有误解和强解，但那激动永远是保持下去，而总有新的心得。就看在前一世纪之后半，那宏伟的精神，便是不能否认的。因诗与哲学的性质之故，二者是居一切精神活动的中心的，只有这二者是可以连结所有的部分的结果合而为一，只有从这二者出发，才有在一切之中的统一性及启发性的流露，也只有这二者，才代表了人类是怎么样的，而一切其余的学术与事业，人们却都可以完全从这二者分割而出，那至多不过见出人类的所有物及所适应而已，但没有二者，则人类聪明的燧火即息，一切博大周深的知识亦将陷于支离，而且对于一己，对于民族，对于人类之重视，必遭阻止，自后人类将弱而无力，惟二者之出，则所有大自然，全人类，所欲解决之课题，悉变为可能。可是，什么对于"真"与形象的研究，什么对于"美"的歌咏，倘若不知道所有那些可变的性质并不是散处的对象，乃是公开于精神界的一种纯粹的目的物的,则"真"与"美"仍是空名。席勒的使命,却就是直接从事于诗于哲学,凭他的理智的运用的独到性,而把握并且表现二者根源和本质的。所以,上面我说的这种看法就自然降到他身上了。

在席勒最惯好抱了的一个意见是,凡淳朴粗糙的自然人(这是席勒的名词),可以先经过艺术的陶冶,次被上理性的文化的。用散文的,或者诗的,他说了好多遍。据他说,大抵文明之始,由游牧而为农业,人们是爱把幻想力驰骋于带有宗教味的视如慈母样的大地的。他坚持神话中所有的人物,都是代表人们的欲望,倘若传说的痕迹是靠得住的话,那么那个掌农业的女神德默特(Demeter),是这些神中的要脚,作她胸中还有人的与神的感觉的结合,这不是奇异而可深长思之的现象么?席勒很久想把亚提克(Attika)受外族侵入而生的初期文明,用史诗表彰一下。《爱劳厄西斯之宴》(Eleusische Fest)即是这个未实行计划的一部。

如果席勒再体会一下印度文学的,他一定比由希腊文学,更知道诗与哲学的联系的。在印度的早期诗,一般地讲,是更其庄严、虔诚,带有宗教味,视希腊文学有过之,只是没受外来影响,却更自由些罢了。但其塑造性因此而失。

这是一件令人十分可惋惜的,却也是令人在某种程度上觉得可称赞的,就是席勒对于人类的演进过程以为可见之于语言,说了不止一次了,据他的意见,在语言中可见人性是二重的,不过不是分开的,乃是消融于一种象征里去。语言把哲学的与诗的作用结合于精确的理解上，在字的方面有比喻，在读音的方面有音乐性。同时，语言表现出一种到达无限性的历程，就是语言的符号可以激动起到事业活动去的力量，而这种事业活动乃是无止境的，而且由它所立下的目标前进，由越过更大的，再更大的，而至于无穷。因此，语言便是席勒观念范围中一个非常受欢迎的对象了。据他说语言是属于氏族、种族的，不是属于个人，在人类还没仔细意识到它时，已经可以用它作为工具了，虽然不晓得它贯彻于生活中的意义。因此，不能漫无条件的把它作为教育的工具。人类也常有并非原来创造的意味的影响及于语言，这是当然的，所以语言之有其最高的诗与音乐的性质，乃是在初期，这时人民可以用特别的飞腾的幻想力，造成之，运用之。经时既久，语言渐渐失却这种形成的光景了，至少那进展在我们是不易见了，于是成了课题似的，似为悬案了。倘若人向那没有文化的民族，带了研究自然事物的虚心，去看一看奇怪有趣的语言的构造，想一想那往往是在长久黑暗中而忽然有所发明的现象的，人却一定可以见出，语言是与人类同时并存，而在语言发生之前可说没有人类所特有的事情可想，并且在语言初有时，情形又是十分和平，有打算，但不为深的或柔弱的印象所囿，社会之野蛮化是以后的事情，于是相反相争，激烈的忧患，才杂然而起了。不过在我们看，至少如在《美学通信》中所包括的自然状态，是难以用这样看法的，而且多年还没分清楚，到底什么是出自人类的天性，什么是出自语言的性质，又如何结合，如何消融为一等等。

喜欢从事于抽象的概念的思索，把一切有限的置之于一个大的系统，于是终于连结于无限，这在席勒都丝毫不是受外面的影响而然，却是发自他自己个性的。他这种精神之自由的活泼的充分发展，是在他生活中之第二期与第三期的，倘若我们把早期的三个悲剧作为第一期，把他的最后的一剧自《瓦伦石坦》始为第四期。我在这篇论文里，已经说到过《堂喀洛斯》了。在《塔利亚》杂志中所有的《哲学信》（Plilosoplische Briefe），同年作的《退休》（Resignation）就见他在热切之早年的哲学的理性的飞跃之中，是有一种极显著的特色的，可以视作他那成套的哲学讨论的开端。但是那进展是曾有一度的停滞的，自《论妩媚与庄严》出，可以说在席勒的思想上又划了一个新阶段，主要的缘故，当然是归之于康德哲学的钻研。那两篇东西，我们不能只视为诗人发表的己见而已了，却是当看作那是他遗留给我们中的最贵重的宝物才对。那些通信，是有不少令人觉得心旷神怡之笔的。也不能说是那一派的东西，却只是渊源于一种辽远的，动人的精神罢了。在《退休》中，他那独特的个性，是充分表现在那用简单而直接的话所说出的宏伟深奥的道理中了，带了不可测度的形容，还有那适合于道出勇敢的主张，和自发的创造的见地的语言。他的大部思路，人可以热情的而在活动着的性情之呼声视之，可是那热情却是纳入考虑中了，那表现也是深思及经验的结果了。

康德担起了一件最大的工作，而且完成了，这工作便是表现每一种哲学的理性考索是要有赖于个人的。他给哲学的进行找着了一种道路，为任何国家的哲学家所必经的。他把疆界量好了，他把地弄平了，把一切不可靠的虚构给毁了，这种工作的完成，也就是新的基础的成立，在这种新基础之上，使哲学的分析，以及早日易使人迷眩之体系相遇，他把哲学这个字的真义，更又恢复到人类思想的深处，所有各大思想家所指明的，他都最完全地吸取了来，而统一起来，矛盾之点，悉行消除，深刻与锐利的辩证：恐怕再没有更超过的了，可是并不失却分寸；单这样还不能得真理呵，那哲学的天才就另有办法，即将无远弗届的观念组织成的线索，依其各方向，而尽情地伸张，之后则各集合于观念之统一性之下，要知道不是这样，任何哲学系统是不会成功的。人们所在康德的著作里可以发现的情绪和感觉，席勒是早已注意到了，就是哲学的事业是要求两种性质合而为一的，即思想与感觉是。人不从一个人之精神所指向的道路去看一个人，人也可以从他的环境去认识一人的天才的特出。无论在性格上，或者知识的范围上，决不能都令人无所容心，总有在他的圈里，为他所吸引的东西，而在他的理智中的独立的原则当然占上风，于是他那独特的个性就可以光明四射了，像天上的星辰似的，材料却供给了为所普照的旷野，在这里，便是被一种巨大的观念所导引的想像力是已。幻想力的伟大与有力也就是康德在思想上所有的深刻与锐利了。直到今日，所得之于康德哲学的是多是少，以及日后又如何，这不是我想问及的；只是康德给予他的国家的荣誉，康德所给予玄学的思想与用处，倘若人愿意规定的话，却是不可动摇的了。关于这，至少有三方面。第一，他所破坏的，从没再建起来过；第二，他所建起来的，从没有毁坏过；第三，最要紧的，他所创的改革，在全哲学史上找不出相似的来过。所以，他的《纯粹理性批判》之出，当时虽因为我们连薄弱的考索的哲学也是缺如而无大影响，可是以后却与德意志精神长存了。因为他不是教人以哲学或哲学的思考，也不是宣传什么发明，却只是点燃自行研究的火把的，所以他引起了不少的间接的受他启发的系统和派别，而且他那精神之充分自由的特色，也表现于唤醒哲学界都走向独立创造的道路上去的一点。

一个伟大的人物出现，多半是一个种族或一个时代里不能，而且永远不能解释完全的一件事，谁可以解释像歌德那样突然出现，他的作品的前后期都是同样伟大，同样代表天才的圆满与深刻的么？然而他还是建立了诗坛的新时代，创造了诗的新面目，给出了语言的形式，为本国的思想精神作下了一切后起的推动力的，这有多么奇怪呢！天才，永远是新的，永远是给人规则的，他所有的自他一生存就有了，但他的根源，却不能从他的前辈中预测，天才一出，他自己就有自己的方向。在起初困窘的情形中，康德对于哲学尚无所适从，他也找不到什么有兴趣的东西，他到底是要感谢古代哲学呢，还是近代呢，这是不好说的，他自己却就有锐利的批评力了，在这方面煊赫起来，而和后来的新时代的精神相接。在他更是奇怪的，他领导着他那一世纪的一切进展，而自属于当日事事中之最活跃的部分。那时，是他跟前的任何人，都是把哲学冷冷地放在人类胸怀的深处，而理不着的光景，再没有别人把哲学用之于这么繁复，这么广大，又这么有结果的处所的了。这在一切著作里，在在给了那著作以全然特出的引人入胜的优长。

这样的一个现象，在席勒眼前，能熟视无睹。他是时时为事所鼓舞的，对于诗，更是生就了的使命，全生是在诗里头，可是此外，他根性上却是更喜欢结合一点更高的东西，因而有种学术吸引他，这便是必然的了，而能抓住对象的根本和究竟这一点，也是他的性格。忽然间，有一年没被人注意间，时与地都合适，席勒就正在那个处所，一种热狂袭到席勒身上了，即在回忆中亦仍是可喜的一幕便出现了。就是在这种情形下，是康德之对于席勒的。席勒所发表的创作是更多端的了，而在别的活动，也格外有了起色。他找到了新哲学中适合于他性格的部分，整个的系统，他没走进去，可是他紧抓住美的原理与伦理法则的研究了。在这里，我们必须注意，那种自然的、人本的感觉，以及纯粹的性格，是作了他的哲学的预先的地步了，这时，那从前一般流行的学说是又代替了新的正确的观点了，而壮美又为人所轻。席勒则不以这种学说为然，依他的思路看，却以为只是一半由于人的感觉能力受了损伤，一半是由于人没充分的注意，所以依人类中由美的原则所立下的自由活动的一致性才不能和理智的统一性一并实现。这时席勒在《论妩媚与庄严》中，才首先公然提及康德的名字，可是他把康德认为是自己的反对者了。

这是席勒的一种根性，就是当他碰到一种伟大的思潮的时候，他决不是打入那个思潮的圈内,却是生出一种受此思潮的绝大影响而独自创造的东西来;人对于这简直要疑惑,也不知道还是赞美这思潮的伟大好呢?还是赞美那性格之深厚和焕发好呢?真无所适从。不隶属于另外的任何个性,这是各个有伟大的精神能力的人的特色,各种强烈的性情(全然相反的个性自然是看作另一整体),去各式各样的看透,去称誉,但从这称誉的直观中而创造一种新能力,以利用于自己所决定所指向的目标,任何不属,这是席勒特殊的性格所具有的。但是这种关系也是发生于相近的精神才行,他们的不同是会在某一更高的点上相同了的,有一半在乎这一点上的确实的理智上的认识,还有一半是缘于性格;可见对于事情的兴味的背后,是还有人的问题的。只有在这种情形之下,是有其分别与独特可言,而其理想的合一的地点何在,在无限之中而有所决定的一事,也才于以可能。这正是席勒与康德对立的情形。席勒并不是取自康德;即在《论妩媚与庄严》及《美学通信》中所贯彻的观念,也是在认识康德哲学之前的著作中就有着萌芽,后来也不过是把他自个的精神中之内在的、原始的底蕴加以表露罢了。不错,自从他有了康德哲学之后,他的哲学就划了一个新期,但康德所给予他的,乃是帮助和启发。就是没有那强大的不同的刺激,就是没有康德,席勒自己也会发挥他那独特的观念的。惟关于形式的自由,却似乎从康德而得。

我方才所谓形式,并不是指的风格,在历史的、哲学的、诗的各方面的风格,席勒还是自己创造的。在他的著作里,曾有论到语言应当如何成其为表现的一段，其见地是已达到很高的地步了的。谁要评论到风格，不是从已有了思想再找定式去论（那永远论不对，因为既有形式可言，则形式之完成已得故），而是从每一时每一刻要在表现中即有独立的风格去论，他一定要赞成席勒的风格的。因为他是在能达出他那独创的性格的烙印之外，同时还给了使一般人在各自的情形里都得到风格的法则。

我这里说的席勒的风格，还指着他那诗里多少有种隐藏意味的特色，这就是其中常致力于完成几个哲学的观念的一事。他那诗里有观念是不错的，并不是只饰以诗味的花样便足了，因此，这样诗在诗的全体里便另备了一格，读者之得到那些观念的时候，那些观念是仿佛求一种鸿沟的彼岸，并没有理解上的桥梁似的，至于席勒之所以能够得到这些观念者，只是借助于诗人的想像力的飞跃而已，席勒哲学诗就是这种情形。当席勒写诗的时候，他就是写他自己所感到的，不过，为使人取信起见，首先当然是用不受限制的形式写了，其次却即用他那具有的特别能力了，便是使想出的观念能够纯粹入于诗的表现，而把他的材料又送到无穷无限的范围里去，在这范围中，他却不是作之于理解，而是凭借诗的力量和认识的总和，席勒在任何地方声言，世间并没有真正的教训诗，只是像他那样的是可能的，就是只道出他自己的观念。在这里，他似乎是指的《逍遥》（Spaziergang，作于1795年，时年三十六——译者），在这首诗里，他是超出于描绘自然的景物了，多半却是驰骋的幻想力和一般的感觉。此外，几首比这早一些的诗,《希腊之神》(Die Gotter Griechlands),《艺术家》,还有这晚近的在哲学的路上被启发的一些观念的写作,都是这一类。这也是无怪的,在一个诗人的进展上,他的哲学观念之获得,当然得由幻想力和感觉。

席勒的历史学的工作,我们可以看作是他生活中一件偶然的事,而且是由外界的情形所唤起的。当然,由于历史学之具有极大的扩张性,可以使人有用武之地,这是不可否认的,因此,席勒在他精神的特性上是被吸引于哲学,当然也就被吸引于历史了。我为了还有几句相关的话要说,所以把这一点放在这儿。像席勒这样的人,由他的性格的关系,是要求经过观念而用观念以得到感觉材料之自由的统一性与权威性的,所以决不能回到那有许多范围的丰富的复杂性上去,因此,他的永远的工作便是把由幻想力所制就的材料铸入一种有必然性的形式之中,而且他也必定有极大的愿望去找这种形式。在这里,因为要表现出来就当然要形式,而这种形式当然也不外是既有的材料中之所有的真实了。史家的才能是近于哲学与诗的,倘若二者都没有点根苗,而要向史这方面问津,在成就上就颇有点可疑了。这不特是关于历史的写作为然,关历史的研究亦然,席勒颇以为,一个史家自要对于史料在其来源上有了确实的可靠的研究以后,就可以组织为历史了,即此为止,也就是很完全的了,纵然那表现方面全然是误解也不妨。事实对于史家,犹之乎一个人的面孔对于塑像者,照抄而已。至于如何是那有机的机构,如何是那形势所代表的精神的意义,则在那简单的成堆的事实之中，自有其一个活的统一性，以这为中心，它自个就在那儿显示着，表现着。不可避免的，是在事实与叙述中间，往往夹杂着史家的史观，关于这，有人赞成，也有人反对，可是只要史料是确实的搜集，和确实的认识的，则他那哲学的，与诗的重要的见地也就已经在作出了。因为在这里，那真理与精神界是在一种充分神秘味的联系下，而存在着了。在事实的搜集中，在来原的研究中，以及由此而得推论等，席勒都作的非常正确，非常小心。在他执笔写诗的时候，他不忽略他的历史的或者体验的学问，因为这些也为他写诗所需故，倘若他在这方面的工作有时而致败的话，那一点也不能是因为他努力的不勤，却是由于缺乏方法，身体不适等等以及其他偶然的事件。零星的不确，人不能遽认为一般的大端之不符的。自然，在他这种研究中，整个的印象的把握，是特别出色的，为的是和诗的工作相近故，也是由于这种爱好，他才致力于史；这见之于他与恪尔诺(Chlristian Gottfiel Korner, 1756—1831, 与席勒通信集出版于1847年——译者)的通信。在这里他才说是历史的工作只是一个次要的目的。要不的话，在他晚年不会对历史的兴趣全然消失。在1802年的秋天，是我最后见他的一天，他还告我，用一种极其热情的意味，说他可以实现一部罗马史的计划，那是要期之于晚年的，只要诗的创作的热狂是离开他时。实在说来，还没有别的历史发作有这么伟大的戏剧性的，尤其特别的，是因为席勒乃是凭观念而去得古代的和现代的巨大的世界史之关键的，而细力处则又注意到了这一个城市的地方性。我们可以忆起歌德说的那个妙语，就是罗马城的历史乃是异乎世界上任何别的城的。"在别的城，人总是由外向内去懂得，罗马城，人却得由内向外来体会，它给我们留下许多东西，但却又自我们这儿带了不少东西走。"

天才所施展的是用他全副的才智致力于他天性所近的东西的。这样的创造是有两点，对于各个才智特出的人都有着重要的决定的意味：一是天才必有所专注，因为每一类的事情之中仍有不少的花样；二是天才必有精神的自由，在专注之外有其凭理智的观点而具有的一般的概观的能力。在这种才智的边沿及其有此种才智可能性的关系之中，也常有发展不得于此的人，则可以发展于彼，人人是有各样不同的才智的，被埋没了也是常事。席勒，人人是以为诗人的，在这里我觉得有提明的必要，就是所谓诗人者，却须是他的整个的精神方向，也即是从他的哲学的意味的方向上说才有意义。倘若只标明他的诗人天才的话，倒似乎他并没走入诗人的轨道。一个伟大的精神的性格的描写，往往带出那特有理智力所观照的事事物物的根本来。我在这里并不是希望每个读者都有这种观点，只是席勒，如他自己所观察的，他的特性是极清楚而确然不疑的，在大体上是可以看作如此的罢了。我在这里却是很幸运的，就是我不把席勒的历史的、哲学的活动看作只是多方面的精神现象了，也不是他在瞎摸之中，为的是找他的正当出路了，却是，二者都是发自他那合一的、深刻的、丰盛的、有力的惟一源头，而用诗意来发挥了而已。犹之乎在身体里，各种材料是归到它适合的部分而被吸取，在席勒，诗乃是内在的结合于思想。它自直观与感觉，流露而出。从这里，他有他创造的想像力，这想像力乃是把炽热、深刻、强大三者融而为一，可说在新旧诗人中，尚无其俦。思想与描写，观察与感觉，在他总是交织着的，在那成功的作品中，都是穿插得宜，决不失之一偏的。人不能以把精神看为是有时静，有时动，可以分，可以离的互相逾越，互相影响的东西。在精神里所有的，是只有活动，在精神里所把握的，是只有统一，只是在发挥上有其不同的方向罢了，那只是由于不同的甚或相反的推动的力量的作用罢了。每一时刻的思想，负荷着铸就的精神的总体，在一种小小的思想中而代表整个理智的活力的现象，是使席勒非常感到的，即此一端。也就是由他那真正结合于他身上的活力而然。在《歌唱之力》（Macht des Gesanges）一诗里，最美丽的一页是表示出了"天崩地裂中的大风雨"（ein Regenstrom aus Feleenrissen），足透此中消息。所以在他邻近的，诗也好像没看在眼里，乃是一种高的境界，在这里头，他是超过了他的一切零零碎碎的各别的活动而上之，连诗的天才也超过了，却是最有力，最有威仪的一种境界，凡为血肉之躯，无不为之震撼了的，单称为自由是不够的，只可称为全然特出的超越一切的能力。

以诗人看，他之为诗人是如此了，即他的诗的外形论，也是有着他加倍的生命力的。所有是艺术家的、诗人的，都有这种自由飞扬的性格，可是诗人或艺术家也并不是不劳而获，就有他们的幸运的。他们还需要工作，只是这种工作完全出之他们的性之所近罢了，而这在席勒，因为他的特性的关系，却更增加了这工作的繁难性。他的目标，悬的很高，因为一切诗的目的，他算看清楚了，诗的不同的道路，他也估量得极其确实了，而精神能力的整个效应，倘若这种表现是能够企及最高的自由的选举的话，他观察得也非常透彻了。他自己也认识在他那伟大性格中的理想，而这理想在他是永在升腾，而决没加以压抑的，同时，他由于他自己那充分光明的建树，他是彻头彻尾属于观念的、感伤的、婉抒的诗人一派的，所以他提高他的个性时也是就这一方面才有意义可言了。他努力于他自己的性之所近的工作，有时也努力于别的，他因而不只是一个创造家了，而且是一个裁判者，为的是要求从诗的效应而影响于思想范围的探索。这是可十分赞赏的，就是那为诗人所不知的，也不能解释的，永远在前进的天然能力，是使任何东西不能在他眼前落空，在这里，犹之乎在别处，他的性格是整个的活动着的。再没有别人是他那样钻入感觉材料之绝对自由的，是他那样钻入在直观与幻想力之下的完全的而脱离观念的独立的机构的了，而他之如此作，一点也不是由于理论的观念而为之。他所创造的，毋宁是源于在他所常有的内在的有力的压迫。所有别的感伤诗人所遇到的，只要他们是感伤诗人，在他们诗里总是很少有可塑性，总是很少有感官的印象，而在他也没作了例外。但也许，在更高的等级里看，他是属于淳朴、直致的一派，而不是走入伤感婉抒的一派。他自己所具的性格是引他到高的观念上去的，在这种观念之中，那伤感的分别是已经消除，因为已无所谓派了。倘若他有这种特权可以称为诗人天才中之最伟大的话，那么，他就是在那观念之中，他已经把那理想的建造的感官材料之绝对的自由的要求，作出来了。

那种只是激动的、痛苦的、单纯的写作着的诗，简言之，即只是自直观与感觉而成的，在席勒也不是没有，有片断，也有整篇。我只举《理想》（Die Ideale，作于1795年——译者）《女孩的悲哀》（Des Mädehens, Klage）、《溪水旁的少年》（Jungling am Bach）、《泰克拉》、《鬼声》、《致艾玛》、《期待》（Die Erwartung）等，就够了，这都是只给出感觉印象的再现罢了，在这些诗里，人可以看出来，席勒的理智的特性，只是一种轻轻的反映中而已。那充分表现了诗人的天才的，是在《钟之歌》（Das Lied von der Gocke，作于1795年——译者）其中音调之抑扬，描写之极度生动，直把万象之一切意义，和盘托出，凡人类社会之生活遭遇，皆参透之，而若由人人之肺腑，一涌而出然，但皆托之象征的永远的钟声，此钟声乃以种种不同之姿态而继续达此诗境，一无休歇。再没有一种语言里，我是见到这样的诗了，那是在这么狭小的一个形势之中，而达出那么宽广的意境，那一切人类的深的情感是在里头了，而且完全是一种抒情诗的意味道出了那带了严重性的人生了，又表现出似乎通过一种自然的划时代的史诗之那么亲切了，诗人的直观性，是由之而增了，而那像从远处来的森罗万象中的幻想力，是与真实的被描写的对象，直接相应了，但二者却又像平行样的，达到同一的终点。

倘若人们明白，我在这里说席勒之无休歇的精神活动，以及他那诗人的天才与一种强大的力量之紧密的结合，那是在他的思想范围以内吸收种种事物的，是怎么一回事的话，人们一定可以理解我先前所说的在他的诗的进展上所批评着的段落之意义了。任何伟大的诗的杰作，需要性情的流露，但当席勒从耶那而返的时候，却久已在这方面失却了。有一部分的理由，是他在计划《瓦伦石坦》，那是他久想动手的，但迄未著之于笔。以材料而论，是在他的环境下可谓太有刺激性的了，以他的创作而论，则多少有点羞涩的感觉，为的是怕在完成之前，预备的太不充分了。谁要是懂诗的人，一定可以见出，这是诗中的一篇巨制；以席勒之结构的能力，是把这材料丰盛的内容，只挤入三个段落。已足惊人。再则席勒对于适用于舞台的要求，也业已提高，所以在他偶尔的停笔之时，便越参考于正确的批评，并不忘一字一句，都使其不苟。在一切艺术制作里头，都需要对于已经知道确实了的实例的信赖。席勒在这里却没注意。他的早年的作品，不足证明他的才智，所以他现在进展到的才可作为批评的依据呢。《堂喀洛斯》是藉外面的环境而咏出一个长期间的过程的，他在第一次去把握时，他总觉得那作品的统一性与热力，是不值得费许多事的。所以席勒在起首的时候，打算改一个新花样，一切束缚不要，于是那悲剧便成为舞台上所从来没遇到过的东西了。这时也正是席勒的精神倾注在哲学的时候，他那活动着的哲学观念也正趋于清晰与确定了。在他选择《堂喀洛斯》为悲剧的对象时，人可以从他的信上看得出，他没有离开那种内在的以观念为事的冲动，这是全然充满了席勒式的天才的脑中的，虽然不如在后来的作品中更能代表出那出自这种来源的痕迹，无论在形式上，在内容上。他这内在的观念的冲动是这样的：因为那时已经接触了康德哲学，之后他在《论妩媚与庄严》文中也开始说明白了，即他在这篇论文之中所代表的以及作为席勒之内在的工作的体系的，是在他转入另一个范围之前，必需先交代清楚的。这在他是不可能的，在他精神里留下一些不清楚或者不确定的来，他反正是不忘记要求清楚和确定了；因此，那作为他的整个理智活动的基础观念，是他生活的一个基本的原素，在他是视为和他的诗的创作有不解缘的；自要变为他的观察与思想的对象了，他便一定非把它作为一个目标，要很纯粹的织就他可有一种永久的坚持性，这是席勒一切作品的特色，所以在他是不安定的，倘若他那从内在的性格所作出的工作《关于人类美育通讯》一日不完，在这期间，他一点别的事不想。这就是只要一为他所吸收的，他便非作得有结果及完全不可。

在刚才我说的这一个时期中，可注意的是，席勒关于剧本的制作都极其迟钝，关于哲学的研究的兴趣，却渐渐高起来。在他归到耶那的第一年，他忙着完成了《美育通讯》和历史的著作之后，他的诗只表现于小小的抒情诗与记事体里，而他的哲学的教养使他在《论诗的直抒与婉致》里却表现了幻想力之最轻易与明畅的形式。最后他开始《瓦伦石坦》。这在席勒便像在一个轻快的，然而也是所专有的晚年的诗的全盛时代里了，再后便一无阻遏。他的伟大而美丽的死，是使我们极其痛苦的。但却是在一种极有活力的，更要精富力强的状态之下的，不过终于，他是死了。

在那种回光返照的期间，席勒重去写剧的，却也是和歌德的交往之始的时期，在他确乎是得着强有力而且有意义的合作的原动力了。那种彼此的影响，这两个伟大的人物所有的，真正极其巨大，而且可令人惊异。他俩都觉得从他们的责任上受了鼓励，以更强的，更有了勇气的，各回到自己的路上来，他俩都看清楚了这是在一种如何的不同的道路之下，而目的仍是不二。谁也不把别个引入自己的道路，谁也不把别个使其为自己追随者。像在他俩作品里一样，是在他俩的友谊里，见出精神的活动是与性格的不同不能分来，而且前者为后者所鼓舞，一直到现在，可说还没有这样的模范，在德意志的名字里这么叫响的。此外再多说什么，是多余了，而且会失却了正当的观察的。席勒与歌德在通信里是已经说得明白而公开了，对于他们这种关系，也说得十分伟大而且亲切了，因此也再没有人更愿意作词费之举了。

在通信里，我记得有一段，席勒似乎对他的诗的写作这职业不大信任，在恪尔诺作的传记里，也有类似的话。我在这纪念文字的开端，也已经提起，在对于人类的脑筋与胸有所信赖的人，是不会有这种一时的感情的，也不会误认自己生而其有的才能是史诗的，而不是剧诗的。再没有人是像席勒对于一己之不好的脾气之驱除，这么清楚而意识的决定的了，对于一己之努力与成功是看得这么正确而不受限制的加以评价的了，再没有人对于以自己的天性所当求当寻，认识得如此明白的了，更再没有人像他那样痛恨不晓得自己性之所近而彷徨不定的了。他的命运，无疑是剧诗。想像力之锐，把一切可以纳入于一点，从事之迅速，使作品有极大的效应于读者，以及在逼真之中，而驰骋其高度的才华的开展，加之结合于在观念中的壮美的消融，这都在在表现席勒所特有的性格，以歌德的观察看，这种诗是要在近代占一个位置的。因为那是把全体的作用集中于一个目标，不像顺着一条线，却像顺着一个平面而在开展，其得力处就在像在思想中，于一定的"时间"的束缚下，这当然不像在"空间"之中更有多的直观可以活动的。当席勒有时怀疑这种诗人的天才时，他就最惶惶于高处的理想了；在那欲远到目标之中，也越表现出那深度的内在的向往之疑惑来。

外面环境的影响所及于席勒的事业之转变，我是不想说的。确实的是，大部分散文式的作品，是由《塔利亚》杂志，或者《海伦》月刊（Die Horen），诗是由当时的纪念册之类所需而成的。在1796年他所作的，却才是真正属于他自己了，从前没有过。这种不注意的由诗而哲学，又由散文而韵文的情形，就是像我上面所说的。这不过是那种在他自己所负荷的伟大的使命，在他还没有走完他的路程罢了，他的性格的吸收和反应还没有圆满罢了，这却都是对他的创作的预备所必需的；这时他只有走入那种工作，看来好像只扰乱他的,却正是在他的事业之中的。真可惊异的,就是这种副业,并且占了正位,而且那种为工作所必需的严格性,却导入美丽的自由里去,自要那幸运的观念是呈现于精神界的时候;此外,外来的影响的痕迹,到了他的作品里,却也化为乌有。对于应酬诗,人自然不能求全责备的。

所有他晚年在剧诗里所出色的表现着的,都是第一流的小心而正确的有理解的努力了,由于这种努力以追求一种艺术体的整个之后又有一种对于对象之深刻的处理;涉及的乃是伟大的丰富的世界性的环境,结合的乃是极其高超的意想;最终则将一切平淡的散文单调一扫而尽,而纳入一种纯粹的诗意的飞扬的表现,思想,结构之中。在一切观点上是,诗能作到是一种真正的艺术了,用一种生动的诗的形式把材料充分统整了,而且这是就诗的一种极高的意义的性质而言的。在他的信里,有许多地方,他表示,他是注意诗的全体,他以为在他是一种进步,他不喜欢那种只注意小处,因为这只是对于部分的偏爱。在《艺术家》一诗里,他已很清楚的而且很美丽的说出艺术品之最高的要求了,这在他还是早年。至于他之知道如此处理剧的材料,碰巧又是在这方面的顶难的,便是他的写《瓦伦石坦》。把一切细微末节纳入这无边的包罗万象的事件之中,是要破坏了真实性的,可是由于诗人的权威也竟把这作好了,所有那书中勇敢的英雄所要担承的冒险,越山爬岭,以及王国的政治情势,战争之歌,德意志的现状,军队之呼求,这种种缘故,对于观者要诗意的,而且要直观地表现出来的，他也都作到了。当一个诗人对自己和自己的材料有所要求时，往往易于把那对象之活跃的，感觉的第二世界，搀入于一个悲剧之中，而喧宾夺主，只有莎士比亚是例外。

在《瓦伦石坦》之后的作品，见出席勒是同样的方式写作的了。实在的，他是生就为这样一个诗人，他要就理想的人类而歌咏着，而且有许多世界，都是按他的幻想力创造的，把一切现象的变化多端置于其中，又消融于艺术形式的统一性之内，所以他的悲剧，并不是只是模仿的再现的小巧，却是由于一种内在的，青年气的，永远在新鲜的声响里而生就了似的，却又有带了的正确的真知灼见，在高超的要求里的艺术性之中表现而出，我不想说得再深了下去。他的最后的悲剧是体会了现世的阅历很久的；它对于后代，是在安静地期待着。许久这剧会上演，在德意志文学史上已获了地位。这诗人不是把新的真理置之于空虚的，也不是在搜集事实。他是在他那一类里有所影响，一如他是在他那一类里有所创作。他领导了所有时代的幻想力，幻想力因以提高，因以建造，他又把这作到形势的地步；在这之中，他装饰了他的对象；他创造的脚色，是把人类的理想增丰富了，而在他所有作品中不失其是他自己的特性的反映。这样鼓舞的，这样如画的，席勒许久以来，在提高与生动之中，盛大地影响于他的国家了。

他在走完了他的精神的长途而辞世了，可是那精神的长途却是永久的。他的目标早是这样定的，他永远不能达到终点，因而他的精神的活动永无需乎休歇；他永有那种快乐，那种热狂，甚而在他最后的信里还说要写成一首不模仿的田园诗的计划，以表示诗人的创作的快乐。他的生命结束于他常向往的目标之前，他的生命一日在，他是一日完全的、不停的、从事于观念的，幻想力的活动的。再没有别人是当得起这句话的真实了："他放弃了尘世的挂怀了，他是自窄狭的，氤氲的生活之中，而逃入理想的王国。"他只生活在高的观念里，而被围绕在光明里，这是人类可以引入自己的，而且能由自己得之的。谁要是这样离开世界了，我们要称赞那是幸福。此外，便没有什么可说的了。

1936年8月28日改译

第五编

宏保耳特（1767—1835）之人本主义

"仁者人也"——《孟子·尽心章》下，十六

"Menschlichkeit ist Menschenart"——Mong Dsi S.175, aus dem chinesischen verbeutscht und erläutert von Richard Wilhelm 1921.

一　导言

在100年前的4月8日，是卡尔·威耳海耳姆·封·宏保耳特（Karl Wilhelm von Humboldt）[①]在柏林的附近泰格尔（Tegel）地方逝世的一天。我们在不久以前，刚刚纪念过他的好友大诗人席勒的175年的生辰，那时我们已经缅怀不已于这位伟大的思想家、教育家、政治家，兼是语言哲学家的宏保耳特了。我们已经被提醒着一有机会，当专为宏保耳特个人而特别纪念一下，现在却恰巧到了他的百年祭，使我们得以向往他的生平、人格和事业，这是多么有意义而令人高兴的事！

不但如此，我又特别觉得，以现代的文化阶段的中国人而纪念宏保耳特，其意义是不止在纪念宏保耳特个人而已的，因为，宏保耳特所代表的精神，有大部分是中国已往的古文明被所蕴藏的精神，在现代的中国，却又无疑是文化上一个青黄不接、贫弱、空泛的时代。在这里有一个严重而迫切的问题，即是为新鲜活泼而有生气的充实的文化建设起见，对过去当如何的考量；对外来当如

[①] 宏保耳特，今译洪堡。——编者注

何的吸收，以消化，过滤，抉择而成就一种新的面目；这是我们要思索的，而宏保耳特恰恰就给了我们一种绝有意义的参考。

现代的中国，是文化上一个苦闷期。自己过去的，以为是不适合了；现代外邦的，又不能马上整个摄取，所以这时尚在徬徨，而无所适从的时代。什么思潮是可以导率我们的？什么人生态度是我们从心里认为最对而可以实行下去的？什么是我们最狂热的向往的思想？我们在寻求着，然而还没有确切的把握着，所以我们有时虚无，甚而像停滞。可是据我个人看，这是无容悲观的，而且，不特不必悲观，反而当预祝着，这正是中国文化的新黄金时代的前夕，毫无疑问的，她一定有极大的进展，现在却决不是停滞，而在酝酿。

当中国人慢慢恢复了正常的味觉的时候，就一定可以觉悟新的中国文化决不是和过去的中国文化绝缘了，乃是联系的，又一定可以知道中国过去的文化不是不适合的，而且有着永久的对人类有所贡献的成分，那价值却是只有慢慢地提高，而达到其应达到的估量，并不能加以贬抑或抹杀。

真正的中国文化特色是什么？简单地说，就是"人本"（Humanis-mus）的。申言之，是人世的，是心性的，伦理的，是审美的，是肯定"人"的价值而提高之，是扩大"人"的精神的活动范围而美化之。它是人情的，而不是冷酷的理智的；它是和谐的，而不是强烈的冲突的；它是使人们相安而到达幸福的，却不是使人陷于悲惨的结局而堕落、毁灭的。这种目标，是中国过去的圣人贤哲所企求的，同时也是德国的古典主义下的思想家所企求的，现在我还敢大胆的说，在不久的将来，也一定成为中国甚而世界，新的文化体系所企求的。

在这意义下，我们纪念着德意志的思想家宏保耳特。

二 宏保耳特之精神进展及其著作

宏保耳特，以1767年6月22日生于泡慈达姆（Potsdam）。

在他将近七十年的生涯中，他贡献给人类社会的是多方面的，所以我们很难以用一个头衔去称呼他，他有著作，然而也有事业，他有教育的设施，却又有政治外交上的功绩；他的学问吧，自哲学，美学，以至语言学，而且还写的有诗篇，同时他的人格之庄严，高尚，无有瑕疵，又确足称为古典主义者的理想人格之实现，所以我们不能不说他是立功、立言、而且立德的人物了。

总观他的生平，可以分为五个段落，大抵是：

自1767年至1789年，是他的少年时代，包括二十二岁以前的生活。

自1789年至1798年，是他的成长时代，这时自二十二岁至三十一岁。

自1798年至1809年，是他最高的精神进展的时代，这时到他的四十二岁。

自1809年至1820年，是他的政治生涯时代，这时是四十二岁至五十三岁。

自1820年到1835年，是他的晚年，这便是从五十三岁到六十八岁，这也便是他最后的一段生活了。

在每一段生活里，对于他都有一种特殊的意义。他早年从学的教师是孔特（Kunth）、次颇（Campe）、恩格耳（Engel）、稻姆（Dohm）和克兰（Klein）。这时的思潮，柏林的启蒙派要孕育而转变为浪漫派的时代。影响宏保耳特极深的是自1785年以后的许多妇女，就中尤以亨黎特·海尔兹（Henriette Herz）为最。于1787年，即他二十岁时，与其弟同进福朗克佛大学，习的是法律。于次年复活节，他去郭停根（Gottingen）大学，听皮特（Putter），施吕策（Schlözer）之讲，特别受感印于新人本主义者（Neuhumauist）之海恩（Hevne）。同时，他致力于康德，这对于他的思想是有着决定的效应的。此外，他更接触到弗斯特（Forster）与亚考比（F·H. Jacohi）。他少年时代就是这样过的。

在他的成长时代，于他的学习法律结束以后，曾供职于柏林的高等法院，不久即改为外交部的公使馆参赞官，这是1790年的事，这时他二十三岁。在1791年他却把事情辞掉了，为的是好致全力于精神方面的自我发展。同年他和喀鲁林·封·达歇莱顿（Coroline V.Docheroden）结婚，这对于他此后的生活很有着深刻的意义。他曾说："我和夫人昔日的同居生活，是我一切的生活基础。"见之于他后来于1829年致歌德书。这时他的治学乃首及于希腊古代文化。自1793年，他研究美学的课题，并重及于康德之学，这时他二十六岁了。次年他移居于耶纳，这时是他和歌德、席勒精神上最互相受益的时代。他心目中的人本主义的理想也渐次形成了。1797年，他三十岁，有巴黎之行。他生活上的一个转变关键是到了。到此为止的生活是看重在自我的修养的，这时遂逼迫他有其代表一己的著作。同时，爱国的情绪也在这时慢慢觉醒。

现在说到他最高的精神进展的时代了，是自1797到1800年及1808年，他从巴黎旅行到了西班牙，对于语言的兴趣，特别关于唯斯器施（Vaskisch）语，已经成熟。在1801年，他三十四岁了，重回到德国，参加了那时的浪漫思潮。他久已渴望的意大利之游，这时也实现了，因为他荣任了普鲁士的大使。他重又沉潜于研究古代文化，不过这时他已是受有浪漫主义的洗礼的了，同时他也体会到谢林的思想之面目。

此后是他的政治生涯，于1809年，他四十二岁的时候，自意返国，身为德意志最高的教育当局。在十八个月的任职中间，他对普鲁士的教育制度有极大的改革，这给后来的德人以无穷的影响。这也就是人本主义的中学创立与柏林大学建立的时代。宏保耳特是把他的人本主义的理想，运用于国家的教育制度。1810年他出使维也纳，在1817年又出使于英伦，这时他五十岁。次年10月他请求回国，1819年他被任为常务部长（Minister für die ständischen Angelegenheiten），但次年因为制止反动去职。

他的余年是消磨在泰格尔的，他致力于学术工作，特别是语言的研究。他的主要著作关于喀威语言（Kawi Sprache）的，死后始公之于世。在1835年4月8日，他死于泰格尔。

现在我们可以知道，他的生活，是在严峻和勤奋中的，非常丰富，方面非常之多，但是并不是没有重心的，这个重心便是"人本主义"。他为一切而奋斗，这一切之中有个一贯的线索，这个一贯的线索便是他的"人本主义"。如果歌德的一生可以一个字来代表，那就是在浮士德里把"泰初有道"改为"有言"，从"有言"改为"有为"的"为"（Tat）字，如果席勒的一生可以一个字来代表，便是"自由"（Frieheit），同样以一个字而可代表宏保耳特的，便是"人性"（Humanität）了。

宏保耳特的著作是非常之多的，然而，当然也以"人本主义"为中心。他的全集，比较最好的是普鲁士皇家科学院在柏林自1904年起出版的一部，共十六册。现在为简短的介绍起见，我认为有六篇东西，最关重要：

关于政治的，是《论国家政治效能之限度》（Ideenzu einem Versuch, die Grenzen der Wirksamkeit des Staates zu bestimmen）。

关于语言的，是研究喀威语言的著作中的一个绪论，名《论人类语言构造之分歧及其及于人类精神进展上之影响》（über die Verschiedenheit des menschlichen Sprach baues und ihren Einfluss auf die geistige Entwicklnng des Menschengeschlechte），有单行本。

关于美学的，文艺批评的，是《论歌德之"赫尔曼与道劳特亚"》（über Goethes Hermann und Dorothea），和《论席勒及其精神进展之过程》（über Schiller und den Gang seiner Geis tesentwicklung），

后者本为宏保耳特与席勒通信集之导言，现多以独立之文章视之。此外则为《论男性与女性之形式》（über die maunliche und die weibliche Form）。

关于历史的，是《论历史作者之使命》（über die Aufgabedes Geschicktsschreibers）。

这六篇东西是为人所称道的，宏保耳特的根本精神在这里也确乎能给人以轮廓了。读者自当于此求之。

三　宏保耳特所生之时代及时代精神

宏保耳特，是常被人称为古典主义者的，可是有许多书讲他的时候，总把他归之于浪漫主义思潮之下，这在把古典和浪漫看为绝对不同的东西的人，一定觉得奇怪了，其实，据我看，恰恰是当然。我说过，浪漫主义的对待者不是古典主义，而是写实主义，自然主义，古典主义却只是浪漫主义的一型（见我的《论人的命运的二重性及文艺思想上两大巨流之根本的考察》）。因为，古典和浪漫都是不以现实为满足的，都是有理想的，都是不以单纯的理智为把柄和归宿的，所以，在这种意义上，确乎是一而二，二而一的。只有如此，才可以明白为什么创造《少年维特之烦恼》的歌德，同时却被人称为是一个古典主义者。在歌德并没有矛盾的，他并没以古典主义者的立场而排斥浪漫，也没有以浪漫主义者的立场而贬抑古典，他有所攻击是不错，他攻击的乃是当时柏林的只认识浅显的理智的启蒙派（Aufklärung），所以他和席勒才合作那些讽刺诗（Xenien）；他以浪漫主义者的立场应当攻击，他以古典古义者的立场也应当攻击。像歌德没有矛盾似的，宏保耳特也没有矛盾。

以他的谨严的人生态度而论，以他的向往古代希腊文化而论，以他的维持其理想而实行之而论，宏保耳特是一个古典主义，以他的养育于人的本位之觉醒的文化中而论，以他的着重社会之个体的发展而论，以他的把一切看作精神的表现，看语言如此，看艺术如此，看历史也如此而论，宏保耳特是一个浪漫主义者。这却并不冲突，宏保耳特仍是一人。

倘若我们知道宏保耳特所生的背景时，或者更以为他的造就是当然的。

宏保耳特的时代，是什么时代呢？是温克耳曼（Winckelmann），莱辛，海尔德，康德，歌德，席勒，施莱厄尔玛海尔（Schleirmacher）的时代。

具体地说，有四种东西在作用着：一是国外的文学翻译，二是古代的希腊艺术，三是民间文学之被重视，四是一般的德意志语言之改良。抽象地说，就是因而形成的三种精神，这是：人的地位的提高，个性的被尊重和情感的发展。

我们详细了看，再没有这时的德国是能吸收的了，一如她的创造然。莎士比亚的兴趣是在燃烧着，这时对于莎士比亚的翻译几乎成了风尚。就中顶著名的是提克（Tieck）。在1799年他还翻译了《堂·吉诃德》这部名著。威耳海耳姆·施莱格耳（Wihelm Schlegel），魏兰（Wieland），歌德，也都从事翻译，施莱格耳尤遵从海尔德的译书主张，务保原书真意，然总使其为德文，流利，统一，而有纯而不杂的诗的效应。他除译英文之外，并介绍意大利，西班牙，葡萄牙的作品。他的后继者，如哥瑞斯(Gries) 之译《塔索》(Tasso)、《亚里奥斯特》(Ariost)、《喀尔德朗》(Caldron)、《坎诺吉塞》（Kannegiesser）；施特莱克佛斯（Streckfuis）之译《但丁》；如维特（Witte）、扫耳陶（Soltau）之译《保喀修》(Baccaccio)，译《西万提斯》；以及莱吉斯（Regis）之译《拉伯莱斯》（Rabelais）皆是。

古代的希腊艺术之研究，顶煊赫的代表者便是温克耳曼，这影响于歌德及席勒，都以为希腊精神是理想的人类的精神，宏保耳特也受这种思想的洗礼。对于希腊艺术的研究，也普遍化而成为一般的爱好了。我们看这时的诗人薛德林（Hölderln）那样的崇拜古代希腊，像发疯一般，正是可以不必奇怪的。

民间文学是童话，传说；由海尔德提倡起，也惹起一般人的注意。自阿尔尼姆（Arnim）、布伦檀诺（Brentano）、提克，以至格列姆兄弟，都在搜集民歌，民间故事，加以编排。

这时德意志一般的语言的改良，也是极其重要的事实。语汇的增加与提炼，在影响着德意志民族的精神。德文的散文也在这时成了可读的东西。就是这时的女子，文章和谈话也都极其讲究，动人。

我们看一看这四件具体的事实，再回到宏保耳特吧：因为翻译文学的兴起，所以浪漫主义的气息在鼓荡了，浪漫主义往往是受外来影响而然的；因为古代希腊艺术之为一般人所爱好，所以古典主义者的理想人格是有所根据了；因为民间文学的提倡，所以在文化上有一种极深的有血有肉的人世色彩，因而形成一种近人情的，人本的态度；同时，因为语言改进，美化，为社会所重视，所以一方面有着好的文章，一方面便有语言学的研究之浓厚兴趣——这便是宏保耳特的时代。

在这种时代之下，有三种特别的时代精神，这就是人类的，个性的和情感的。以人类为本的精神，我们可以看康德，康德的知识论的哲学，相反从前人之着重外界现象，而以为人的知识却是系于人类的主观方面所授受能力，他在《纯粹理性批判》中，自诩为如哥白尼之把宇宙重心归之于太阳然，这是多么伟大的一种事业，所以提高了人的价值的是康德。这时代是如此，所以我们就不奇怪宏保耳特之主张人本主义了。以个性为重的精神，我们可以看歌德，歌德一生的进退，都在为完成自己。这个观念，成就了德国传统的教育观念，宏保耳特之教育主张也正是与这相符。以情感为归宿的精神，则我们可以看当时发达的文艺，哲学，和审美的思潮，把情感看重，这是浪漫主义的唯一特色，使情感而纳入正道，这正是古典主义的唯一理想，负荷这种使命的，宏保耳特就是其一了。

四　宏保耳特之思想

严格地说来，宏保耳特不是有体系的哲学家。可是，他的著作，一如他的生活，却的的确确是古典的人生理想之有哲学意义的绝好代表者。依了他的意见，人必须是入世的，多方面的，由艺术的教养而完成其自我的。宏保耳特以为这样的理想，是实现在希腊文明和歌德身上。国家的职责是在使个人有精神的自我发展和民族有创造的自由的界限上而施行其政权，一般的人本主义者的理想的实现的记录，是历史的目的。他这种历史观，无疑的是受影响于谢林。宏保耳特在哲学上有永久价值的，是他的语言哲学，他是这方面的建立者。他把语言看作是民族精神结构的副本，他认为语言的不同是民族精神的不同。他又把人本主义的理想施之于教育制度，这是在德国的精神史上顶有意义的一件工作。凡此种种，便是宏保耳特的思想的轮廓。为详细起见，再分述之。

第一，关于政治。宏保耳特最初关于政治的意见，是出发自个人的。这种缘故大概在他所处的时代是绝对的君权流行的时代，因而便有自由主义者的反动了，幼年的宏保耳特自然受这种思潮的激荡，所以起初也是一个个人主义者。可是后来有一个转变的关键，便是他的研究艺术。从艺术的研究，他知道有一种普遍感，人类感，为艺术所表现的，而且如席勒所说，艺术可以是为整个的人类教育之用，于是，他的个人主义遂被克服。早年的个人主义的影子，以后便只发挥到教育和修养上去了。他在早年的作品里，有一篇文章叫《论宗教》（über Religion）的，他对于国家和个人关系，犹是从道德的，宗教的，美学的见地出发，他认为执政者之"建造一个国家，并不止在立法，在保障生活的安全，以及抵御外侮之类，却在使国民仍成其为人，换言之，就是使他们以成完人为最终目的而后可"（科学院版全集卷一，第54页）。在他写的《论国家政治效能之限度上》一文里，他所代表的，也仍是自由治的个人主义。后来，宏保耳特自己亲身参加政治生活了，历史的与哲学的教养也越发走得深些了，于是他对于国家的本质，以及个人和群的意义，乃有更进一层的认识。他说："人是一个群的动物。可是他和其他动物不同的，就是其他动物只知道彼此保护，彼此帮助，彼此有所经营，以度一种习而安之的生活，人却不是如此，人却是超越那种自我观念的，他觉得只有我而没有你，就在感觉上以这是件不可能的事似的，所以在他那种个体（他的我）之中，实际上就与他的群体（他的你）融而为一了。因此，国家者就是一个个体，而单个人者乃是个体的个体。"（全集卷三，第355页）这才是他较为成熟的见解。

第二，关于语言学。以方法而论，像这时在自然科学如地理学所采的方法似的，是比较的。这给后来开了一个可靠的道路。以哲学的意义而论，宏保耳特仍发挥其人本主义的精神。他以为语言是有很深的意义的东西，他说："人不要以为语言是被创造出来死的东西。"（全集卷七，第44页）又说："他决不是一种制造品，却是一种活动。"（第46页）因此，他把语言看为是有机的，与一民族的民族精神息息相关，语言就等于"一民族的外在精神现象"，寻求一语言与他语言的不同，也当寻求其用不同语言之民族的不同精神，"语言的分歧，不只是声音和符号的分歧，乃是世界观的本身的分歧"。他的研究，是超越过语言本身的现象了，他乃是寻求到心理的方面去了。他更以为，在语言里人是向往于"人类的大同"（Allheit der Menschheit），正如艺术家在创作之际所渴想然。语言是把根本的纯粹主观而使其客观化的工具，也就是"整个人类之主观欲变而为客观之努力而已"（全集卷四，第27页）。在语言里头，是与精神的进展并进的，而为精神之有机性反映。在这里，我们可以明白他所谓语言之内在的形式之意义。它是语言与精神，字体与灵魂，合而为一的律则。一种成功的语言，就在这外在的和内在的语言形式之综合上。他把语言看作有这些意义，所以以为"一种新语言的获得，实在是一种新的世界观的获得"（全集卷七，第60页），也正毫无足怪了。

第三，关于美学。他认为，从最低级的文化阶段到"道德的陶冶，是有一个不可渡越的空隙，可是填充了的乃是审美的教养"。照他的用语，"艺术者是大自然通过想像力的化身"。因为艺术要求最高的客观性。宏保耳特的艺术思想，是柏拉图的一种思想，而证之以康德与席勒之说的。他受康德的影响，以为艺术是天才的产物，不过天才是不可解释的现象，一时代的文艺上的天才，只能认为他是独来独往，不可捉摸的，以宏保耳特研究人性之深，对天才竟觉无可措手，这也仍是康德的见地。天才为达到其艺术制作的目的，必须将自发性与接受性，置于和谐之地而后可。艺术家能看到事物之隐藏的特点，更重要的，是在艺术里，须有人类感的表现，同时是人类理想的憧憬的呼声。所以艺术是充分表现出人类的向往的。他说："在艺术之中，所动人的，并不是只在其努力于统一，完整，却是在代表一种预感，那是在人类尽管有种种不同，种种隔绝而内在的共同的抱有的一种信念，为人类自根本上及归宿上所不可分的。"这种见解有多么透彻，深刻！他专论美的时候，他以为美是感觉与理性在人类一种调和的成功，当然，如席勒所说，美丽的灵魂是一种理想。宏保耳特以为要达到这种理想，人类间的两大类属男子和女子同分其责。这形成了"美的两大根本原则，而由于这两大原则之合一，也就是这一类属要吸收其余，克服其余，才成就了所谓美"（全集卷一，第104页）。在男性美的方面，是自发的，形式的原则；在女性美的方面，是接受的，材料的原则。倘若男子而没有材料的原则，却失其美的所在了，而变成粗野；同样，女子而没有形式的原则，只是接受与材料，也就死气沉沉。美必须是调和的。对于具体的艺术，他以为当分造型与音声的二种。就文字论，他以为散文是造型的，诗却是音声的。在诗之中，仍分这两种，史诗是造型的，客观的，描述一时的现象，抒情诗便是音声的，主观的，发抒固定的情绪。剧诗属于抒情，这便是他的意见。他这种分类法，甚而应用到古典与浪漫之分，他说："古典

的是在直观的光亮之下的，……浪漫的却是在情感的隐约之中。"（全集卷七，第614页）

第四，关于历史。历史家如诗人，都在捉住事物之内在的形式，他们都是真实的记录者，不过历史家限于实际的真实，诗人却可以把真实扩充到诗的世界。历史的探讨，不能只在知识和事实，它却必须是人类精神能力之总杂的传递。像他看言语一样，不是死的，而是精神的，又有着内在的意义的。

论政治，而以为国家的职能在使人为人，论语言，而以为语言是人的精神的副本，论美学，而以为艺术是人的共同憧憬的宣泄，论历史，而以为历史是人的内在的精神进展，所有这一切，都在证明人本主义是他的思想的中心，从个人到人类，是他的思想的过程！

五　结论——宏保耳特之人格

宏保耳特在早年就是一个严整的人。他在思想上偏重精神的，理想的方面，在人格上尤其如此，他是绝不被情欲所束缚的人。在古典主义者中，再没有像他是理想的人格而见之于实践的了。

在他的内心里，是有一种和谐性，理智与感情合而为一。真，美，善，在他也毫无冲突，而适得其平。

他的伦理学，其要义就在完成自己，他说："世界上最要紧的事，无过于自我之高尚的魄力，与自我之多方面的培养者，这是真正道德之第一律则：完成你自己，别人在其次；你必须把你之为你影响别人。这种格言，我越离开人群，我越体会得。"（在1791年致弗斯特书）这种个人主义，后来固然因为习得艺术美学，参加实际生活而淡些了，然而这是他的一种个性，在他的人格上终有着极尽致极完美的发挥。

他认为"共通的人性"（Allgeneinmenschliche）的实现，是只有在个性的形式里（In der Form der individuelität）。他把他的人格发挥而为主张，他把他的主张，实行于教育。

他重自我教育。在宏保耳特的心目中，普遍的自我教育的理想，不是指无数的知识。在他所谓教育，不只是理智的事。普遍的自我教育者，是人以自我为先，而人类之各方面的进步须表现于他自身是也。

在人本主义者的理想，是有三个目标，便是普遍性、个性与全体性（Universalität, Individualität, und Totalität）。个性到普遍性，须有一种完成的工作，这种完成的工作是美育的，这种完成的工作就叫"全体性"。在我认为，这恰恰相当于中国儒家的思想，普遍性相当于中国的"天命"，个性相当于"仁"，全体性乃是"道"。

在德国的古典主义者，其精神的精华竟与中国的儒家的要义相符，这不是偶然的，最对的东西是不会有分歧的！

在本文写毕，特介绍有关宏保耳特之要籍三种：

R. Haym, Wilhelm von Humboldt

B. Gebhardt, Wilhelm V.Humboldt als Staatsmann z Bände

E. Spranger, Wilhelm V.Humboldt und die Reformdes Bildungswesens

以为读者作进一步之参考。本文则兼取材于下列各书：

1. W. Kinkel, Allgemeine Geschichte der Philosophie lv. Teil I. Abteitung S. 503—516

2. W. Scherer, Geschichte der Deutschen Literatur S.614—642

3. Überweg, Geschichiehte der Philosophie vierter Teil S.67—73

1935年2月21日写竟于清华园

第六编

薛德林（1770—1843）：大橡颂歌

这不能不说几句话，当我一想到我何以要这样译这首诗。这是去年的事了，自己好像比现在麻木得差一点，也正在春天，上海的战事，忽胜忽败，我很记得，每逢见着晚报上不实的好消息，便兴奋一阵儿，次早再看看大报，便又重陷在沮丧里了。在我自己，我有着中国人所传统的世界思想，人道主义和非战的观念，然而国家受人的欺凌如此厉害，便又本能地对国家抱了热切的关怀。我精神上冲突，矛盾，有说不出的苦。空无信念的人，倒是幸福者，有了信念而被动摇，而将幻灭的际会，那种惶惑，无措的悲哀，比失去了生命还难忍耐。我不能抓不到什么东西！已经抓到的东西却溜了，我要追求！我时时刻刻悬着至高上的思想，我要奋斗，我要充实自己；我要在破碎之中，把我的信念重再组织，然而，却又有一种堕落的下等的倾向，在我血管里潜伏。我竟时时屈服于感官的刺激了，仿佛只有如此才可以解决了一切，仿佛只有如此才可以从受着自己鞭策的拘束里逃遁。激流冲荡我，像人有力地往下拖着，刚欲挣扎，便马上被按下了。我自信也完了，我失了一切。我的灵魂被物质的污秽的欲火燃烧，在昏迷的灰烬中，倘若有了万分之一的清醒，这就更增加挑着筋似的疼痛。偶而在夜里，看看那深沉的星空，便多少有种可望不可即的企慕，在彼刹那之间，仿佛又恢复了自己，可是那把握竟是微弱到虽有若无的境地了，像闪一样，消失比出现还迅捷。

然而无论如何，人在内心更深里的地方，都有爝火样的星星之光，人始终可以拯救起来。不过，这需要一种点燃的引信，又需要一种大力,才能把我们自己拯救自己的微光聚成大亮。在这时,我逢到了薛德林(Hölderlin)①的歌。

薛德林使我恢复了我自己。我尤其特别受感动于这首《大橡颂歌》。有人说,薛德林是希腊式的维特,这自然是很巧妙的比方,因为他热情,所以是维特,又以为他在热情之中,还要纳入一种华贵高尚的形式上的节制,所以说是希腊式。不过,这话也许由于他倾慕希腊的缘故才说起,如果改为维特式的希腊倾慕者,或者更近于真际。他所倾慕的,是不是恰如真的古代希腊呢?这不敢说,他有种热情的倾慕的东西,他自己就称之为希腊,这却是事实,他彻头彻尾是热情贯注了的人,他有所追求,便越对于现实不满、不耐,因而他就越发对于所追求的加以执着。他心目中的希腊,是他的理想,是他在人生的巨浪中坚持着的舵。至于详细而中肯的介绍,是已经在羡林兄的文中(他著有《现代才被发现了的天才——德意志诗人薛德林》一文)了,我再不说捕风捉影的话了。

单以这首诗论,他写出一种自我的尊严。不受一般的愚妄的流俗所拘,要高,要强大,要独立的充分自由,这其中有种刚硬的坚实伟大之感,这是诗人的生命之火,也就是苏醒我,感动我,推扶我竖起脊背来的力。

当时因为喜欢这诗,便情不自禁的译了出来。用白话译了一

---

① 薛德林,今译荷尔德林。——编者注

遍，又用文言译了一遍。现在羡林兄作《薛德林》论文，怂恿我把诗附上，他说文言的好些，我也就略加修改，凑个热闹罢，说不定要大煞风景哩。至于我主张该用中国的哪种文体和诗格，以译西洋各种相似的篇什，也许这是试验的一个开端呢。硬来硬撞，也顾不了许多了。

1923年4月8日记

出彼花园，近汝之前，
吁，山之骄子！

在彼花园，万物孳蕃，
何怯寂且野鄙；矫揉复矫揉，
为彼俗人揶揄。

而汝，巍巍乎，
如"提坛"之族，举世皆驯卑，
舍汝汝谁属？汝属于天，
彼其育汝；汝属于地，
彼其生汝。

汝辈从不习世故，汝，

焕茂，刚果，
独越群类兮，自欣欣而向荣；
拔自固蒂兮，争干青霄而直上，
猛如捉食之鹰。巨臂遮四荒，
冲云贯天壤，杲杲乎！
峨峨乎！吁！
汝跃阳之枝峰。汝辈个个独立兮，
乃如众星之列天上，桎梏万般消，
汝乃自各为帝王。

恨我一时之愚兮，睹兹浊世而不忍舍也，
乃竟忘投汝，旷禁，
奄奄其将殆兮，且死鲍肆而同薰。

吁！惟吾心之果不欲再为俗奴所幽闭兮，
与汝共处，我实狂欣。

附录

介绍《五十年来的德国学术》[1]

一

诸位可敬爱的读者先生：这是一件多么为难的事，要我在简短的千数百字之中，介绍这么一部六十余万言的大书，而且我所要急于向读者说的还并不止这书的著者，这书的缘起，这书的内容，史密特·奥特先生的人格和事功，也不止是本书的译者，主持本书编译的机关——北平的中德学会；我乃是除此之外，更不能不说到我所见到的德国的真精神是什么，介绍德国文化以后对中国将有什么影响；同时我又不能压抑地略一谈及中国文化的前途，还有，我不能放过了谈翻译事业，我不能忘了特别介绍张君劢先生那篇序文！

二

那么，怎么办呢？我只好在尽可能的紧缩的形式之下，对我所要说的诸端，一一加以三言两语的交代了。

我首先要说的，是史密特·奥特先生，本书是因为他的七十岁

---

[1] 该书由中德学会编译，商务印书馆出版。——编者注

生辰，德国第一流的专门学者都总动员，各人在各人的范围以内，报告了近五十年来德国的学术进展，其内容是自广泛的德国与世界学术的关系说起，说到了图书馆事业，神学，教育学，哲学，法学，经济学；说到了人类学，地理学，历史学，种种语文学；说到了算学，物理学，化学，地质，矿学，海洋，生物，以及医工农业，种种技术，种种专门科学。打开全书，就不啻对当代的德国专门学者会晤一堂，就不啻对世界文化上极其灿烂而充实的地带——德意志——作了一个详细的巡礼，这是多么值得的事！我说到这里，恐怕对近来德国教育文化稍感模糊的读者一定要问了，为什么特别为史密特·奥特先生方写这样的书呢？是的，读者一定要问。我只说一句话就够了，史密特·奥特是在德国从欧战起到德国革命为止的艰难困苦的时期中的教育部长，在欧战之后，他退休了，但是以个人的力量组织了德国学术救济会，使那更陷在困窘时期的德国学术界打破了难关，扶助了德国学术中各部门的事业，恢复了国际学术界和德国人士的合作。总之，他作了德国风雨飘摇的时期中学术的保姆！没有他，德国学术不会有今天！因此，各位专门学者便不认为他们的成绩是各人的成绩了，却应该归之于史密特·奥特先生。因此，遂以他们的总贡献，数算了一下，作为史密特·奥特先生的寿礼了。

据种种记载上看，史密特·奥特先生的人格是坚毅和虚心，处处以民族的命脉之卫护与发扬为前提的。这是在非常时期中所必不可缺的人物，德国的种种困难次第克服了，德国是恢复了，其中最大的助力之一得要算是史密特·奥特先生！

三

我对于德国文化不能说是有什么研究，只是就浮薄的一点观察和感想来说，我觉得德国人有一种精确性，神秘性，彻底性，热狂性，这是他们一切学术、思想、文艺、技术的基础。

大家熟悉德国的自然科学，工艺制造的，一定可以知道德国人是多么精确了。但却仿佛和这爱精确的性格相反，德国却又有一种神秘性，他们喜欢深沉的冥想，他们喜欢形而上学的探求。在浅薄的理智主义流行的国家往往以"玄学的"为贬词者，在德国人却以为"缺少玄学的成分"为美中不足。大小事，他们都彻底。他们又最热狂不过，就像他们对于古典时代的人物多么崇拜，而古典时代的人物又多么向往希腊，这是任何民族比不上的。

总之，这是一个坚实而有活力的民族，他们很有青年气，坦白而直率，所好所恶表现得极其明白。这都是从他们的语言文字，文学著作而可感到的。

在这里，我不能不背一背德国语言学家宏保耳特的话了，他说一种语言的获得，乃是一种世界观的获得。这说明了翻译事业的价值和意义。想到这里，就知道中国多么需要翻译德文书了，不只是内容，就是表现方式也极其重要，因为我们需要从那里得到一种坚实而有活力的文化姿态！

什么时候中国民族能够同样热狂了，能够同样热狂于吸收，热狂于创造，热狂于认识自己的文化传统而善为发挥了，那就是中国文化史的新一页的开始了。我遥望着，而又觉得积极介绍德国文化是一个决不可忽视的助力！

四

中文的译本，也是由各种专门学者（只有我算是例外）执笔，更难得中德学会在种种困难之中却作出了许多像这样有意义有价值的成绩。张先生的序文，对德国文化了解甚深，所以我也愿意读者特为注意。为篇幅所限，只介绍到这里了。

古典概念之根本探讨

古典与浪漫的古典人物——古典主义古典之转变

在这体系的联系里，正是我们对于下面一种概念要有更仔细地研究的时候了，这对于文艺史学的学术上和对于概观的研究之根本命题上，都有正本清源的作用，这种概念，就是一个作品、一个人格、一群人、或一时代并且是把创造的能力完全集中了的现象。从这基本的意义出发，我们可以了解这字的其他意义。我们试先从普通的说起：

德国的古典人物，首先是在18世纪19世纪之交所生活着并影响着的大诗人，大著作家，大哲学家，与大教育家，所以是：歌德，席勒，康德，柏斯塔劳齐（Pestalozzi）[1]，还有他们的先驱者：莱辛，魏兰，海尔德，克劳普施陶克，以及他们直接同伙的战士等。当后来人们开始对浪漫派——有了时间上的距离而加以注意的时候，于是便把其中几个人物也看作是浪漫派的生活感觉之象征的形象了，这就是：瑙瓦里斯，艾欣道尔夫，布伦檀诺，克莱

---

[1] 柏斯塔劳齐（Johann Heinrich Pestalozzi）生于1746年，卒于1827年，是被卢骚所影响的瑞士大教育家。他并著有小说《林哈特与日尔特鲁德》（Lienhard und Gertrud 1781），及《生命的命运》（Lebensschicksalen 1826）等，后者尤以坦白，率真见称。纳陶尔普（Natorp）著有《柏斯塔劳齐传》，色弗尔（Schäfer）著有《一位人类之友的生辰》（Lebenstag eines Menschenfreundes 1915），可并参看。

斯特，薛德林。在这所谓浪漫的古典人物或者古典的浪漫主义者出现之时，第二批古典人物便形成了。对于属于这种形式的古典性，人们可以援用一个聪明的法国人的话，古典性一誉词实是一成串的误解，只是造成时代潮流中的煊赫之士而已。这种古典人物的概念，根本上乃是批评的估价之规范化与独断化，这是一时代中一种生动的精神上的战斗入于衰歇时代中的僵化而已。

次于这种古典性之外在的概念之旁，却又有别一种意义：在德国的精神史上古典与浪漫之争，像歌德那时代和浪漫那时代在精神的分野上所进行着的，便曾远出于纯粹的艺术理论之争的意义了，这对后世颇有决定的作用。席勒曾经首先定下文艺原理与生活原理中的两种对立是淳朴与伤感，这是扩充于所有文化中而把那像是两极端的可能性，亦即文化意欲与文艺意欲中的典型态度。席勒这种公式，影响了后来整个的文化哲学，不特菲希特（Fichte）①，施勒格耳，瑞瓦里斯，薛德林；甚至谢林，黑格耳，尼采，与新浪漫主义者，也都被了他的流风余韵，迄数世而不衰。自这种辩证法的过程而出，我们对于古典性有了新的概念形式：古典的者，是健康的，淳朴的，有所形成的；浪漫的者，是不健康的，不淳朴的，无所形成的。古典性是积极的批评标准，浪漫性是消极的批评标准，因此

---

① 菲希特（Johann Gottlieb Fichte）生于 1765 年，卒于 1814 年，是继康德后德国的大哲之一。其主要著作有《科学智识之基础》，《宗教学说》，《告德国国民演讲》等。后一书，对德国民族复兴上，极有助力。他的哲学，富有战斗的革命色彩。《告德国国民演讲》一书，有倭铿节本，曾为张君劢译为中文。

在古典的一方面，我们有所谓"完成了的不健康"，"古典地浪漫的"种种。可注意的是，这个古典性的概念之冲淡而至于只为古典的了，而至于几乎古典性本身不相干涉之一事，对于文艺史学上颇是有着非常重大的意义的：因为像浪漫之研究之被轻视，歌德席勒语言学之特别为人热心，都是主要地基于对古典性这种价值观念的。

和古典性这二种概念紧紧相邻，我们有第三种概念的产生，关于这一项，我们是已经暗示过了，就是把古典性当作古典主义解。当作精神史上的一般现象看（就如同文艺复兴，浪漫派等）的古典主义只是在混乱情形的时代中对于人类原始关系的重又觉醒而已，同时却伴有一种倾向，这就是把这原始关系之新创造总是向单纯的一方面宣讲着，不过它是在文化与文学的范围以外而已，在日常的生活动作中却并没有实现的力量了。古典主义常是贫血的，但是非常有形式的；它宁是学者的事，而不是大众的事，它是一种最高的秩序之没落下去的价值的觉醒，但是并没有革命的精神动力。歌德与席勒，这是被认为德国古典主义之文学方面的巨擘的，但是也只有一小部分著作是合乎这个方向的：只有歌德的《海尔曼与道洛特亚》，《阿奇莱斯》（Achilleis），《自然的女儿》（Natudichen Techter）与《浮士德》卷二中的某些部分，以及席勒的一部分散文著作与《迈辛纳之未婚妻》（Brautvon Mesinn）等可以算而已。他们大部分作品都不是古典主义的，其所蒙的色彩倒毋宁是浪漫的。就是在歌德与席勒之转向古典主义的文化政策的意见，对于启蒙运动、狂飙运动以及初期浪漫运动的抗议，在他们整个精神进展中也不过是一个小插曲而已，只是虽然是插曲罢咧，但对于他们艺术理论的与形式感觉的进展上都有着决定的意义。由于每一种古典主义都有这种限制性之故，人们可以明白古典主义在广处远处的作用都是有什么危险，并且在一方面是如何将像是置入于生活与艺术练习之中的一种浅薄秩序加以推广；另一方面则又如何以其和在精神生活社会生活中之混乱而动荡的开展相对照的单纯无邪的唯一意义，把它自己弄到被判作事实上无力量、无影响，而且迅速地把自己埋没于后继无人的、夸张的姿态之下了。文艺史学，特别是在舍洛及其学派的时代，对于这种古典主义也直然永久断送了，而且由美学中之干燥的形式主义，文化中之空洞的独断主义，把那一个时代所真正需要的，但只是决然不是为古典主义所定规着的课题，也弃置了。与歌德席勒的文化政策的意见，因为正是政策之故，所以只可当作专为1790年前后的特殊情势而发，而加以估价，但是许久以来，人们却已经以为是独断的指针了，于是把魏玛的武士之古典主义的作法便认为是天经地义了。但是那在歌德整个文艺活动中不过是构成一个插曲，以讽刺短诗的奋战而作为极峰而已。

　　古典性的第四个概念，就近三十年的文化哲学的与文化政策的讨论过程中所结晶出的而论，却主要地是被有在我们这考察之始所给的原来的意义的色彩：即古典性者须是满足一种精神上的律则的一现象，一作品，一人格，一群，一时代，而这种律则之形式又一定要表现在作品或其他贡献中的。古典性者一定是要负荷有一种象征的性质的现象，生命的流是用符号在其中包括着，而且这种现象乃是被认为模范的、兴奋鼓舞的、指南针式的。至于这种古典性究竟是浪漫的，还是古典的，淳朴的还是感伤的，文化的还是文明的（Kultur oder Zivilization）①，亚波罗式的还是地奥尼斯式的，这倒都成了次要的问题；而一种人格或一个时代取决何种古典性，这是属于一个最后的形上学的评价的问题了：这就是人究竟愿意生活实现并形成那壮美呢，还是优美，战争呢，还是和平，英雄呢，还是神圣，悲剧呢，还是史诗，混沌呢，还是秩序，创造性的不宁呢，还是和谐等等了。

这第四个古典性的概念，是现代许多人想建设人类的及生活方式的形上学的心理学之张本，这种心理学乃是靠例证的现象以为说明的。从这个古典性的概念出发，在艺术史与文艺史的范围内，将许多材料之入于秩序的企图的一事是有人担承了，但倘缺少这种不加评价的古典性的概念，则对这种企图没法理解，而且根本这种企图也不会存在了。

在讨论古典性的概念之余，著者还要附注一笔，想为读者所许，这附注的一笔，是在说明叙述文艺史学的研究之演进的

---

① 文化（Kultur）与文明（Zivilization）意义本不相同，前者偏精神，后者偏物质。但自施贲格勒一般人出来以后，却更强调这种不同，以为凡是一种民族的精神活动，在其原始的、宗教的、热情的、乡村的状态都是"文化"，后来发展到末朝，堕落而入于纯理智的、都市的、物质的扩张之中，则是"文明"。本文当然亦是指施贲格勒此意。

整个本书之意义的。人们可以把文艺史的进展过程当作创造古典性的步骤看，而上述古典性之第一种、第二种概念（即"大人物的名字"与"为古典与浪漫而起的文人论战"）便是文学史的著作之根本目标，在舍洛学派中是以古典主义的古典性思想为重的，但自新浪漫主义派的反动以来却把类型论的古典概念作为文艺史的研究之基本动力了。用精神史的眼光来研究文艺史学的历史时——这话在我觉得表现得有点复杂化了——便可以理解作是古典性的概念之进展罢了。上面这古典性的四个概念并不关联，也实在不成体系，而且彼此也好像有点混淆；只是每一个概念的残迹却总会常在后来一时代的研究里出没的，不过只有煊赫的残迹能够此起彼伏地构成那古典作品及古典人格之古典性的四个概念而已。①

---

① 本文系《文艺史学与文艺科学》第四章"文学，纯文艺及其史"的最后一部分。选自《李长之文集》第九卷，河北教育出版社 2006 年版，第 215—219 页。——编者注

伟大的性格之反映

——漫谈《维特》和《浮士德》

我是如何地喜欢歌德的作品呢，我的翻译直然是源于太喜欢的缘故，才不量力起来呢。现在略略地老老实实地谈谈歌德的精神，对于了解他的童话上简直是不可缺的事，我因而不能不再僭妄放肆地胡扯几句，如果说必须要有批评的见地的话，则我惶悚万分呢。

我的性质是喜欢批评，但我客观地讲，批评实在不需要。因为一个作品的本身便是最公正的批评；又因为凡是愈伟大的作家的心实在愈是人类的普遍的感觉的缘故，好作品乃是人人可以了解，人人可以尝出滋味，批评是废话。

然而在中国，特别是现在，则不能如此说法。因为，如上面所说的，原有一个不能不先决的条件，便是："必需人人有健全的正确的口味才行。"实在说来，健全的正确的口味，不算什么了不得的事，是人人应当有的，但如果没有，却是不平常的事了。而中国正处于一个不平常的时代，所以批评仍然需要，而且十分需要，并不次于创作。

我听见谈《浮士德》的人还少，——当然专说的中国，我耳朵里简直没接受过这三个字所使的空气的振动，至于谈它的人，还是在纸上的居多。他们除了把这个故事的"事"报告以外,再加上几个伟大的字样,便再也找不出什么东西了。这本书之不使人注意,单由东安市场里就找不出郭译本的翻印本来,也便是一个有力的证明了。

《维特》比较是普遍一点,说真的,也有许多人喜欢它,但一问喜欢它的理由是什么,却不能不令人失望。概括地说,有两种青年,喜欢此书,一是受了在中国旧式婚姻下束缚的人,他们对维特抱同情,以为:如果维特能"早"与绿蒂结婚不好吗?因为维特了解绿蒂,爱绿蒂,过于阿伯尔呵;然而终于不能如此,使维特自杀了。万恶的可咒诅的旧式婚姻哟!二是处在现在中国还没得到真正的途径的恋爱潮中的人,他们把维特的故事看作了三角恋爱的一例,如果本身是在恋爱中,或曾恋爱过的,可以拿此书找点同情的泪,如果本身还没卷入或是没机会卷入爱潮中的,又可以拿此书当作"旁观者清"聊以"自慰"或"敌视"的资料;至于盲目的只爱书中紧张的情绪的,也是很普通的现象。

这些都错了,都对不起《维特》这本书,都对不起歌德这个人,——纵然他们的观点的背景是值得怜悯和原谅的!

如果,我们仔细观察一下,如果,我们不是躲在粉红帐里作浪漫的理想的梦的话,那些抱了上述的意见读《维特》的人,有多半不但对不起《维特》书和作者,干脆地说,是侮辱书和作者——因为,是的,中国的旧婚姻制是有极大的流弊,但您研究过那流弊在哪里以及如何改善吗?在此我不能不提起潘光旦在

《人文生物学论丛》里关于中国婚制批评的文章，那真是专家的意见——读者可参看。我只说他举出中国旧婚制实在是人文选择的意义就够了，我们因而知道对事非从知识来判断不可，盲目是可耻的！我们再看那些反抗旧婚制的青年，有多少不是只求"性欲"的新鲜的！连求"性"的自由也够不上！

我认识一个小商店的小伙，他的妻原来是替人洗衣作针线帮他维持生活的，在国民革命发动期间，他在商民协会里"工作"了，继而到工厂里去煽动工人，两三天的工夫，他便要和他的妻离异，和一个女工人结婚了，他的妻哭哭啼啼，为他打算，求他还是不要这样摩登才好。这样的例子是太多了，尤其国民党的学生党员，在过去革命中，于半明白不糊涂的状态里，就拿这误认作"工作"的比比皆是，——当然不限于"国民党"的学生党员。也许有聪明的人，以反抗旧婚制为引青年入反抗旧社会的路上去的一种手段，更许有人以此为青年归附个人或个人所隶的集团的一种饵食，那便在这如果把事看作是目的而不看作是手段则无往而不错的世界里，我真不敢说什么话了。但是就单纯的讲，如果我们为人道计，为女权计，为优生计，舆论再不加以制裁，那就太不对了。以这种狭隘的愚昧的见地，来认识《维特》书的精神，不是侮辱是什么？

至于视《维特》的书为三角恋爱的一例，虽然这句话对说明这书的史实上或者没有错误，但如以此为全书命意所在，我认为这是等于拿了看上海的流氓小报上的社会新闻的眼光来看《维特》，说是侮辱书和作者还算不够分量吧。

我们要认识书，必先要认识人：

作了一个时代——狂飙运动的时代——的代表者歌德，作了一个民族——德意志民族——的文学的开创者歌德，他的作品，是有着过去的整个的人类之努力向上的呼声，是有着鼓励那未来的整个人类之努力向上的进行曲。他个人的生活，是与他的作品有着同样的伟大，是最具体的最健全而最深刻的在人类最崇高的智慧之光里，在人类最优美的情感之海里照耀着，反射着，一如人类一切聪明的活动之历史的悠久，不灭。

人类本来是可爱的，但不了解人类，是不能爱人类的；了解人类而爱人类的人，我们称他为伟大的人物！在这里我们发见了歌德。

一般的愚妄的人们，是在那里颠倒，误会，不知尊重自己，不知尊重别人，把琐屑的事看得如何滞，如何为所束缚，把可以相爱的机会都随便地失掉，把重要的使命不经意地解却，——在这些地方，我们更加倍地纪念起歌德。

如果让我最简单地指出歌德的作品的好处，我只能说出两个字：人话！我要详细地解释下去。

歌德说：

　　　全人类真是个一模一样的东西！（作者译）

又说：

人总是人！（郭译）①

这是歌德的一个很根本的观念，许多思想，全是由这里出发。

正因为人人都在同一的典型里，所以不必拿什么愚妄的道德的假面具来欺人自欺。你不要笑人责人，你处在那样的环境，不一定比别人更聪明：因为人总是人，人的行为是以人为限，妄想什么神的生活，也是顶糊涂不过的事。

就以自杀一事为例，他以为：

我接着说道，人的天性是有限制的，他只能把快乐，苦痛，忍受到某种程度，假设一超过了，那就完了。此处的问题不是懦弱或刚强，此处的问题是他痛苦的量究竟忍受了过度了没有？不管那痛苦是道德上的，抑是肉体上的；我觉得：说自杀是懦性的话是很奇怪的，犹如不当说因恶性的热病而死的人是懦性的一样。（郭译《维特》）

这句话写了，大家或以为平凡，但大家试自己想想，自己对自杀这件事的批评是如此的吗？或者听别人谈话的时候是如此的吗？我记得前年的《大公报》小公园上有人论自杀的话，好像有

---

① "郭"指郭沫若，下同。——编者注

这样一句："人人都自杀，岂不就完了吗？"我们对照一下，知道什么是"人话"，什么不是"人话"：歌德的话是就人的普遍处想的，他是就受痛苦的人的心理讲的；《大公报》上那位投稿的先生，便忘了别人是人了：因为人间决不会遇见都需自杀的环境；也忘了自己是人了：因为你忘了你到非自杀不可的时候也并不能更聪明。所以我说，像歌德所说的话的态度是人话，像后来这位先生的论调不是人话。自杀一事，不过是个例子，一般对自杀的愚妄的见解，是代表了一切的专不说人话的道德和宗教。

所以，歌德说：

> 你们人，我叫了出来，一论到一种事情，立地便要说，那是愚啦，那是聪明啦，那是善啦，那是恶啦！究竟这是些什么意思？你们对于这件事的内的关系追求过吗？这事为什么起的，为什么不得不起，你们能确切知道他的原因吗？果其你们是知道，我恐怕你们不会那么轻于下判断吧？（郭译《维特》）

这不是普通人最常拿愚妄的道德观点来批评事的态度吗？这般人反多半是自以为有知识受教育的人，殊不知那是如歌德所说：

> 我们受了教育的人——是被人教育到一无所有的废物！（郭译《维特》）

对那自以为聪明的人,他更说:

害羞吧,你们清醒的!害羞吧,你们聪明的人! (郭译)

这般愚妄的人,自作聪明的人,对事只有误会,对事只有不肯去作,歌德顶反对了:

世界中误解和怠惰恐怕比作恶还要误事。(郭译)

然而世界上究竟是这般愚妄的人多的,故:

但是,被人误会,原是我们人类的运命呀!(郭译)

这种由愚妄——不明白人总是人的愚妄——造来的误会,往往形成了惨酷的"舆论"(!),惨酷的政治,造成人类间的大悲剧,维特对于一位因恋爱不遂而杀人的凶犯说:

你是罪无可赦,不幸的朋友哟!我晓得,我们终是罪无可赦。(郭译)

在这种地方,令我们想到《茶花女》这本书,那是同样的在愚妄而不谅解的社会中的牺牲者!(在那书里告诉我们:人要忏悔，人要脱去社会的陷阱都被禁止!)

歌德反对的东西，我们知道了，他的正面的思想便容易明白了：只是解放，发展。——充分的彻底的自桎梏中谋我们感情的解放发展。歌德最重的是我们的感情：

感情便是一切！（郭译《浮士德》）

他以此作他个人的宗教。他说感情实在是比知识还要贵重到许多许多的：

并且他又重视我的理智与才能而忽视我的心情。我这心情是我唯一的至宝，只有它才是一切的泉源，一切力量的，一切福祐的，一切灾难的。呵！我智所能的，什么人都可以知道——我的才是我自所独有。（郭译《维特》）

他又说：

我自己在笑我自己的心儿——我听随它的意志。（郭译）

所谓心Herz，所谓感情Gefuhl，所谓意志Willen，只是一件东西。这是创造的力。要深刻地尊重它，要充分地发展它，要彻底地求它的解放。具体地表现这种力的是艺术，是爱情，是事业。

但在一般的愚妄的人的误会中，却是把它压抑，阻挠和减削。而更把不要紧的琐屑的事来束缚自己以代替向各方面的努力，把它破坏了；失却了建树它的好机会，糟蹋了人生。人的本性，并不是如此的，这乃是由于人们的愚妄，自己陷入了愚妄的圈子所致。所谓人的愚妄，便是不知道个人是人，不知道别人是人，所谓愚妄的圈子，便是不近人的道德，偏枯的知识，呆板的法律，惨酷而恶毒的政治等。歌德敬爱小孩子，替小孩子呼吁，因为小孩子还没被成人的愚妄染就的缘故。歌德赞颂自然，讴歌自然，拜倒于自然的怀里，因为自然正同情于歌德的理想，而自然自己也是歌德的理想的实现的缘故。

还是用歌德自己的话，来帮我说明吧。他反对那些不知道须要充分发展感情和意志的人：

> 把你的时间分开，一部分用以工作，休息的时间把来献给你的爱人。计算你的财产，如有余裕时，你要送些礼物给她，我也不反对，只是别太频繁了，在她生日和受洗日做做礼就够了。——人是听从了的时候，那他成就个有为的青年，便是我自己也愿意向伯爵说，给他一个位置；不过他的恋爱就算完了、倘若他是位艺术家时，他的艺术也就完了。（郭译）

这种实用的褊狭的观念必至于：

人间没有一件事不互相剥夺，健康也！喜悦也！慰安也！并且多半由于无知，无理解，狭隘，人若问他们，他们还有绝好的意见答复。（郭译）

小孩子却不然，小孩是可爱的：

唉，可爱的维廉，世界上最与我的心相近的便是这小孩子们呢。我注视着他们，我在这小人中看见他们将来总得必要的种种道德和种种力量的胚胎，在其率性之中看见将来性格的刚强和坚毅，在其放肆之中看见超脱世危的机敏和轻快，一切都是这么整然没破！……至友，小孩是我们的同类，我们应当以他们为师，而我们现在才把他们当着下人看待。他们不许有意志——我们是没有的吗？这种特权定在那里？（郭译）

大自然更是他所向往的，他说：

呵，我心中这么丰满，这么温慰地生动着的，我愿能把他再现出来，吹嘘在纸上呀！我的心如像永恒之神的明镜，画纸也愿能如我的心之明镜呀！——朋友！但是我终不成功，我降伏在这种风物的威严下了。（郭译）

他又说：

　　这个使我的决心更加稳固了，我今后只皈依自然，只有自然是无穷地丰富，只有自然能造就伟大的艺术家。（郭译）

所谓那种创造的力，孩童们所萌发着的，大自然所孕育着的，爱情便是它表现的一面。一切东西被了爱情的光便照耀得格外美化了，谁也会这样说，而歌德对此点的伟大却在不仅只注重关系个人的爱情；他是尊重一切人的爱情的。歌德说：

　　人说有电光石这样东西，把它晒在阳光里，便吸收光线，到晚来发亮一会。我寻的这个人就譬如这电光石。我觉她的眼光看过他的脸，他的颊，他的衣扣和衣领，这种感觉使我把他的一切都十分地神圣视，十分地尊重视！（郭译）

他又说：

　　我不久也想去看她；但是我好生想来，怕还是不去的好。我还是从她爱人的眼中看出她的好些，或者她在我眼中看来时不会有我现在所想象中看的这么样；我何苦要把这好的影像破坏呢？（郭译）

这实在是伟大的感情，我捏造一个名词——这是聪明的感情，不破坏美好的东西。还有一种特色，也是表现出歌德的伟大的，便是正面的（Positive）意味。那是在《维特》书中，维特一次在绿蒂家里见了绿蒂写给阿伯尔一个富有情意的纸条儿，如在平常人，一定是妒忌，至少是不高兴，但维特——也就是歌德自己，却：

> 我读了微微发笑；她问我何故？——我叫道："想象力真是种可感谢的天赋哟！我在一瞬刻间以为是写给我的一样。"（郭译）

这是多么优美的仁厚的感情呢。

歌德是把"爱"看作了宇宙，是他一切的中心，他说：

> 我最亲爱的哟！我走到窗畔，透过那狂飞乱涌的游云：还看见永恒的太空中有几个星点！否，那些星点不会要坠落的！"无穷"在抱你在胸中，也在抱着我。（郭译）

他把他充分精神牺牲在，供献在爱里的态度是：

> ……自从那时起；日月星辰尽管静悄悄地走他们的道儿，我也不知道昼，也不知道夜，全盘的世界在我周围消去了。（郭译）

这种精神是一切事业的根本，也是歌德向各方面充分发展的最具体的自白。他是以这种精神探险宇宙的核心，他是以这种精神体验人生的大苦大乐。对爱情的渴求，同时也是对伟大的事业之理想的渴求；对爱情的忠实，同时也是对艰巨的工作之努力的忠实；对爱情的获得的乐，同时也是刻苦的奋进的喷的活动之报酬的乐。中国的大批评家王国维曾说：

> 古今之成大事业大学问者，必经过三种之境界。昨夜西风凋碧树，独上高楼，望尽天涯路，此第一境也。衣带渐宽终不悔，为伊消得人憔悴，此第二境也。众里寻她千百度，回头蓦见，那人正在灯火阑珊处，此第三境也。

我僭妄地略加解释，在一个人恋爱的时候，起初必是对所选中的对象以为是唯一的，再也没有胜过的；次是牺牲一切，把全生命倾注于爱人，此中不定经过多少的周折，变化，起伏，阻挠，碰壁，打击；但终于，在不经意的情况之中喜出望外地达到个人的目的了。事业确乎也是如此，我再画蛇添足地举个例，就像丐圣武训的兴学：他把当时没有学校的情形看透了，全国对教育只是不注意，没有去做，弄功名的八股的教育是有的，把教育专来做阔大爷的装饰品的是有的，穷小子却没有识字的机会，这正是一种昨夜西风凋碧树的光景。他抱有这样的卓见，把这事看作了自己的责任，看作自己的唯一的目的，这便是独上高楼，望尽天涯路的情绪。这都是第一境。既然把这事业看清，认定，便破釜沉舟地干下去，他绝不顾个人的力量是如何的渺小，他绝不顾外界的阻力是如何的丛杂，他甚至忘了做丐者的苦，衣食住还是极其粗劣的，妻子更没有，纵然有改善生活的机会，却仍然丝毫不改，把精力趣味嗜好都完完全全集中在兴学一事，这不是衣带渐宽终不悔，为伊消得人憔悴的第二境吗？果然，人不以为能够成功，却终由坚忍的伟大的仁慈的先觉成功了，当他看见穷人的小学生都快快乐乐地也能出入于学校了，都高高兴兴地有读书的机会了，他如何没有于众里寻她——学校——千百度之后的，那人——学校——却在灯火阑珊处的喜悦呢？

我们要用王国维了解中国大词人的态度来看歌德。我常模模糊糊地这样感觉，所谓模模糊糊者因为我说不出所以然，只是觉得而已；世界上的最伟大的东西往往息息相通的：优妙的思想呵，纯高的爱情呵，卓崇的事业呵，由着同一的路径；诗人呵，大自然呵，深刻地充实的生活者呵，彼此了解而相喻于心。

《维特》这本书只是说明人在深刻地充实地发展时的热切的情绪；《浮士德》有时更说明了那步骤和性质，在《浮士德》里，上帝说：

  人在努力时，总有错妄。（郭译）

然而这种错妄终会自己免除的，所以又说：

可你总会知道：一个善人在他摸索之中不会遗失正途，那你须伫立而惭愧。（郭译）

然而这种错误，却是在人努力时有着鼓励的效用：

人们的精神总是易于弛靡，动辄贪爱着绝对的安静；我因此才造出恶魔，以激发人们的努力为能。（郭译）

在《浮士德》中所设的恶魔迷靡时特，其实就是浮士德个人的精神的活动的一方面。因为浮士德自己便说：

呵你只知道有一种的冲动，其他的一个你便全无所知，有两种精神居在我的心胸，一个要想同别个分离，一个沉溺在迷离的爱之中，热烈地固执着这次历世；别个是猛烈地要离去风尘，向崇高的灵的境地飞驰。（郭译）

正是由这种冲动，一高一低地作了人生的节奏，完成了人生努力向上的进行曲，我似乎不用再说那是原于"人总是人"的缘故才不能不有这两种冲动了吧，我们只听得歌德又唱道：

太阳隐退埋没了，今天是已往，倏忽地没了，急求明朝的新光！呵，我要有翅膀时呵，在地上，好努力向着

呵，永远向着太阳！（作者译《浮士德》）

　　有人从什么什么观点，说文学的巨著也有寿命，为了怕人说落伍便不妨放几枝冷箭，我劝这些人还是不必这样徒劳吧，除非我们不是人，伟大的作品才毁掉！在伟大的作品中乃是道着人类美丽的前进的行伍，幽微的向上的歌曲！任是你向那方面努力，向那方面发展，你不会离却诗人所指给的轨道！然而，在一个动摇的时代，人会失却判断的智慧的，在不久的将来，这些过去的一切伟大的灵魂，也是我们人类全体的伟大的灵魂，必在人间重新而且加强地恢复其被人深切地敬爱！[①]

2月8日作

　　[①] 本文连载于《北平晨报》北晨学园第二七一、二七二期（1932年3月27日、28日），署名长之，文后署"歌德童年话译者序之三"。选自《李长之文集》第十卷，河北教育出版社2006年版，第317—327页。——编者注

论德国学者治学之得失与德国命运

现在的德国是已经走到失败的边沿上了,在我们日常对于德国学术有着一点爱好的人,对此颇有些感触。

像我们对于任何民族一样,我们决不说德国人的全体是像他们某一时的统治者那样狞恶,奸险和疯狂。反之,我们认为每个民族都有她的优长。德国人的优长,便是他们的学术。可是我们细推究下去,德国的人之所以沦于如此的地步,她的学术上的作风,也要负一部分责任。在这里,我们一方面看出文化的整个性,一发之细,往往牵动全局,一方面也看出所谓学术上的作风也无非是一个民族的性格的表现之一端而已,希腊大哲赫拉克里塔斯所谓:"人的性格,就是他的命运。"大概也可以应用于一个整个民族罢。

德国的命运的确是系之于她的性格了!这可以在她的学者的治学精神上证之。

德国人是生长在森林里的,森林就是他们的生命,诚如著《德国民族性》的德国学者黎耳(W. H. Riehl)所说。森林给他们的感印是幽深。幽深表现在学术上就是哲学的兴趣。不过这种哲学的兴趣,与其说是偏于思辨的,不如说是偏于一种形上的冲动的。再没有比德国学者更喜欢哲学化的了,任何方面都有一套哲学。讲语言则有维耳海耳姆·封·宏保耳特的语言哲学,他会说一种语言代表一种世界观;讲艺术则有温克耳曼的艺术哲学,他会说最高的美是在上帝那里;此外,讲文艺,则有艾尔玛廷格尔的文艺科学之哲学;讲生物也有赫克耳的一元哲学,或杜里舒的生机主义的哲学。

他们不唯喜欢创哲学,也容易接受哲学。因此,任何一派哲学出来(在本国),或进来(自外国),往往在他们学术的各部门都有着影子和变化。例如康德以后的德国学术界,哪个不隐隐约约的分别"物自体"和现象!黑格耳以后的德国学术界,哪个不多多少少采取他的辩证的发展的观点?柏格森起来,德国的新浪漫主义形成了。东方的思想输入,莱兹尼兹的哲学面目确立了!德国人的心灵像有一种特殊的机构,偏偏容易对哲学有着共鸣。

这样的好处便是他们在任何方面可以走得深入些。虽然他们无中生有,白昼见鬼的时候也有,然而却对任何问题容易把握核心,透过表面现象而把握其内在的(!)意义。

又因为有一种哲学的兴趣,他们容易成一个大系统。不要说第一流的大哲如康德,黑格耳,其系统之大是柏拉图,亚里士多德以后罕有其匹的,就是像冯德,逊尔泰一般人,他们的规模也已经可惊。冯德的民族心理学,一写就是十九大本,逊尔泰的全集,主要的是所谓精神科学的著作,在以前也已经出现第十厚册。通常我们所说的"感情移入"一个问题吧,在我们觉得三言两语也就完了,但是那个创此学说的德人李普斯,乃是著了三大本专著。

深入是思精，系统是体大，体大思精是他们的长处。但毛病也就同时来了！因为体大，往往一个观念错，跟着全体也就错。德国不乏被外人看为绝顶荒谬的思想家，例如叔本华，尼采，都是要使"健全的常识"的人吃惊不小的，为求系统，他们往往不惜把一个观点贯串于任何角落。即如变态心理学家的弗洛伊德，阿德勒，哪个不想囊括宇宙？这种精神单单表现在艺术里还好，表现在政治上，尤其是国际政治上，就是征服一切的气焰。太刚必折，德国的命运，难道还待著卜么？德国人又好讲全体性，所谓全体性也是一个哲学观点。完形心理派出现在德国不是偶然。他们处处有一个"格式塔"的看法，觉得部分之单独存在即无意义。你想这还不是毒菌式的纳粹思想的天然培养液么？

因为思精，结果是不和谐。关于这一点，德国的学者如玛尔霍兹也自己意识到了。这是当然的。思精就不能平均注意。德国的学术著作，很少有全然精彩，一无杂质的，正如很少有全然废话，一无可取的。就一本书论，书往往是偏于某几点的；就一个学者论，他的学问也往往偏于某些方面。生活的乖僻，不和谐，更不必说。就整个德国的人文主义而论，则学者更大多不问政治，不懂政治。于是很容易被流氓式的政客所操持并利用（采李四光先生之说）。总之，因为他们太注意于一方面了，就太忽略另些方面，具体地说，是偏，是缺少通才。一个民族，如果人人以通才自命，固然危险，但是通才太缺少了，也决非国家之福。

照我所了解，德国人又是非常情感的。学问虽为理智之事，但德国人之治学，往往基于一种强烈的热情而从事着。那个作为近代考古学的纪元的，发掘了特洛哀城的施利曼，还不是因为幼年在酒店里当酒保常听到一个背荷马诗的客人，而泪下，而立下了决心的吗？基于情感，也是使他们容易走入一偏的另一个原因。——自然，也是使他们容易有成就，容易深入的另一个原因。

照我所了解，德国人天生有种彻底的爱好。那作为德国人性格的象征的歌德，在他的幼年，曾因为一个成人的赞赏，而把家里所有的瓷碗都摔在街上，又曾因为屋坏不能宁居，新到一个城市，为了解这城市，便率领一群小孩子，而把这个城市的建筑街道都走遍，几乎一无遗漏。这就是德国人精神！彻底一方面是尽，一方面是极。德国人不荒谬则已，一荒谬必至荒谬绝顶。德国人不失败则已，一失败必至一败涂地。

"彻底"表现在学问上的一端就是精确。这似乎和德国人之爱幽深不同，但实为一事。"彻底"而表现在对主观的思索上，则为幽深，"彻底"而表现在对客观的探研上，则为精确。因为精确，近代的实验科学，往往发轫于德，例如实验心理学，实验美学（费希诺，魏伯等），都是。因为精确，德国有高度的工业文明。这本是造福人类社会的事，但不幸因为他们的学者不能注意世界政治，于是实验科学和高度工业都成就了他们统治者所"为所欲为"的"国防"。

假若有的民族是偏于绘画的，有的民族是偏于音乐的，则我敢说德国是后者而不是前者。贝多芬，巴哈，莫扎尔特，叔勃尔特,的确是德国人呵!偏于绘画的民族,是喜欢向外看的,喜欢音乐的民族,就太喜欢向里看了!太喜欢向里看的结果,是太集中于自己,而和外界膈膜。德国人缺少英国人那样分析,缺少法国人那样明白清楚,缺少中国人那样从容欣赏的闲雅。太硬性,太男性,创造性大,而窒碍性也不小。不过我们对于世界各个民族都没有仇憎之意,只是希望互采所长;德国学者在战后应该有所觉悟,再不要被统治者牵了鼻子走,就好了!至于我们自己,也不无可以借鉴之处,那是不用说的。①

1943年12月14日,夜

---

① 本文选自《李长之文集》第三卷,河北教育出版社2006年版,第334—337页。——编者注

译康德《判断力批判》序言

谁都晓得康德的批判名著是三大部,现在所译乃是末一部。为什么我从第三部开始?原因不只是由于前两部已有译本,虽然好坏不敢说(因为我还不曾校读过);较大的理由却是因为它与自己所治的最为接近,兴趣也就浓些而已。

事实上,这部书和我的因缘也最深。回想在大学中舍生物而就哲学的时候,其中原因之一就是由于杨丙辰先生把康德论壮美的一段(在这部书的第二十五节):壮美者盖一切其他之物与之相比较时皆归渺小者是也,指给我看,我于是立即决意读康德原书,扩大而为康德哲学,更扩大而为哲学全领域了。后来每星期天的午间便由杨先生给讲读这部书的原文,我并且在日记上记着我开始发现了一个真正爱人,这就是康德了。甚而我那时对于康德的崇拜是到了这个地步,已经把我心目中的歌德取而代之了。起初我读的乃是杨先生的轻易不肯借人的德文本,但没有读完。此后买了一本英译本。在1933年1月8日,由于榆关失守,平津告急,我回到济南,却在旧书摊上购到了一本和杨先生那样一般无二的德文原本,真是喜出望外,加以当时我感到时局的阴沉,很怕随时都可以辍学,因而也就更把这书视为至宝了。幸而在大学到底毕了业。我的论文便是《康德哲学之心理学的背景》。以我的了解论，我觉得康德的诗人气息颇浓，当时很酝酿着要写《诗人的康德》，并妄想以德文写出，所以时时在心目中的题目就是Kant als Dichter……，这酝酿和妄想就是到现在也还没有放弃。

大学毕业后，曾有一个为文化机关译书的机会，当时就译了作为康德这部书的前身的《关于优美感与壮美感的考察》，我的职业虽因为受人梗阻而未能实现，但译文却留下了，现在便收入我那本《德国的古典精神》中。这是我译康德之始。

差不多十年过去了！对于哲学，对于康德，我都没有什么进步。空空地，寂寞之中还要加上愧怍。现在却因为另一种机缘，而再读康德，再译康德，高兴自然是有的。但也许因此而把我已失的思想端绪重聚拢来，说不定可以督促我，让我也走入真正体系的路上去呢，那时的高兴却才是值得的。

王国维曾说好几次读康德，都没有读完。因为这是非有一种高度的硬性理智辨不了的缘故。我自知在这方面一定远不如王氏。他都读不下去，何况不如他的？所以纵然读下去，译出来，究竟得原书精神的几分之几，那也只有天知道了！不过既爱之，就译之而已。

或者有人问我为什么这次的译文采用文言？我的答复是，我觉得文言的组织和德文原文相近故。"应物象形，随类赋彩"，这原则可用在翻译上。至于怕不通俗的话（其实我也无意艰深），那是不成问题的，康德的原书也根本不通俗。

我根据的德文原本是卡耳·克尔巴哈（Karl Kehrbach）编订本，

他大抵依据原书一版（1790），二版（1793），三版（1799），择善而从。我在译后，每每再以J.H.勃尔纳尔特（J. H. Bernard）英译本相校。这两本书也就是有十年以上的和我朝夕相对，为我带到过各地的了。现在发觉英译本也时有疏漏了，逢到这种地方，我就仍以德文原本为据。原文难读的原因之一是句子的繁复和同一名词之往往有广狭二义，后者的例子如"认识能力"，"理性"等即是，真容易叫人混淆和头绪紊乱，但此等处只要细心读上下文，自可把握，故译时一仍其旧。

Vorstellung也应该是难译的名词之一，为使人容易接受计，一律暂用通行的"表相"。作为动词时，则或译"想像"，或译"意想"。其中的斟酌，是必须看上下文才能明白的。

译文中"底"字用法，是像冯芝生先生的书中所用者一般，这是因为方便。

说不定由这部批判的翻译而动手到其他两部，那是要看需要，并且看兴致了。①

1945年5月29日，长之序于北碚

---

① 李长之所译康德《判断力批判》一书未曾出版，本文为该译作之序言，由作者之女李书提供。——编者注

近代哲学之极峰(上)——康德

假若说西洋哲学史上只有两个哲学家的话，这两人应该一是柏拉图，一是康德。似若只许举一个哲学家的话，恐怕康德却比柏拉图更够资格些。一部整个西洋哲学史，几乎不过是预备康德和发挥康德。研究哲学倘若由康德入手，便可说是得着一把逢锁即开的钥匙（master key）了。

康德（Immanuel Kant）[①]以1724年即中国清雍正二年，生于东普鲁士之哥尼斯堡（Konigsberg），以1804年即中国清嘉庆九年，享寿八十而卒。纪晓岚和康德同年生，后康德一年而卒。这正是中国学者为清廷所牢笼，把聪明睿智束缚于考据训诂的时代，近代欧洲的哲学思潮却达到了极顶。康德的一生是奇异的，他未尝离过哥尼斯堡一步，一生受学于斯，掌教于斯。他曾教过各种科学，其中也有地理，但他并未见过海，虽然离海很近。他的生活规律极了，在一定的时候构思，在一定的时候和友人用膳，在一定的时候出外散步。因此村人常以见他散步作为时刻的标准，因为那一定就是下午三点半钟了。倘若散步遇雨了，却就见他那老仆赶

[①] 可参看著者所译康德《关于优美感与壮美感的考察》一文前之《译者导言》（刊《文艺月刊》十一卷一期）。

着忙忙将雨具送去，因为他知道他的主人不会因落雨而破坏了散步的课程。他一生多病，可是因为生活的规律，得享遐龄。他不曾结婚，无家事之累，所以得终生治学，实现了柏拉图、亚里斯多德所理想的哲学家生活。他死时，人们以他《实践理性批判》中的两句话"在余上者星辰之天空，在余内者道德之律则"（Der bestirnte Himmel ueber mir und das moralische Gesetze in mir）作为了他的墓志铭。他的胸襟何等高贵，庄严！他的父系亲属的祖先是由休姆的故乡苏格兰迁入德国的，所以他一面有英人分析的、批评的头脑，一面有日尔曼人神秘的、宗教的热情；由前者他遂能予哲学界以若干恰中肯綮之问题，由后者他遂能予文艺界以若干精力弥漫之鼓舞。

按照一般研究康德思想发展的人的分法。以1770年（康德四十六岁）为界限，此前称为批判前期，此后称为批判时期。他的名著自然是三大批判，所谓《纯粹理性批判》（Kritik der reinen Vernunft），成于1781年；《实践理性批判》（Kritik der praktischen Vernuft），成于1788年；《判断力批判》（Kritik der Urteilskraft），成于1790年。这些都成于所谓批判时期。这时他已六十多岁了，——真是世界上罕有的大器晚成的天才！不过他在1770年却作过一部《论感觉世界与理智之形式及原则》（De mundi sensibilis Atque intelligibilis forma et princilpus），其中已含有《纯粹理性批判》的端绪和规模了，自此至《纯粹理性批判》之出版，差不多一个字没写，他的十年沉默，正是他的十年酝酿。因此，人们便以1770年为界，作为康德思想发展的分水岭了。

批判前期与批判时期的著作，无论在形式上，在内容上，都有它的特点。普通人读康德的书，都觉得它枯燥、沉闷、冗长，实则这只是康德批判时期的著作之风格才如此的。批判前期的文章却是非常轻快、精悍而富有风趣在。批判前期的文章，很多征引；在批判时期就很少很少了，这是因为他的思想已入于成熟而独立的境界故。康德早年所受影响绝大的人物是牛顿和卢骚，这在第一期里还时常见到那两人的影子。在第二期里，对他思想有很大作用的自然是休姆。

康德思想的两个要点，是立法性（Gesetzlichkeit）和主观性（Subjec-tivitaet）。他的知识论、伦理学、美学，都是如此。他不讲什么是真，什么是善，什么是美；但却讲如果是真，如果是善，如果是美，都是要什么法则？至于这些法则，是在客观上么？却不是的，乃是在主观上。康德认为这一点很重要，所以他在《纯粹理性批判》的序上，自诩为是哥白尼的功绩。有人认为康德是经验派，根据是他在《纯粹理性批判》中的第一句话，即知识与经验以俱始。要知道康德固非不讲经验，但他所指的却是经验所循的法则。经验所循的法则，在康德看，并不是由经验得来的，却是先验的、超验的；这就是康德哲学被称为超验哲学之所由来，亦即被称为批判哲学之所由来。经验是主观的，康德讲的即主观的法则。分而观之，康德所讲的是主观性与立法性；合而观之，则康德所讲的是主观之立法性。这是康德哲学的核心。影响了康德，使彼处处要寻法则的习惯的，是牛顿的自然科学；影响了康德，使彼处处想到主观方面的，是卢骚的革命情绪。对于自己、对于别人、对于整个人类的尊严性之认识，这是卢骚思想的基础。康德思想实与卢骚默契处甚深，所以无怪乎他为耽读卢骚的教育小说《爱弥儿》而忘了规律的散步了。康德在本质上实是一个热情诗人！一般人之不了解康德，殆尤甚于不了解柏拉图，但我不能不同样吁请了，只是你们不接近柏拉图、康德，却并非柏拉图、康德不接近你们！

现在只就康德成熟期（即批判时期）的思想作一介绍。

第一是《纯粹理性批判》。《纯粹理性批判》中首先问的是，什么是知识？只有观念（如人、地、热等）不足为知识。必须几个观念连起来，有了主词、宾词，换言之，即成为一个判断了，才成为知识。因此所有知识必须是判断（虽然所有的判断不一定是知识）。判断又有两种，一是分析的，只分析一个观念而没有加入新成分的，如"物体是占积的"，这不足为知识；二是综合的，如"地球为一行星"，行星一观念可离地球一观念而存在，这回之合起来乃是一桩新的事件，这才是知识。所以，只有综合判断才可以构成知识。但是却并非所有综合的判断都可必然地成为"科学知识"①，科学知识又须在任何情形之下按之而皆然才行，那就是

---

① 此所谓"科学"取严格义，有数理的科学意味，非一般自然科学。

说，主词宾词之间的联系须不为偶然的，而为必然的才行。例如物热则胀，在各时各地皆然，就是一种必然命题了；只有这样才是科学知识。

但是我们何以知其必然呢？靠经验是不够的，经验不会把所有例证都给我们。因此，一个后验的判断（a judgment a posteriori）不足以构成科学知识。那么，只有建诸理性基础之上而后可，亦即必根据于观察、同时又须根据于理性而后可了，这也就是必须为一个先验的判断（a judgment a priori）而后可。所以，科学知识乃是一种先验的综合判断。先验的综合判断是如何成立的呢？亦即科学知识的成立要怎样的条件呢？这是康德批评主义的中心问题。康德认为感官供给判断的资料，理性却把这些资料连起来。任何科学的判断必须有这两种成分。观念论者是忘了生而目盲的人不能有颜色的观念了，感觉论者是忘了白痴纵然敏感也不能了解一种科学的命题了。这就有因为前者忽略了感官成分，后者没注意到理性的、先验的成分。因此，《纯粹理性批判》中便分为两部分，一论感觉，一论真正理解。

论感觉的一部分称为《感觉力批判》，或《超验的感觉论》（Transcendental Aesthetik）。什么是感官知觉（sense-perception）或康德所谓直观（Anschauung）的条件呢？像知识之构成的一般情形一样，直观也是靠两种成分的，一是先验的，一是后验的。后验的成分是接受来的原料，先验的成分是去改变原料的形式。这种形式有二，一为领悟外界的形式，即空间（space）；一为领悟内在的形式，即时间（time）。空、时二者乃理性之原始的直观，先于一切经验而存在着。康德的根据是数学：数学中之算术论时间，由时间相续而成数；数学中之几何论空间，由空间相隔而成形。算术与几何都是有绝对的必然性的；七加五等于十二之可靠性，与三角形内角之和等于二直角之可靠性，都不是有限的经验所可供给，乃是源于理性的。但此等真理所关者为时空，所以时空二直观为先验的。时空不是知觉的结果，而是知觉的先验原则，而是知觉的先验条件。时空并非知觉的对象，却是去知觉对象时的方式，这种方式乃是早存在于能思想之主体中的。时空是人类主观的一副眼镜，但却是拿不掉的一副眼镜，所有万物为人所知觉时便都已经过了它的透视了，因此，人类所知者只为万物之假象（appearance）而已。至于万物之真相，所谓"物之自身"（thing-in-itself），却是永远不可知的。

论理解的一部分称为《理解力批判》，或《超验的逻辑》（Transcendental Logic）。照康德的看法，知识的一般能力分为感觉力和理解力。感觉力产生直观，理解力则对直观加以改造。理解力中又分而为二，一为依先验律则而对此等直观加以联合之判断力，二为置吾人判断力于普遍观念之下之整理力。前者所关即理解（Verstand），此方面之论述称为《超验的分析》（Transcendental Analytic）；后者所关乃狭义之理性（Vernunft），此方面论述称为《超验的辩证》（Transcendental Dialectic）。

在《超验的分析》中，他说判断的构成，也是源于理解力中有一些先验的作用的，这些先验的作用，即是凭以判断的一些形式，即所谓范畴（categories）。范畴一共十二个，这是因为判断有十二种。那十二种是：在量的观念上有：普遍（如人皆有死）、特殊（如某些人为哲人）、单独（如孔子为一圣人）；在质的观念上有：肯定（如人生如朝露）、否定（如灵魂不朽）、限制（如灵魂乃不朽之物）；在关系的观念上有：确然（如神至公道）、假定（如倘神公道，则将惩彼凶顽）、选择（如希腊人或罗马人为古代之领袖民族）；在姿态的观念上有：疑问（如行星上或有人类）、确说（如地球为圆形）、必然（如神必公道）。十二范畴可纳之于四，即量、质、关系、姿态。四者中尤以关系为最要，因为一切判断皆表示一关系故。知识能力虽有许多成分，但终有其统一，统一之者即自我（ego）。被认知的万物，乃是经过自我的改制的，万物之本然乃是不可知的。现象是"我"制造的，故在内而不在外！法则是"我"给的，而不是原有的！秩然的宇宙乃是人类理性的创作而已。

话虽如此，但人类的理解力究竟不能达到宇宙的本然，所以在《超验的辩证》中，就论到理性的限制了。康德说在判断力（即理解）之外，还有置吾人判断于普遍观念之下的整理力。此等普遍观念即一些普遍观点。此等整理力，乃理智范围中最高之能力，亦即狭义之理性。此"理性"所具之普遍观念即：物之自身、绝对、宇宙、灵魂与神。普遍观念之作用与先验的直观——时空——诸范畴同。观念即凭以整理判断而归为系统者。所以，狭义的理性乃最高的综合能力、系统能力。科学即由感觉力、判断力与"理性"而成者。

普遍观念亦为先验的，乃一种先天的综合，故不能离开能思想之主体而独立存在。理性只可以知现象，而不能知本相。如神、灵魂与作为绝对全体之宇宙等观念即非现象；因其非现象，故其究竟非理性所知。同时此等观念亦不接受感觉所供给之材料，如范畴然；此等观念乃最高之规范（norms），乃有统整作用之一些观点（regulative pointe of view）。万物之本相不可知，可知者唯万物之现象，但此知万物之"现象"之"我"可知么？却仍不可知；故我们所谓世界，乃两不可知物之联合，乃假说中之假说，乃梦中之梦罢了。

这都是《纯粹理性批判》中所讲的。

第二是《实践理性批判》。康德在以上《纯粹理性批判》中所得到的，自然是怀疑论的归宿，但这不是康德整个思想的归宿，康德整个思想的归宿是见之于《实践理性批判》。康德并不想降低理性的地位，但却要给它一个应有的地位。理性的作用乃是统整的（regulative），而不是建设的（constitutive）、创造的。建设与创造乃是意志（will）所有事；意志是我们能力的根本，也是万物的根本。这是康德哲学的主要思想。

原来康德并不否认物之自身、灵魂、神等的存在，只是否认单由理智可以证实之而已。在任何形式下的理论理性（theoretical reason）之武断，康德是皆所反对的。只有实践理性（即意志）始具有形上学的建设能力。但意志犹理解，自有其立法性在，不过道德律则只是自我约束，不是他人强迫，所以是自由的。现象界无自由可言，自由唯存于现象界背后之超越世界中。由纯粹理性已知自由存于绝对界，但由实践理性则更确然肯定之。在时空中者自属决定的，然时空非客观实在，乃一种主观知觉之方式，故决定论不能统驭一切。为理想或善意而服役之自由即康德之神，神与不朽在纯粹理性中所不能得一客观存在者，在实践理性中皆各重得一肯定。因实际生活中为主者终为实践理性之故，是以吾人行为时应觉吾人之自由、灵魂之不朽、神之存在、诸事皆若已证实者然。

上面是《实践理性批判》中所讲的。

第三是《判断力批判》。《判断力批判》是要作《纯粹理性批判》和《实践理性批判》之间的桥梁的。原来康德以为在理解力和意志之间，还有作为二者联系之审美的、与目的论的感觉（the aesthetical and teleological sense）在。理解力之对象为真，其所论及者为自然、并自然间之必然性；意志之对象为善，其所论者为自由；审美的、与目的论的感觉之对象则居间于真与善，居间于自然与自由，此即目的性与美。康德所以叫作"判断"的缘故是，审美的、与目的论的感觉在当然（what ought to be）与实然（what is）间，在"自由"与"自然之必然性"间所建立了的那种关系，正如逻辑上成立了的一种判断然。

《判断力批判》中第一部分是《美学》（Aesthetics）。美感建诸一主观基础，犹理性与意志然。理性构成真，意志构成善，美感则构成美。美不在客观，美为美感之产物。凡为美者，在"质"上为悦人的；在"量"上为悦一切人的；在"关系"上为悦人而超利害、超概念的；在"姿态"上其悦人为必然性的。美与壮观（sublime）有别，美为理解力与想像力间和易平静之感，壮观则予人以搅扰，予人以激动。美必有形式，壮观则为形式与内容间之不能谐和。壮观生于理性与想像之冲突，因理性所意想者为无限，而想像则有其一定之限度故[1]。

《判断力批判》中第二部分是《目的论》（Teleology）。目的性有二种，一为主观的目的性，其予人以快感系直接的，而不需任何概念之助者，此即物之美者之所由构成；二为客观的目的性，其悦人为间接的，乃借助于一种经验或间接推理者，此则物之有效用者（das Zweckmässige）之所由构成。例如同为一花，可由艺人观之，为审美判断之对象，那就是好看的一朵花而已；亦可由博物学者观之，则为效用判断之对象，那便成了治什么病的药了。

上面是《判断力批判》中所说的。

三部《批判》所论，实以绝对的精神主义（absolute spiritualism）为归，这也就是他之自诩为哥白尼的功绩处。哥白尼给天空找了一个中心是太阳，康德却给现象界找了一个中心是我们主观！

康德的哲学一出，立刻为许多哲学家所欢迎，虽然不一定完

---

[1] 此处所谓美，旧译优美；此处所谓壮观，旧译壮美。因"壮观"实与"美"相对待，故不取"壮美"一译名。

全懂得。宣传康德哲学的人，主要的有大诗人席勒（Schiller），他发挥的是康德的美学；还有菲希特，他发挥的是康德的伦理学。

康德哲学中原有绝对唯心论的成分。所谓"物之自身"既不能意想，即不能认为一实在，亦即不认为系任何实有之物，那么，它岂不是只是存在于能思想之主体中，和时空及诸范畴同为主观之物了吗？亦岂不是现象中之不可知物和我们自身中之不可知物，就是一物了吗？"物之自身"和自我（非现象中之自我，乃超时空的自我）亦岂不一而二、二而一了吗？但康德却没说这样显明。持这样显明的主张的是菲希特。康德的哲学不啻是和1789年的大革命一样，对形上学有极大的破坏性，但是菲希特、谢林、黑格耳这般革命巨潮中的产儿一出，却又在断垣废墟中将形上学重建了。

菲希特（johann Gottlieb Fichte）生于1765年，卒于1814年。他曾到过哥尼斯堡，就学于康德。他是唤起德人反抗拿破仑最力的一人，他那时的《告德意志民族演讲》（Reden an die deutsche Nation），就是现在让我们外国人读了，也都为之动容。他的学说，是形上学的原则和伦理学的原则乃是同一的。最高的原则不是实体而是义务（duty），不是"是什么"而是"应当怎么样"。宇宙就是纯粹意志的化身，也就是道德观念之象征。这意志，这观念，便是物之自身，也便是真正的绝对体。知识是自我的创造物。唯心论外无哲学，先验方法外无方法。哲学不在产生事实，而在创造真理。客观世界并非自我之限制，乃是自我故意去创造出来作为自我奋斗的手段的。所以消灭自我，便是消灭世界，命中注定我们是要为不朽事业而奋斗的。自由为最高真理，为最高实在。真正自由在创造其自身，实现其自身。自由之实现其自身，须于时间中行之，故时间为自由之必须助手。但自由之实现其自身，靠单独的个体（经验的自我）是不够的，却须实现于人类社会中，这便是政治权利的所由来。讲自由而归到全体（社会或国家），这是代表我们所说西洋的一种文化传统处。照菲希特看，行动是一切，知识是手段。实践理性是一切，纯粹理性是手段。菲希特的哲学，像赫拉克利图斯一样，是极富有革命性的。但原动力自然是发自康德！

菲希特的学说又影响了谢林（Friedrich Wilhelm Joseph Schelling）。谢林生于1775年，卒于1854年。他曾在耶纳（Jena）等地方作教授。耶纳是那时浪漫主义运动的中心，菲希特、黑格耳，都和谢林相遇于此。谢林是一个早熟而多产的天才。但思想不很一致，他前一期的思想，自称为消极哲学（Negative Philosophy）。他这时认为自然与精神乃是同一绝对体之二重表现，并非"我"产生"非我"，亦非"非我"产生"我"。斯宾耨萨的本质（substance）实是包括"我"与"非我"之一种非人格的理性。自然是存在着的理性（existing reason），精神是思想着的理性（thinking reason），如此而已。二者发展的原则乃是一样的。"自然"有生命，否则如何产生生命呢？所谓无机界实是植物界的萌芽，而动物界不过是植物界发挥到高处。原来自然间并无死物，亦无静物，一切是生命，一切在变，一切在动。当精神为理智或事业时永不能实现绝对体，却只有在为自然中或艺术中之美感时始能之。艺术，宗教，与神之启示（revelation），实是一事，乃较哲学为尤高者。哲学意想神，而艺术即是神。知识为神性之"理想的存在"，而艺术则为神性之"实际的存在"。他后一期的哲学，自称为积极哲学（Positive Philosophy）。他的积极哲学始于1809年，他三十四岁了。他这时的主张是一种主意论（voluntarism），他说绝对体就是原始意志。生存欲望（desire-to-be）乃在一切之先，即神亦非例外。谢林的思想启发了黑格耳和叔本华。但都源于康德。倘若学司马迁赞美老子的话，便不能不说："而康德深远矣！"[1]

---

[1] 本文系《西洋哲学史》第五章"近代哲学之极峰（上）"，选自《李长之文集》第十卷，河北教育出版社2006年版，第77—85页。——编者注

近代哲学之极峰(下)——黑格耳

像柏拉图之后有亚里斯多德一样，康德之后有黑格耳。亚里斯多德虽不如柏拉图之有独创性，但有着可惊的组织力，黑格耳之与康德亦然。黑格耳的组织力，尤为罕见！假若许我用照相作比方，则哲学到了康德，如对准了镜头的一般；照已经拍好了；黑格耳却是显像液定像液从而有了清晰的轮廓。

黑格耳（Georg Wilhelm Friedrich Hegel）以1770年即清乾隆三十五年生于德国西南部的施徒喜德（Stuttgart），以1831年即清道光十一年享寿六十一岁而卒。他死时，中国曾国藩已经是二十岁的青年了，焦循和阮元则和他并世。黑格耳曾经到各地讲学，最后在柏林大学继菲希特为教授。主要著作有：《精神现象学》(Phanomenologie des Geistes)，《逻辑科学》(Wissenschaft der Logik)，《哲学百科全书》(Encyclopedie der philosophischen Wissenschaften)。此外，还有《美学讲义》(Vorlesungen ueher die Aesthetik)，《历史哲学讲义》(Vorlesungen ueber die Philosophie der Geschichte)等。黑格耳实是一个体大而思精的哲人！

照菲希特的看法，绝对体是"自我"，但因为"自我"又必然地为"非我"所包围之故，所以他的"自我"在事实上是被限制了的，因而他的"绝对体"实在够不上绝对；照谢林的看法，绝对体既非"自我"亦非"非我",却是二者的共同根源,限制固然没有了,但是对"实在"(reality)不免为"超越的"(transcendent),所以实没解释了何以显现为自然与精神之故。黑格耳即救二氏之失者,以为自我与自然之共同根源并非超越乎实在,却是内在(immanent)于实在之中的。绝对体是动的、发展的。动与发展自有其法则,自有其鹄的,此法则与鹄的并非自外而来加于绝对体者,却是内在于绝对体之中,即为绝对体之自身。但是为人类思想与无意识的自然之法则者乃"理性",为万物之鹄的者亦"理性",所以绝对体(absolute)与理性(reason)乃是同义字了。绝对体即理性,在无生物中即已具有,继而达于有生物,最后化身于人类之中。理性不唯为思想体之款式,亦且为万物的存在之款式。真正哲学的方法,当一屏成见,任凭观念之自己发展(Selbstbewegung des Begriffs)而随从(nachdenken)之这种方法,乃是内在的或辩证的(immanent or dialectical)方法。这样的学问即逻辑。——黑格耳所谓逻辑即纯粹概念之谱系学(genealogy),逻辑是论"理性"之抽象方面的;论理性之实现于宇宙与历史中者,则有自然哲学和精神哲学在。

　　第一,逻辑即纯粹概念之谱系学。纯粹概念之共同根源为"存在"(being)①。存在是最普遍的名目(notion),因而也是最

---

　　① 通常译为"实体",然黑格耳用 being,实与一般意义不尽同,几经踌躇,乃先译为"实在",经觉不妥,遂又改译为"存在"。

空洞的，可转化为任何物。凭什么法则或内在力量而转化呢？那就是"存在"所含有的矛盾性（contradiction）。是白、是黑、是广袤、是善良……凡是什么东西，都是存在。可是倘讲所有存在而没有限制时，却就等于不存在了。所以"存在"内就含有"不存在"（nonbeing）。因为：假若只是存在，那就不能动作，不能产生什么了；反之，只是"不存在"也不行，假若只是"不存在"，则将同样不会有力量，亦将同样一无所成了。存在与不存在之矛盾，我们可用"变化"（becoming）一名目以包括之。变化是综合的，综合了存在与不存在。由新综合而生新矛盾，再综合，再矛盾，如是而上，以至于绝对观念而后止。矛盾不只是思想的发展律，也是万物的发展律，因为"自然"不过是"思想"之自我发展，而"思想"乃是意识其自身者之"自然"而已。照传统的思想矛盾律，是说一物不能是甲、又同时是非甲，但黑格耳却偏用动的观点而统一之。如无限与有限，黑格耳便也予以统一，他说无限是有限的本质，有限乃无限的表现；存在着的无限，即是有限。

相反适相成，现象与本质是分不开的，本质是力量，现象是这力量所生的活动，亦即这力量的表现。活动（activity）和实在（reallty, Wrklich-keit）是同义字。实在的，必活动；活动的，必实在。静止的绝对体便属子虚。以实在与可能比，"实在"是必然的。因此，实在的，乃必然地为活动的。所以，活动、实在、必然乃为一事。黑格耳哲学是一种革命哲学就因为他的观点是动的。

因与果也是不可分的。"因"就内在于"果"之中，正如灵魂就内在于身体之中然。并非因为因，果为果；"果"实亦同时为因。试想甲因而有乙果，甲因之为因，乃以有乙果之故而然，可见乙果亦为甲因之因了。实例如，雨为潮湿之因，而潮湿亦转而为雨之因；又如人民之性格系于政府之形式，而政府之形式转亦系于人民之性格。因与果并非一直线，却成为一圜。因与果既为交互作用（Wechselwirkung），所以果之为果只是在某种程度上如此而已，其所具之决定性只是相对的而已。在一长串之任何特殊部分中，是找不到绝对体的。绝对体只存在于特殊的、并相对的原因之总和（sum-total）中。每一原因都只于绝对体中分沾一部分，每一原因都是相对地绝对，而非绝对地绝对。在彼"交互作用"中，"存在"所分而为本质与现象者，至绝对体而复合为一，是为"逻辑的全体性"（logica totality）。

在全体性之外，任何观念不能有其实在性。离开全体，也就没有质，没有量，没有力，没有因。自然界无孤立之物，思想中亦无可独立自存者。自由只有在全体中才觅得！

但全体性又有主观全体性与客观全体性之分。主观全体性只是形式而没有质料；只是容器而没有内容；只是一种原则一种鹄的，而未尝在实际上存在。所以它便有一个倾向，就是要把自己化为客观体，这就是自然界中"生命"之永远的根源，也是历史上"进步"之永远的根源。客观化了的结果就是宇宙，就是客观的整体，就是万物。那客观化的步骤，先是无机界（inorganic world），次是化合界（chemism），最后是有机界（organism）。

主观全体性与客观全体性之对立，却消融于绝对观念（the absolute idea）之中。自理论的观点言，绝对观念就是"真"；自实践的观点言，绝对观念就是"善"。这是最高的范畴，这是存在之最后的发展之称。

第二，自然哲学。造物之思想，亦犹人类之思想然，以最抽象、最暧昧、最难把握者始，此即空间（space）和物质（matter）是。像逻辑中之"存在"（being）一样，空间在着，又不在着；物质是什么东西，却又不是什么东西。此种矛盾，乃消融之于运动（movement）。运动将物质划分为分离的许多统一体，这就是天体的所由来。统治天体的律则是机械律，星辰间之所以彼此支持即可以万有引力定律（the law of attraction）尽之。这里是"无机界"，这是天文学的对象。

次一步的进化是物质之质的分化。到这里，变化便是内部的了，不只是地位的更易，而且是本质上的转换了。这里是"化合界"，这里是物理学和化学所有事。

最后一步，则是"有机界"的进化。这是较具体、较完全、较成功的一种发展。为之顶点者即人类之发生。在化合界中便已是一个序幕了，至此乃由原质（substance）变而为主体（subject），由物质变而为精神，由存在变而为意识，由必然变而为自由，这也就是创化的最后目标。

黑格耳说，地球也是一种有机物，这是大自然要"实现其自身"的杰作之一种粗糙的草稿。地球自有其盛衰、变革和历史，这乃是地质学上所要研讨的。由地球的生命之毁灭，而植物界以起。但植物界还不是完全的有机体，因为植物的部分还是偶然聚合，不很连属的。真正成为一不可分的全体者，只有到动物界才有。动物也是按等级进化的，由甲壳类而软体类、而昆虫类、而鱼类、而爬虫类、而哺乳类，完全由同一计划，同一观念施行着，只是愈后愈完全而已。最后到人类，这是动物中最完全的形式，乃是创化的观念之最圆满的反映。在物质界，至此已为顶点，至此已无可再进。但那创化的观念却并非消歇，反之，乃是将其最可贵的宝藏储而置诸精神界中，换言之，即人类心灵中。

第三，精神哲学。精神与自然一样，也受发展法则的支配。"意识"与"自由"并非在人类个体生活之曙光期就有的，乃是进化的结果，乃是历史的产物。人类个体在初时也受支配于盲目本能、兽性情感和自私自利性，原与一般动物无殊。但是理性发达了，于是知道自由并非个人特权，乃是人人都应当有的，从此遂知道法律，从此对自己的自由遂情愿受一些限制。这样，由"主观精神"遂变为"客观精神"。什么是"客观精神"呢？客观精神就是社会。

客观精神之第一步表现即权利（right），各人有具有财产及转让财产之权。转让是在契约（contract）中行之，契约就是"国家"（state）的雏形。个人意志与法律意志（即一般意志，即客观精神）是有冲突的，冲突的结果，就发生"违反权利"（unrecht）的事件。但是权利终为权利，终为全体之意志，虽一时挫败，终须获胜。其获胜之表现即"刑罚"（penalty）。刑罚乃是表示权利与理性高于私人意欲，所以虽即死刑亦是正义，亦当维持。刑罚并非为改善个体，乃为庄严律则被破坏后之重新肯定而已。但个人意志与非个人意志之暗斗终是存在的，果欲前者纳之于后者之中，则法律必须变为道德（morality），亦即客观精神必须变为主体。"道德"实现于许多制度中：基本制度是婚姻与家庭，建于其上者即社会团体（civil society）与国家。国家必建于家庭，故婚姻为一种神圣义务①。婚姻必须以理性行之。由家庭而成社会团体，但社会团体犹不过谋分子间之个人利益的保障。国家则不然，国家乃以理想之实现为目的，乃普遍至公之所在，乃客观精神之寄托，此为目的，而家庭与社会团体只为手段而已。

政体中以专制为最善，因为一人执政始容易将国家的理想充分实现故。在专制中，"非个人的意志"乃可借"个人意志"表现而出。路易十四说："朕即国家。"黑格耳是首肯的，黑格耳虽甚贬抑政治上的自由主义，但却力主民族的自由。照黑格耳看，国家即民族，所谓民族指同一语言、同一宗教、同一风俗习惯、同一观念思想之集合。否则强合为一者，必背乎自然，即一种罪恶。倘在如此情形下，即反叛亦不为过。观念思想不统一而要政

---

① 到此为止，很可见出和孔子思想的类似，孔子主张"政""刑"不如"德""礼"，尤见与黑格耳吻合。而孔子正是实行了人伦教化方面的责任的，故价值之大，亦因是可见。黑格耳以下论及国家超个人之意义，则与西洋全体性观念有关，这在中国便比较隔膜多了。但却正因为隔膜，乃为我们所急应吸收，尤其在要国家现代化时！

治统一是不可能的！一个民族就要代表一种理想。无任何理想之民族即失其存在根据，应被其他有理想之民族征服之。

最有活力的民族，（即最代表有活力的理想的国家）常为主人。历史不过是国家间不已的斗争。以战胜与败北，而国家理想得以实现。但真正理想国家是可望而不可即的，处处不过实现理想的一部分。（绝对体原不必限于某种特殊地域而存在！）既称理想，就是解决靠未来的，所以历史也可说是政治课题之一种陆续的解决。任何国家都不能完全代表理想，因此，并无任何国家可以永垂不朽。

文化之由一民族而转至他民族，黑格耳称之为历史的辩证法（dialec-tics of history）。逻辑或辩证法乃个人思想内理性之发展，历史的辩证法即同一理性而发展于宇宙中者。纯粹逻辑的发展、自然逻辑的发展与历史逻辑的发展，其原理是一样的。历史之最内在的实质即理性，此际之理性乃是一种"行动之逻辑"（logic in action）。

黑格耳对于战争，认为是政治进步中所必不可少的手段。但是真正的、合法的、必须的战争，乃是为理想而战、为理性服役而战者。昔日之战争为气愤，今日之战争为原则。

客观精神表现至国家而止。那作为道德大厦之国家不论多么完善，却仍然不是观念之发展的终极。精神活动的顶点不是政治生活。"自由"才是精神的本质，"独立"才是精神的生命。精神除隶属于精神外，不能无条件地隶属于任何物。精神在政治生活中所不能得到最高之满足者,乃得之于艺术、宗教与科学①。但黑格耳是不是主张不要国家、社会团体和家庭呢？决不是的。黑格耳觉得艺术、宗教、科学的诸种活动必以强盛的国家和巩固的政府为前提。文化机构的上层,原来都以下层为其存在条件,正如动植物界不能离开矿物界而存在然。大自然,虽时常有所破坏,却也富有保守性,它保守了许多低等的材料,以预备作高等的杰作的基础。精神界亦然。人类由自私之"主观精神"而至国家社会之"客观精神",终至又返乎自身,乃发现一己存在之底蕴为美（艺术理想）、为善（宗教理想）、为真（哲学理想）、为此三者之实现、为无上之独立自由,由此遂更至"绝对精神"。在艺术中,精神达到对外界战争之预期胜利,这是自然科学所做不到,而留给艺术做到的。艺术家之思想与其对象合而为一,至艺术而人类灵魂与无限乃非二物。天国降于人,人心升乎天。艺术天才是神之脉息！但较艺术尤上者则为宗教,宗教境界是艺术天才所达不到的,忘我而归于神。宗教以艺术为先驱,宗教却又给哲学作向导。艺术与宗教还不过是由情感和想象而起,科学（也就是哲学）才是"纯粹理性"的胜利,才是精神之神圣庄严相。由理解宇宙,而精神乃得解放与自由。至此而精神复还其自身,至此而在宇宙生活之顶点上,"我"与"世界"乃永永冥合。

---

① 此处所用科学一字,意义较广,不只自然科学,哲学亦在其中。

第四，艺术哲学、宗教哲学、哲学之哲学。艺术哲学乃黑格耳哲学中前无古人之作，精粹无与伦比。照黑格耳看，艺术为精神对物质之预期的胜利（anticipated triumph），但物质是有抵抗性的，此抵抗性之程度高下即为艺术种属之所由分。最低级的艺术是建筑，在建筑中"观念"还不能完全战胜材料，材料还在顽抗着。同时，建筑的材料也是自然界中最物质的。建筑与雕刻、绘画、音乐比，正如矿物之与植物、动物然。它像天体一般，只可表现雄健庄严，但再变化、再多样的美，就不能胜任了。能多少消融建筑中观念与材料之对立者是雕刻。雕刻对于材料的克服性即较大些，在雕刻中所表现的即较直接些，但是对心灵生活还是枉然。比雕刻所用的材料更少物质性、更多表现人生的，是绘画。但是绘画中的人生只限于一片断，一刹那；也就是，观念依然受着物质的限制。因此，建筑、雕刻、绘画，有一种共同点，黑格耳遂统称之为"客观艺术"。

较客观艺术为高者是音乐。音乐是"主观艺术"。音乐是物质性最少、最不限于视觉的。音乐可以表现人类灵魂之最内在处，可以表现感觉之无限的种种变化处。

但是完整艺术并不是趋于极端，而是将反对物综合着的，亦即将音乐与客观艺术调和起来的。这就是"艺术中之艺术"——文艺。文艺是用语言文字的一种艺术，可以表现各种事物，可以创造各种事物，乃是一种普遍性的艺术。文艺与音乐同样用声音，但是前者清晰而完整，后者晦涩而不易捉摸。因为文艺为各种艺术之顶点，为各种艺术之精华，所以它兼备了各种艺术之长。与客观艺术（建筑、雕刻、绘画）相当者，文艺中有史诗，史诗写自然之奇迹与历史上之殊勋。与主观艺术（音乐）相当者有抒情诗，抒情诗写不可见的人类心灵。最完全的文艺，为"文艺中之文艺"者，则是戏剧；戏剧唯最文明民族始有之，所写无所不包。

但是道德理想终不是物质形式所能充分表现的。人类在兴会淋漓的一刹那，虽或觉得与神无殊，但是一发觉其理想不过一物质形式时，就觉得自己太渺小了，因此由艺术而生宗教。在艺术中将天人已合而为一者，至此而复分。分而不能终分，于是宗教之发展乃有三境，其一在东方宗教中，神是一切，人几无以自处；其二在希腊宗教中，人是一切，神居于末位；其三在基督教中，首要者非神亦非人，乃为二者之合，是即耶稣。基督教为宗教顶点，犹文艺之居艺术中然，包括以前所有宗教而纯化之、完成之。基督教乃一切宗教之综合，乃绝对唯一之宗教。

不过宗教犹设一外来之权威，这仍不足以表现以自由为本质之"精神"。为达到进化的最高点，"精神"非脱掉宗教之"代表的形式"而采取"合理的形式"不可。这一步就是哲学。真哲学与真宗教的内容原是一样，只是容器不同。一为理性，一为想像，这就是容器差别所在。至哲学而绝对观念始成为绝对精神。哲学也有其辩证法的演进，最高的表现即是上面所说的绝对唯心论。

我们把体大思精的黑格耳叙述完了，黑格耳的荒谬处诚然不能说没有，但是自康德以后，再没有第二个人影响世界之大，像他那样了。原来不只是哲学，而且及于思想学术各部门。这是一个可惊异的，真正有"一以贯之"的气魄的哲学家！①

---

① 本文系《西洋哲学史》第六章"近代哲学之极峰（下）"，选自《李长之文集》第十卷，河北教育出版社 2006 年版，第 85—91 页。——编者注

《文艺史学与文艺科学》译者序一

友：这些时候老没见你，你忙什么了？

我：我正忙一部译稿。

友：是谁作的？原名是什么？

我：作者是玛尔霍兹（Werner Mahrholz）。书名是《文艺史学与文艺科学》（Literargeschichte und literaturwissenschaft）。

友：是德文的么？你偏喜欢德国人写的那样沉闷而冗长的著作。（他笑了）

我：你只知道德国人著作的坏处，你没看到德国人著作的好处。

友：好处在哪里？你快说给我听！

我：要说那好处，一句话还说不完。简单说至少是周密和精确，又非常深入，对一问题，往往直捣核心，有形而上学意味。幽默，轻松，明快，本不是德人所长，我们也不求之于德人著作呢。

友：你倒会给德人回护；可是我不懂：同样内容，假若写得很通俗，很有兴味，让人很容易接受，难道不比写得诘屈聱牙，读了让人头痛，拒人于千里之外好些么？

我：这个当然，只是问题就在内容不同。

友：可是我又不懂了，为什么讲文学也要什么周密而精确，也要什么形而上学意味呢?

我：这很简单。文学的创作是一件事，欣赏又是一件事，研究别是一件事。创作靠天才，只要那有创作的才能，随你怎么写。就是那死板板的老头儿康德，他对于创作的天才也没有办法，他不是只好说天才是立法的，是给出律则来的，但却并不是律则的奴隶么？欣赏也有你的自由，任何人没有欣赏自己所不喜欢的作品的义务。研究却不同，研究就要周密、精确和深入。中国人一向不知道研究文学也是一种"学"，也是一种专门之学，也是一种科学。关于数学的论文，一般人看了不懂，不以为奇怪；为什么看了关于文学的论文，不懂，就奇怪呢？

友：你像是给我读书一样了。最低限度，我很欣赏你这样像煞有介事的态度。那么，你就是希望把文学论文变得和数学论文一样了？

我：当然！所以叫文艺科学么。厄尔玛廷格（Ermatinger）曾经辑了一部《文艺科学之哲学》(Philosophie der Lieraturwissenschaft)，这书是由专家分别执笔的，厄尔玛廷格自己也有一文在内，他称为《文艺科学中之律则》，他还有好几个公式呢！

友：那么读者一定很少。

我：这没有关系，科学上的真理并不一定依听众多少为高下，科学家也从不顾及这方面。一篇气象报告，普通读者虽不看，研究气象的人总要看。文艺科学的论文，也是写给研究文艺科学的人看的呢。

友：那么，岂不是和大众脱节了吗？

我：话不能这么说。你所谓和大众接近的一部分也仍然有的，那是"文艺教育"。但是文艺教育须以文艺批评为基础，而文艺批评却根于"文艺美学"。文艺美学的应用是文艺批评，文艺批评的应用才是文艺教育。像物理一样，有理论物理，有应用物理。假若就理论一端讲，那自然是和大众绝缘的；可是就应用一端讲，和大众又何尝不相关？二者原是一事，不过为培养学者的独立而深入的研究精神计，让他研究理论时不必顾及应用，这样，他便可以不必安于小成；但等到一旦应用时，却一定应用得更便利，更普遍了。

友：你的话也很有道理，不过我不爱看理论太艰深的书；尤其关于文艺理论的。——我觉得不值得！

我：这自然不必勉强。只是我觉得胃口尽管软下去，也不好。酥糖之外，吃点爆蚕豆，让牙齿也用点力，岂不也很有趣么？俗话说："船多不碍江。"学术上原不必定于一。我觉得中国人现在最需要的胸襟，就是要能够虚心容纳不同于自己的立场，并虚心听取不同于自己的趣味。"既生瑜，何生亮"的态度，要不得。通俗书之外，也可以让许多专门书存在；专门书之中，也可以让种种不同的书存在。歌德说得好："对于能够钻研的，要竭力钻研；对于不能够钻研的，要怀了敬畏。"世界这么大，为什么限制自己呢！

友：好，我现在就不限制你这部翻译的专门书的存在了。

我：谢谢你这好意（我笑了）。可是我还要纠正你，我这部翻译书，只能说中国一般读者对它的内容不太熟悉罢了，它本身却非一部专门书，它只是讲专门的书的而已。

友：那么，请你把它的性质，告诉得我再详细些。

我：关于它的性质，在著者的序里，以及舒尔慈教授（Prof Franz Schultz）的跋文里，都说得很清楚。它是讲近代德国文艺科学的潮流的，不过它不是散漫地去讲，却是就方法论的原理和知识论的基础上而探讨其内在的趋势的。著者的主旨，第一是把这些种种不同的倾向加以叙述；第二是把那些在方法上的混淆与杂乱无章加以澄清；第三是就"文化政治"的立场上，对于学者的任务，加以说明。著者在讲那种种的方法时，他没有忘掉就方法的可能性上，寻出一个体系来；他讲到每一学者的著作时，他也一定指出那哲学的出发点。他这部书原是为外行人想知道这门科学的内容和演变，或别一门的专家因为改行，而想得一点基本知识而写的。这两重目的，可说都作到了。

友：不看原书，对于你这话。恐怕也仍然不容易了然。可是也许和看电影一样，假若先看说明，看起片子来就容易贯串了。你刚才告诉我的是书的性质，现在我请你再把内容告诉我个大概。

我：没想到你有这样大的兴致。但作一个让人明白的电影的说明可真不容易，我看电影，就从来不看说明。我不如请你看试片吧。

友：也好；那么，让我随便翻翻你的译稿吧。（他拿过我的译稿去）原来一共是七章，有序，有跋，有年表，有附录。（一边看，一边漫不经心地问我）一共好多字数？

我：一共二十万字，算上注文。

友：你很费了些工夫（他试着入神地看了三两段，我没有打扰他。可是他摇摇头）。不行，不行。看不出什么所以然来。句子太长，不知道的人名和术语太多！

我：困难是在意中的，你听我慢慢告诉你这困难如何解决。句子长，我知道，但是没有法子。我初译时，未尝不采意译，也未尝不采破长句为短句的法子，可是当我最后校阅时，我发觉了，那样译，错误最多，原文的光彩，也最易损失。有许多概念的统系和逻辑的结构，是非用长句不能表达的。假若论学也和应酬"今天天气哈哈哈"一样轻易，当然可以用短句。说实话，意译比直译容易得多，无奈那样捕风捉影式的翻译，在我自己的眼睛下，就先通不过了。同时，假若译语太习见了，我们将无从获得新概念。宏保耳特（Wilhelm von Humboldt）说："一种新语法的获得，是一种新世界观的获得。"假若语法如故，义何从获得新世界观呢？语言就是一种世界观的化身，就是一种精神的结构，假若想丰富我们民族的精神内容，假若想改善我们民族的思想方式，翻译在这方面有很大的助力。在某限度内的直译是需要的。看理论书当然不同于看软性小说，不费点脑筋是不行的，不字字注意而想跳过或滑过，是不行的。我又说到德国书的长处了，那长处就是让人的精神一刻也不能松懈，紧张到底，贯彻到底，这是因为否则就不能把握。这是一个最好的训练啦，所以，我常劝人看德国书，至少也要常看德国书的译文。

友：你有点巧辩。但我看你并没解决了我的困难。

我：我的话还没有完。其次，一般人看这部译稿的困难还是在内容，就是你所谓不熟悉的人名和术语太多。关于这方面，我特地加了六万多字的注释，一共三百多条，其中二百多条是关于人名，其中一百多条是关于术语。假若你每逢到注文时就翻翻，一定可以帮助你许多。而且，我的书后有中西文索引，每一人名或术语附着注释的次第，所以，即使你一次看过注文不记得，在后文再遇到那人名和术语时，还可以借索引再翻一遍呢。友：那么，你不啻附上一部文学小词典了！

我：那正是我的主意。所以注文有长到数千字的，重要人物如歌德、席勒、莱辛、海尔德，重要术语如启蒙运动、狂飙运动、古典、浪漫、巴洛克、高特精神、史诗、抒情诗、体验等，都不厌求详。每一条，我都尽可能地列上重要参考书，并提及国内已有的介绍。我不只希望人读本文时翻看，而且读其他文学书时也可参考，即使无事时翻着玩，也可以有所得。我相信其中关于史诗、剧诗、抒情诗、古典、浪漫、诗学、批评、文学史、体验诸条，就目前国内出版物说，还没有可以代替的。

友：我知道你这翻译是用过心的。

我：用心不用心，我自己也不敢说，但是在消极方面，至少我作得不苟。刚才所说关于读本书时的困难，注文固可以帮助解决一点，读法也很重要。你不是看到全书一共七章吗？头三章可说自成一个单位，这是讲历史的发展的。这三章之中，每一章之末，都有一节回顾，对所叙事实，都很能提纲挈领地重说一遍。所以，每到你觉得头绪不很分明时，便可以重读这三节呢。《三国志演义》上说，天下大势，合久必分，分久必合。我说文艺科学的进展也是如此，它的方法正是由综合而分析，又由分析而综合的。在第一"综合"期，是唯心论哲学期，代表人物可以举歌德，他是近代文艺科学的创始者，虽然影响并不太好。在第二"分析"期，是实证主义期，代表人物是舍洛（Wilhelm Scherer），他的势力很大，这一派多半走入窄而深的研究。在第三重归"综合"期，便是新黑格耳主义期，也就是新浪漫主义运动期，代表人物可推逊尔泰（Wilhelm Dilthey），到现在也还是这一派的分派支流。这便是文艺科学上的三个大波澜，也就是相当于本书第一章、第二章、第三章的。第四章却是一种体系的说明，是专就方法论上的可能性立论的，完全为第五章、第六章作一个地步。第五章及第六章就是在实际上看那前一章所说的方法论的可能性之如何实现。第五章的末一节，又是一个很好的综合说明，对于了解近代整个的趋势上，大有帮助。第七章却是讲近代文艺科学的征兆及任务的。所谓征兆，指古典人物之解体，这就是说，由于集团主义的抬头，那个人主义的英雄偶像是消融了，但那些有价值的精神活动，却将普化为一般人的财富。所谓任务，指德国处在战后那样艰巨困乏的时代，肯定自我与意识自我为刻不容缓之图，文学史家便应该担负起这种伟大的责任。

友：这样说来，你这部翻译，倒另有一种意义了。中国不也是处在艰巨困乏的时代么？中国不也是需要肯定自我与意识自我么？这部书对中国文学史家也一定有所感发呢。

我：对呀。这也是我译书的动机之一。

友：还有呢？

我：还有，我觉得中国的学者太懒，中国的诗人太不幸运。假如李太白生在国外，注释家何至于少到三五人？评传何至于凤毛麟角？他的世界观、人生理想和美感，何至于还没彻底发掘？我们看了人家谈莎士比亚，谈歌德，谈薛德林，我们真惭愧得无地自容，我们让死掉的诗人太寂寞，太冷清了。人家的文学史，于经过一种思想上的主潮的洗礼以后，方法便大有变化，或走得更广，或走得更深。何等丰富！何等灿烂！我们的学术史太单调，太空虚了。对于大的思想系统，在钻研上太畏缩，往往给一闷棍，比方说："黑格耳太唯心了。"一闷棍便把黑格耳打死了；又或者贴一个封条，例如："柏拉图有什么价值，统治阶级的代言人！"于是谁也不许谈柏拉图，把柏拉图的书束之高阁了。这样将永远不能深入，不能广阔，不能丰富！

友：你又发杂感了。

我：既然发起来，索性发下去。不能讳言，我们的学者是太懒的。其次是缺少方法，原因就在于不接受大思想系统。我们不需要点点滴滴的金屑，我们需要吕洞宾那个点金术的手指头。我介绍玛尔霍兹的书，即意在使人知道借吕洞宾的手指用用，所以即使对那细节目不很了了，也无碍。照西洋的方法，开中国的宝藏，这是这一代的中国人的义务。我再说中国学者第三个缺点吧，便是胃太弱，心太慈。因为胃弱，所以不能消化硬东西，因为心慈，所以不能斩钢截铁。治学要狠，要如老吏断狱，铁面无私；要如哪吒太子，析骨还父，析肉还母；要分析得鲜血淋漓；万不能婆婆妈妈，螯螯蝎蝎。所以我常说，应该提倡"理智的硬性"，我不赞成脑筋永远像豆腐渣一样，一碰就碎。

友：你这部翻译，一定是"理智的硬性"的代表了。

我：一点不错，这是我爱这部书的唯一理由。你看他评论歌德，说了他的短处，再说他的长处；你看他评论舍洛，说了他在学术史上代表进步处，再说他代表退步处；你看他论R. M. 迈莱尔（R. M. Meyer），说了他某点可议，某点可议，某点可议，但最后仍指出他在某点是贡献，在某点是贡献，在某点是贡献。他叙述一个人的著作，往往分析其在方法论上如何，在美学上如何，在文学史的进展上又如何。真正所谓条分缕析，一丝不苟。不但玛尔霍兹的本文如此，就是弗朗慈，舒尔慈教授的跋文也是如此。舒尔慈那跋文，更是一篇好文章了。我常不禁有超越玛尔霍兹本书之上的感觉。只有像这样瑕瑜互见，长短并论，条分缕析，一丝不苟，才配谈批评，才配称科学。

友：但是我为什么只听见你说玛尔霍兹的好处呢？

我：这是因为他的坏处，已有舒尔慈的批评在先，我很同意，所以我就不必加什么话了。

友：舒尔慈怎么说的？

我：说他重复，不调和，轻重之间，事先没有布置；而且嫌他太容易接受，几乎除了语言学这一派以外，他竟都许其存在了。据舒尔慈说，这正是独学者应有之失，正如他在别方面空无依傍，论列都新鲜而活泼，也正是独学者应有之得呢。

友：玛尔霍兹没入过大学吗？

我：不是；是说他因为参加教育改革运动，而不曾专心致志罢了。

友：你可否把他的生平多告诉我一些？

我：这里正有北平中德学会的弗朗克博士（Dr. Wolfgang Franise）给我寄来的一份传记，是采自玛尔霍兹的另一名著《德国现代文学》（Deutsche Litesaturder Gegeuwart）的附录中的。你看，这上面注着见原书第518页至522页，现在他是打了一全份给我的。照这上面说，玛尔霍兹是一个多产的天才。他生于1889年12月1号，他的名字是屋尔诺（Werner），他生的地方是柏林。他是他父亲的第四个儿子，二岁时父亲就死了。他曾在明兴大学和柏林大学学习哲学、文学史、历史、英法文学。瑞士和伦敦，他颇住过些时日，并且曾在牛津大学作过研究。他于1912年大学毕业，他的论文是关于"少年德国"一派的一个作家茅逊（Julius Mosen）的，这或者是他第一部文学史的著作吧，这时他二十三岁。一直到他三十岁为止，他在明兴过一个自由职业者的作家生活。这中间他到过意济学、社会学、神学和教育等。这一期他著有《自传史》（Gescbichteder Selbstbiographie 1919）、《德国虔敬主义》

(Der deutsche pielismus 1920)、《学生与高等学校》（Der Student und die Hochschule）等，后者是讨论教育改革的，为一般人所称赏。大战以后，他参加了许多有名的报馆，1917年并创刊《高等学校》一杂志。后来他实际作改革教育的活动去了，并在1918年加入了德国民主党。因为政治的兴趣的缘故，他那杂志《高等学校》遂在1923年起，改为《政治与历史专刊》，这时他三十四岁了。他的文学兴趣却仍在发荣滋长，《文艺史学与文艺科学》即作于此际。此外，他又著了一本《朵斯道益夫斯基评传》，都得到好评。后者虽然内容深些，但很受欢迎，不久已经再版，1923年后，他因为和几个经济机关发生关系，他丰富了他那经济学和财政学方面的知识，这时著有《经济与基督教》。他又以其与当代文艺和诗人20年来接触的所得，著《德国现代文学》。1925年，他三十六岁，自此至死。完全担任着文化政治的工作，他除作报纸主笔外，并在莱辛高等学校（Lessing-Hochschule）举行演讲，讲题有现代人生哲学之基础等。他又和广播电台合作，他播讲的系统讲演，有：《现代精神生活的转变》，《德国世界观的派别》，《二百年来的青年运动》，《大都市的人》，《国家与社会的文化政治学》，《欧洲的精神机构》等，他死的日子是1930年4月20号，这正是他创造力最旺盛的时候，不过四十岁。他的病，是脑病。照这传记上说，他的影响不仅及于德国国家、民族与文化，且更广被于全欧。

友：这个勤快而活跃的学者之早夭，的确是可惜的。无怪乎你说中国学者懒，至少比起这位学者来，我们是懒得多了。你为什么不找他一张相片也附在书上呢？

我：照我的记忆，他那《现代德国文学》一书里，前面有一张像，是瘦长脸，眼睛锋利得有些怕人的，可惜这书不在手头了。不过也许我记错了，是在这《文艺史学与文艺科学》的另一个版本上。我现在根据的是克伦诺袖珍本（Kroners Tscahen susgabe）卷八十八，是1933年经过舒尔慈教授的扩充版，我却还见过另一种。假若在北平，我到北平图书馆一查就可查得了，因为我都是在北平见到的。就是那传记，也还是亏得我记得在某书，所以才由弗朗克博士打来的呢。你知道，玛尔霍兹死得太早了，因此，一般的人名录上还查不到他。

友：我忽然想到一些琐屑的问题。你译的这部书，有没有英译本？

我：据我所知，还没有。

友：国内有没有人谈到过它？

我：那倒有。杨丙辰先生曾有文介绍，名为《文艺——文学——文艺科学——天才和创作》，发表在1934年我们办的《文学评论》第一期、第二期上。杨先生的文章是刊完了，刊物却因囊中羞涩而夭折。我之读这本书，也是受了杨先生的启发。当时《文学评论》的创刊，即以提倡文艺科学为事，那发刊词是我起草的，即全然以玛尔霍兹的书为依据。宗白华先生也很称赏这部书，我之能完成这部译稿，又是受了他的鼓励呢。关于文艺科学，好像不是钱歌川，就是张梦麟了，他们有文章提到过。

友：你说得我又有些记忆了，你好像从前就译过一点，并且发表过，不过期刊的名字一时模糊了。

我：一点也不错，头三章都译过。第一章译于北平，时间在1934年3月，发表在《文学季刊》第二期；第二章和第三章译于济南，时间在1936年1月，分别发表在上海的《文学时代》和南京的《文艺月刊》。发表是发表了，我却不相信有人看。以下没有发表，但我可以把翻译的时地告诉你，第四章和第五章，都是在1937年春季，译于人心已经惶惶然的北平。这年抗战开始了，我携着这不急之物到了昆明。在昆明，我未尝续译，不过我曾对文学院的学生作过一次讲演，也为的是希望有人对这方面有点认识而已。次年转筑，赴蓉，来渝，这不急之物未尝离手，可是没去收拾它。后来同宗白华先生谈起了，他鼓励我译完。今年春天，把第六章、第七章以及跋文、附录统通译就了，又通体一气改了一遍，并加上附注，中间因为病，因为空袭，直到7月才算完全告竣了。

友：我看见你每回提到防空洞的，恐怕就是它了？

我：可不是？这也算随我奔波，共我患难的老友了。因此我不肯辜负它，本文我至少看了五遍以上，译稿我至少改了三次以上了。

（这时已近正午，抬头一看，那对面山上已经挂出预行警报的红球来了，因为天气正好，万里无云，恰是暴敌施展屠杀民众，摧毁文化的好时候）

友：我要告辞了，我回家还要收拾东西，我的太太也要我给她买面包呢。

我：那么，我就不敢留你了。

（在我送他出门的时候，他忽然又回头来问我）

友：你说中国过去就没有文艺科学么？

我：也可以说有，像冯浩那样费30年的工夫专门研究李商隐的，也就够文艺科学的精神了。德国舍洛这派语言学家的工作，也很像中国清季乾嘉的朴学。假若有机会，作一个比较，或者也找一找那内在的趋势，定是一个好题目。

友：今天的谈话很有意思。文学也是"学"，是专门之学，是一种科学……理智的硬性；……我们民族需要肯定自我与意识自我。……都还在我脑子里回荡着。一会到防空洞里再谈！防空洞见！

我：防空洞见！[1]

1940年8月6日，长之记于渝郊

---

[1] 本文系《文艺史学与文艺科学》译者序一，选自《李长之文集》第九卷，河北教育出版社2006年版，第127—135页。——编者注

研究近代德国文学史之门径①

关于德国文学史的研究,在今日有许多困难是克服了。玛尔霍兹的小书,便是指示人这一部门里的潮流的。但是在正在研究的人,尤其是初学者,却很不容易在这里找出正确的途径来,并且有误入歧路的危险,因而时力便虚掷了。玛尔霍兹的书,是就时代的征兆一方面而把握现代文学科学之种种立场的,假若我们再另附加上一点提示,也许对正在研究的人有些用处,并有些意义。这种提示并非建在独断的要求及哲学的原理上,反之,却是自经验及长年的教学实践中而出。这种提示又是根于今日正在学习的青年在一般的研究上及特别在文学科学上所期待、所愿望以及他们所急需者何在一见地而出发的。

玛尔霍慈的书以及其他讨论现代科学情势的书,不错,很有用,对于文学科学之方法论的原理与知识论的基础都可阐明;只是对初学者,一开头就是抽象问题(因为那是大部分论现代科学之基本问题与方向等),用处就似乎不多了。很容易发生的事就是只陷在思想的方向之分析中了,而将科学的实质与材料置之,并对知识的宝藏也很少注意及之,但殊不知倘若没有知识的宝藏,

---

① 本文原作者为弗朗慈·舒尔慈教授(Professor Dr. Franz Schultz)。

却是什么科学也不能存在的。因此，为原理的问题之研究计，为精神科学的危机之处理计，与科学之所有辩证法的立场相对，应当也就是今日所善忘的——先树立一个持之有物的基础才行，只有自此出发，所有一般的学术批评的讨论才能令人了然。此对文学史家及语言学家，尤为确切无疑者。

与科学的探索和叙述相伴，须紧跟着作源头的研究。这里所谓源头，就是文艺性的档案（Dokumente）和诗人的作品。因此，我奉劝，在德国精神进展与文艺演化的每一世纪中，都要首先拣原著成套地去读，这是为将来进入所有更广大的文艺史的范围时所必须储蓄好的永久性的资本。否则对于一般学习文艺史的人，将不免如盲人之识色，只好以耳代目了。像最近所出版的许多经过科学整理了的全集，已使从前不易得到的东西，现在也可以去研究了。依时代先后说吧，自然，学者不必一定按着去作（他可以视趣味及偏好而进行），他可以自15及16世纪中读布栾特（Sebastian Brant）①，读穆尔诺（Thomas Murnor），费沙尔特（Johann Fischart）②，萨克斯（Hans Sachs），卫克拉姆（Joerg Wickram）③诸人的作品，以及路德最重要的小册子，他同样可以从为他所预备了的16及17世纪的德国文学著作之新版本〔由布劳恩

---

① 布栾特（Sebastian Brant）生于1457年，卒于1521年，是一个长于讽刺的诗人。其名著《愚人之舟》（Narrensehiff），在文化史上之价值较在文艺上之价值为尤大。

② 费沙尔特（Johann Fischart）约生于1550年，卒于1590年，是反对宗教改革的一个讽刺家。他的产量颇富，又喜改写别人作品。

③ 卫克拉姆（Joerg Wickram）约生于1520年，约卒于1562年之前，以写笑剧与散文小说著名。

(W. Braune)①打下基础，现在由包衣特勒（Ernst Beutler）、哈耳（Halle）、尼迈叶耳（Niemeyer）出版的]中，就戏剧和讽刺文的进展而选读许多好东西。在人们欲为文艺上的"巴洛克"一争议甚多的观念建造一巩固立场的时候以前，这话已同样可以应用于17世纪了。在这里，起码对于奥皮慈（Opitz）、弗勒名（Fleming）、格瑞菲乌斯（Andreas Gryphius）、格里默尔霍逊（Grimmelshausen）诸人之一个整个的认识所需要者是有了。这里所说的新版本，是和那久已脍炙人口的《施徒嘉德文艺协会丛书》（Bihliothek des Literarischen Vereins in Stuttgart）同样受欢迎着。关于18及19世纪，现在不只对大作家之重要著作有了研究，即对二流或三流的人物也有着贡献。屈尔施耐（Kurschner）②的《德意志国家文学丛书》（Deutsche National Literatur），对德国文学作品或则是全集，或则是精选，有导言，有注释，堪称十年以来最佳之本。最近有承继这种地位的书，是《德国文学丛书》，一名《在演化线索上之文艺的艺术家与文艺的文化思想家的总集》[Deutsche Literatur Sammlung Literarischer Kunst und Kulturdenkmaler in Entwicklungsreiben，由来比锡城小腓力普-瑞克拉姆（Leipzig Philipp Reclam jun）]出版。这些值得感谢而同时规

---

① 布劳恩（Wilhelm Braune）生于1850年，卒于1926年，是海德勃格（Heidelberg）的大学教授，日尔曼语学者，出版家。

② 屈尔施耐（Joseph Kurschner）生于1853年，卒于1902年。其所出版之《德意志国家文学丛书》系由专家编校，包括古代作家至十九世纪的作家的名著，凡二百二十二卷。

模非常宏大的总集，是由于文学科学之综合考察与范畴化的新方向而产生的，因而其中一部分已证明是达到最高的丰富结论，并予人以无穷鼓舞了。只是这些书在种种的排列及卷数上是未能同样整理的，因此就入门的文学研究者的需要看，便不免使他对科学的研究有些眩惑，且容易养成在一定的成见之下而有所取舍，其知识和判断之获得也势必限于既固定而又窄狭之一途，这与事先无固定准备与未设有目的的材料之所应影响于他者就绝然不同了。所以在采取这些大的总集时，也许需要有些批评的见地的。至于其他无数新版的选集和丛书，现在不想去提。它们对于自16世纪至20世纪的德国文学之总的进展的了解上也许很有用，这是因为它们却还并非着眼于学者在何处以及向何处造成其一己之见地与知识的，却是让学者只得此材料而已。可是这种丛书和选集太过于拘谨了，把材料也都弄得太破碎，太支离。为练习及自修计，有用些的书或者是扫迈尔非耳特（M. Sommerfeld）和许多人在不久以前出版的《文艺史丛书》（Literarhistorische Bibliothek），由柏林容克与颠霍普特书局（Junker und Dunnhaupt）发行。关于巴洛克抒情诗，关于浪漫派抒情诗，以及自1880年至1930年最近的抒情诗等卷，都是按诗的题材排列的。这样一来，每一卷便都可使人明了在同一题材下之文艺史上的变化与可能状态，以及个人的技术如何，并可依此而加以探求了。由此不但文艺"史"的景色可以分明，而且文艺的趣味培养也被推动着了。同时风格史之应存在，也便毫无疑问了。为研究风格演化与风格批评的话，我却还可以介绍在来比锡由封·哥瑞厄尔慈（Otto V. Greyerz）于1929年出版的两本小书（卷一已有第二版，书名是《犹里乌斯·克令克哈尔特》（Julius Klinkhardt），对受学院教育的人颇有用处。书名是《风格批评之练习》，一名为《语言的风格感觉练习用之缺名原著试题》（Soilkritische Ubung Namenlose Textproben zur ubuhg des Sprachltchen Stilgefuhls）。这部书是缺名的，所有答案只可寻之于附录中，它使人从一作家之一小部分作品中而可检定（Bestimmung）其风格。这部书使文艺史家欲将某种艺术品或某种艺术品之一部分，归之于某一作者，某一时代，某一派别，或欲确定其性质时，其进行乃如一艺术史家所进行者然。哥瑞厄尔慈这两卷书，卷一包括无韵之文，卷二包括有韵之文，都可以使学者清清楚楚地知道，在对于一种作品作所谓文字艺术的研究时，是永远离不掉那文字艺术所包括的精神的内容之评价，以及那诗人的整个面貌之评价的。歌德说得好："文艺原无皮，又无核；一气呵成浑然在。"（Dichtung hat weder Kern noch Schale alles ist sie mit einem Maie.）其他可供给风格分析的知识的书，也还有许多，但是哥瑞厄尔慈的这部，却仍不失其优点。

对于初学者，在研究巨大的综括的文艺史的著作以前，在听关于叙述整个时代的，或者在一种系统的说明之下而讲文艺之本质和形式的书的讲究以前，却先研究研究那18世纪及19世纪的作家的集子上的导言和批评，或者是颇有裨益的吧。假若你手头有这种所谓校勘本子，这种本子是往往把一种集子的如何编成以及版本经过如何变迁都考证得十分详细的,那么,即使你对校勘的语言学(Textphilologie)抱有偏见,你也一定不致(那往往是成见使然)忽略去研究这方面的工具了,你又一定可以立刻承认,在这种种版本的变化之中,你可以得到关于原著的形式和内容之诸多洞见,并且否则在随便一眼之下,出自一种有着成见的与泛泛的态度而孟浪将事时,便不会得到了。

其次,你可以进一步研究学术上的所谓专门论文,亦即文艺科学上关于单个现象或一部分现象的记述,这是传记性的著作之初步工作,这在玛尔霍兹是已经提过的了。你看了后,或者乐意被引入相邻近的道路里去,同时那手头的一部分文艺科学的材料也许提示你作某一个专题的尝试。因此,你便逢到科学上窄而深的工作之知识了,这是见之于定期杂志中,或者见之于许多独立的论文集刊中的。你在这杂志或集刊(那多半是由一些代表的专家创办,为便于其弟子们发表研究计的)中,可找到许多论文,这些论文你越看,你将越被摄引,其动人处尤胜于在广大的读众间所流行的所谓文学史。你可以遇到许多文章,都是你自己的工作之方法论上的模范。关于研究杂志上的论文,似乎应当首先侧重那就现有的材料而往一种"精确的"(exakte)方向努力、又并不失为从事于窄而深的问题的,这就如《德国古代与德国文学杂志》(Zeitschrift fur deutsches Alterum und deutsche Literatur)[1],

---

[1] 《德国古代与德国文学杂志》,原名《德国古代杂志》(Zeitschrift fur deutsches Altertum),创刊于1841年,至1876年始易今名。

《德国语言学杂志》（Zeitschrift fur deutsche Philologie）①，尤可推荐的则是《文学史杂志奥伊佛瑞昂》（Euphorion，Zeitschrift fur Literaturgeschichte），《歌德学会年报》（Jahrbuch der Goethegesellschaft），《日尔曼罗马月刊》（Germanisch-romanische Monalsschrift）②，《新语言与新文学之研究报告》（Archiv fur das Studiumder neueren Spracher und Literatur），而《文学科学与精神史季刊》（Vierteljahrsschrift fur Literaturwissenschaft und Geistesgeschichte）②是为对于基本材料有着成熟的知识和巩固的见地的人看的，价值更为丰富，学者可由此以窥见近年学术界之概况，许多饶有意义的文章正都发表于此。

举凡学者的见识、体会、分析能力、判断能力等之扩大，决不是由在大学里听取的演讲与练习所能为力的。现在可以郑重地讲，任何独学，或任何听讲，都不能取那为人所周知的学院派的训练之生动的效能而代之。所谓学院的训练，不只在实践中所具有的说出的文字或说话的人格之暗示力，以及科学性的整理工作之活泼性，却更在对于材料之态度，对于材料之选择，对于更进

---

① 德国语言学杂志，创刊于1869年，于1926年起，改由默尔柯与斯塔塔姆主编，以研究中世纪的语言与文学为主旨。

② 《日尔曼罗马月刊》，于1909年创刊，由施吕德尔（schröder）主编，侧重语言学与文学的研究。

③ 《文学科学与精神史季刊》，详名是《德国文学科学与精神史季刊》（Deutsche Vierteljahrsschrift für Literaturwissenschaft und Geistesgeschichte），于1922年创刊，为专攻精神科学的期刊。

一步的途径之提示，以及为学院的训练之唯一无二的性质所产生的特别对于学习有益并作为学习基础的指导方针等。于此不能不指出，无论每一种书或每一种著作往往经过新的研究（决不会有所重复）而得到如何新的补充或新的整理，初学者却必须立足于科学的研究与见地之最后立场上，歧然不变的。

现在对于目录学式的工具和参考书等的兴趣，颇为浓厚。甚而现在目录学式的工具对于学习和研究工作，在初学者是不可或缺的事了。基于一种对事情要尽可能地观察详尽并欲从各方面去作整个观察的迫切要求，初学者在这目录学式的工具书中所见到的，已不是一堆死的标题与数字了，却是正在跳动着的精神生命，在这里只须加上一种凝而为一的作用，便可重获其活泼生动之态了。这一类的工具书很多。为避免混淆起见，现在只举不可动摇的和够称标准的几种：首先即为玛尔霍兹所誉为堪称科学的一定的演进步骤上的成绩的高戴克（Karl Goedeke）著的《德国文艺史之基础》（Grundriss zur Geschichte der deutschen Dichtung）一书，以及与之相关的按年出版的系统的《德国新文学史年报》(Jahresberichte fur neure deutsche Literaturgeschichte)，并继续此年报的《德国新文学年刊》（Jahresberichte fur neueer deutsche Literatur）。为得一种粗略的指示方向的参考计，报章杂志中所给的文献书目也不能不注意，就中特别如《德国书业新闻周报》（Wochen tlichen Verzeichnis der Nevigkeiten des deutscheu Buchhandels)，尤不能忽略。其他特殊的参考书目，现在是不去谈了。因为这里只是为初学者供给重要的，必需的，不可或缺的，或大端节目而已。至于细微之处，学者顺了这里所说的做去，自会得之。

现在谈到研究真正的文学史了。我要奉劝学者，不要接触那学校中的教科书，以及德国文学史简编之类。同样不要向之问津的，是那些通俗的及为所谓一般的教养计而编的许多书，那只是馈送的装饰品而已，又如同那装订好的古典全集然，只为市民阶级的舒适家具中之摆设物而已。关于此种无数的附图或不附图的书之权威性与有用，并其世界观的、自叙性的、政治意味的多种立场（我也不必专指），是无可反对的。只是这种书造成了一种典型，在其无独立性上，在其审美的与历史的评价之堆垛性上，在其叙述的呆滞性上，作了作家、诗人、并科学上的攻击目标，是有道理的。这些书把人自求学时起就将文学及文学史的趣味给破坏了，而且负荷了一种罪恶，这就是使我们这一民族中的普通分子对于文学史学与文艺科学为何物之一事造成一个很不清楚并完全是肤浅的印象。有人说，只是烧掉这许多文学史（实在是成为一类，而且倘若只就其写作的能力上说时，却又无可指责），那真正唯一的文学史才会开始呢。同样可以奉劝学者的，是不要"首先"接触那最近出版的科学上的新著，虽然学者在此处未必吃什么大亏。学者最好第一步即接触关于德国文学史或关于德国某时代的文学史之已成为古典了的叙述，像19世纪所产生的：例如日尔温奴斯（Gervinus），海特诺（Hettner），犹廉·施密特（Julian

Schmidt），舍洛等的文学史，以及特赖柴克（Treitschke）的《德国史》之叙及文学的部分等。又有在今日为人忘却的两部文学史，也值得推荐的：这是莱姆克（Karl Lemcke）著的《近代德国文艺史》卷一，《自奥皮慈至高特施德》（Geschichte der deutsche Dichtung neuer Zeit, Bd. I! Von Opitz bis Gottsched 1871），和希耳布兰德（Joseph Hillebrand）著的《自十八世纪初叙起的德国民族文学史》（Die deutsche Nationalliteraur seit dem Anfange des 18. Jahrhunderts），共三卷，初版在1845年至1847年。关于19世纪的文学本身的进展，则可先由为玛尔霍兹所称道的R. M. 默叶耳的书而得一个大概；至于所谓现代文学，则可由封·得尔·莱因、瑙曼（Hans Naumann）以及玛尔霍兹的叙述而定下方向，或参用薛尔格耳（Albert Soergel）那在材料的收集上极重要也极有用的《当代文艺与当代诗人》（Dichtung und Dichter der Zoit）也未尝不可，这书出版于1911年。关于更近的文学，则除了瑙曼的书之外，似乎默次勒在施徒嘉德所印行的或将印行的《德国文学之时代》（Epochender deutschen Literatur），也是每本可参考，而且必须参考的呢。15至17世纪的文学，学者可自瓦耳策耳所编的《文学科学手册》（Handbuch der Literaturwissenschaft）中看菌特·米勒（Gunther Müller）的叙述。关于浪漫派，则学者不能不以海姆（Rudolf Haym）的《浪漫派》（Die Romantische Schule）——是书出版于1870年——为始，以便从海姆而进窥逖尔泰之书，如他的《施莱页尔马海尔传》（schleiermacher），及《生活体验与文艺创作》（Das Erlebnisund die

Dichtung) 一论文集，并其他著作等。里喀答·胡哈（Ricanda Huch）那十分引人入胜的浪漫主义的书，读者倘若在读过海姆与逖尔泰以后，也是颇应一读的。倘若读者对浪漫主义已经有一点知识，则在陶厄布诺（Teubner）的丛书《自然界与精神界》（Natur und Geisteswelt）中由瓦耳策耳所执笔业已再版多次的讲浪漫派的一本小书，更为有用。可以作巩固的基础的书，则有克鲁克豪恩（Paul Kluckhohn）①对于浪漫派作了一种综合的了解的书（1924年）。最后，自然不要忘掉那对于德国文学之各时代各现象的大事依字母排列而极富有文学上的指示的《德国文学史词典》（Reallexikon der deutschen Literaturgeschichte）一书，这书由默尔柯（Merker）与施塔姆勒（Stammler）编辑，在柏林得·格律特尔书店（Verlag de Geuyter）出版。那永远作为传记的宝藏，每一条又都是不可比拟的精彩的，却是《德国一般传记》（Die Allgemeine Deutsche Biographie）。关于这方面的话姑止于此。至于研究此书彼书之源流如何，又研究其如何补充，如何发明，在这里是用不着说的。只是人们在研究这些叙述的书之际，不要不伴有文学的以及纯文艺的著作本身的研究，就够了。

现在人们应当如何读文艺史的著作以及诗人的作品呢？在叙述的方面，是读一部分而精，较诸读整个而粗为妙的。但在文学

---

① 克鲁克豪恩（Paul Kluckhohn）生于1886年，维也纳的大学教授，文学史家，是《德国文学科学与精神史季刊》的创办人之一，著有《德国浪漫派》（Die deutsche Romantik1924），又出版《瑞瓦里斯全集》等。

与纯文艺的作品,却须以整个了解为最后也是最高的目的。对于文艺史家及语言学家,尼采曾写过一个很好的读书指南,这是在每一个日尔曼语学的研究机关中所应当张贴了作为座右铭的。他称语言学是"可尊敬的艺术",他说:"这艺术要求那尊敬她的人,最所应当的就是,彼此的路尽管远开,时间须要置之。少安勿躁,欲速则不达。……她并教他们要善读,这就是,须慢,须深入,须思前想后,须有所保留,须如常启之门,须备有敏捷之手指与慧目。"这样读书的艺术也不难获致,只消人们在读书时持一支笔,因此随时把思想线索记下,以便统观大体并详究细目,就作到了。至于初习文学的人,写出和说出的练习也是必要的。朗诵,精读,与散文或韵文的阅读能力,则是一半靠个人的了解力,一半视所给的作品之意义如何而定。因此像今日那依据内容与形式之内在关系的文艺艺术品之测验,便是颇有道理的了。

关于研究工作的进行问题,就初学言,有一事可以相告的,即选题应当在各种观点之下而选小题,这是像一般的研究工作之起始一样,要选择那有范围而易于把握者作为对象,只是题目小虽小,却又须可以因小见大者。照作者自己的经验,在这一行中,再没有比让青年的文艺史学家一下就欲跃入所谓潮流中或一下就欲把握那近于本质性质的最后公式之类,更为害于永久满意的研究成绩的了。幸而现在的趋势——和所谓"新客观"(Nene Sachlichkeit)的口号却不相关——是归于具体、归于所谓资料、归于出发自对象与材料之根本的详细推究的高级结果之建立上。这种趋势可望招致清晰切实，与表现上的不含混性，也许将语言上的野性可以纠正，那是近十年中所养成而迫使学术性的工作不能不表明一点态度的呢。①

---

① 本文系《文艺史学与文艺科学》附录，乃李长之先生译作。见《李长之文集》第九卷，河北教育出版社 2006 年版，第 331—338 页。——编者注

略谈德国民歌

一　导　言

本文的性质决够不上研究，只是介绍——而且是简陋的介绍。其所以简陋之故，一半是我的学识不足，一半却是书少。我不知道的书不用说了，就是知道的，查过了国立北平图书馆的书目，查过了北平西文艺书的联合书目，但终于枉然。以介绍论，尚且是属于简陋的，所以当然够不上研究。

不过，我文中的话却有些是溢出于介绍的范围之外的，那便是感想。现在先总的说一句吧，我觉得这介绍在我自己是十分感到乐趣的，这并不只是因为我对于德国的事物都一般地有兴味，却是因为就这么点小部门，也见出德国学者之着重学术性，例如他们对民歌的概念，的形式，的内容之研究等便是，这些纵然不足以为我们完全效法，但也可以引为借镜的，其次则是以民歌论，我们也很可见出这两个民族——中国和德国——的生活习惯之不同来。这些都是使我在虽然努力挣扎，而介绍仍如此简陋之后，又感到并非全然徒劳的所在。

西姆劳克（Simrock）说："民间文艺的鹄的，是那民族的心声！"（Das Ziel der Volkspoesie ist dsa Herz der Nation!）这差不多

可以代表一般德国人对于他们民歌的态度。很久以来，他们便重视着。然而到现在来说，他们最古代的民歌流传下来的却不多，这缘故是因为基督教。由于基督教的奉行，对于异教徒情调的民歌便成了一厄。除了现在也已不全的《希耳德布栾特歌》(Hildebrandsliede)等之外，12世纪之末以前的几乎一无所存了。

不过那民歌的潜势总是不可当的。十字军的时代，那宫廷诗歌中已经浸有了民歌色彩。那著名的史诗《尼勃龙根歌》(Nibelungenlied)和《古德伦歌》(Gudrunlied)和真正民间的作品便没有什么区别。宫廷诗人的代表者瓦耳特尔(Walther)，耐德哈尔特·封·劳于思塔耳(Neidhart von Reuentai)，也都受了民歌极深的影响。

随着骑士时代的崩溃，宫廷文艺也便坍塌，于是便慢慢给民歌空出地方来了。我们大体上可以说13世纪至15世纪是民歌的黄金时代，至16世纪那高潮也还维持着。

至于民歌影响文艺，文艺影响民歌，则是18世纪里的事情。从18世纪后半及自此以后，所有文艺差不多都是借民歌而滋长了。以古典派的大师为始，认识民歌的优点在冲口而出。后经浪漫派，他们有许多人的诗真正跑入民间。更有许多人，完全以民歌的情感为情感，以民歌的方法为方法，因此那成功的作品乃竟和民歌不能够分了。

二　德国民歌与文艺运动

这是一件非常有趣的事,就是德国的文艺运动几乎每一步骤都是和民歌有关的。

为了打破理性主义,启蒙运动的束缚而出现在德国文坛上的巨星歌德(Goethe),席勒(Schiller),就是以民歌为号召,把启蒙色彩下的文艺之律则性,繁琐性,单调性,说教性,都一扫而空之。二人之中,特别是歌德,他在文艺中要求充分的情感,要求在表现上直接和自由,这都是彻头彻尾民间文学的精神的赐予。

当歌德二十一二岁的时候(1770—1771年),他在施特拉斯勃哥(Strassburg)作学生,受了海尔德(Herder)的指示,便搜集了不少的民歌,这是歌德和民歌结缘之始。海尔德是对于民歌十分热心的人,他反对当时在法国,德国流行着的模仿希腊,罗马的风气,他要求文艺要自人们真正心灵的深处直接流露而出,他主张好的文艺一定是代表一个国家,一个民族的,因此,他除了在《圣经》之中找到那纯朴,在莎士比亚的作品中找到那热情,在莪相(Ossian)的诗中找到那悲感之外,便是在各国的民歌(Volkslieder)之中找到那真正的文艺之本质了。歌德就是实行了海尔德学说的人。在歌德未受这种影响时,他的诗还倾向于雕琢和繁琐,但是受了这种影响之后,就完全要从自己的心,直接流露而去,又直接诉之于读者了,在那种新鲜,单纯,可歌上,的确是表现为民歌的一个好继承者。

在性格上，席勒和歌德不同，他比歌德更伤感一些，同时他时常有一种意识着的道德的目的，表现在诗里；因此他所作的故事歌，便多半带了一种说教意味的，是描述着一种斗争，结果却总是道德的力量战胜等等。然而无论如何，民歌的精神也在养育着他的灵魂。

18世纪之末，德国所谓浪漫运动起来了，首先发动在耶纳（Jena）大学里。他们不满意于歌德席勒那种向往于希腊的态度，重新要求在歌德早期作品中所表现的自由。从前为人所看不起的中世纪的生活，以为野蛮者，现在他们发生了浓厚的兴趣了，因此那些古歌也便重恢复了地位。

自从英人派尔司（Percy）印行了《英国古诗钩沉录》（Reliques of Ancient English Poetry）以后，惹起德国人很大的冲动。这是1765年的事。因此而有海尔德的搜集德国民歌，时在1778至1779年。创作方面就有毕尔格（Bürger），这是专门写歌谣体的诗的，在内容上他把诗从传统的束缚里救到真实的生活上来。到现在他的诗还最为一般民众所欢迎。前年我的朋友季羡林到德国去，刚住下，那房东老太太便热心地借给他毕尔格的集子看，叫他读。1805年之秋，阿尔尼姆（Arnim）和布伦檀诺（Brentano）把德国古代流行的民歌编好，出版了，书名叫《孩子们的魔号》（Des Knaben Wunderborn），又开了一个新纪元。歌德曾把其中的每一首歌（一共二百首），都加过批评，最后他说："这应该是在每一个怀有新鲜的心的人家里所找到的。"

《魔号》的影响是非常之大的。许多青年诗人视若宝藏。不特可以在这里获得民歌之打动人心坎的韵脚，那种幽默，以及那种对于外在的自然之热烈的爱好，而且在题材上，在形式上，在语汇上，在文法上，都成了诗人取之不尽，用之不竭的靠山。就中特别是艾欣道尔夫（Eichendoff）的诗，那种活泼新鲜，那种户外的精神，那种中世纪的影子，那种单纯的爱情的内容，都见其可称为民歌的化身了。

就在1805年，提秉根（Tübingen）大学有一群斯瓦比亚（Swabia）地方的青年，极热心于美学，又很热心于德国诗坛的复兴的，他们大部分为浪漫派的精神所激动着，此中有一人便是乌兰德（Ludwig Uhland），他的诗是这样的合乎德国人的口味，差不多便在实际上完全变成了真的民歌；他的诗也经过种种的变化，先是很富于伤感的，晦涩的，又慢慢倾向黯淡的，悲凄的，最后乃一转而为表现人类之真实的，热情的衷肠，轮廓也趋于清晰了，精神上则代表出古代德国的英雄味。中世纪的封建生活常作了他很好的题材；对于民歌的运用，他便采了最大的自由。他的才能是史诗的，而不是抒情的，他对于自然，有一种真实的感觉，斯瓦比亚的风景，常出现于他的笔端。有抒情味，而偏重于艺术技巧的，是米瑞克（Mörike），这是斯瓦比亚派最后的一个代表人物。

在1813年顷，普鲁士的军队耀武扬威地把法国军队打败了，这时便有一批歌咏自由，歌咏战争的诗人出来，就中著名的有库尔诺（Theodor Körner）。他的诗里充满了宗教气息的爱国情绪，富有献身于疆场的精神，很深的有一种人间味。因此他的诗也便非常普及。

吕克尔特（Rückerf），也是一个歌咏爱国的诗人。他也写了很多的战歌。产量极大，不过有时粗糙。在他的歌里，有一种稚气的单纯性，特别是在解释两性间的爱的时候。——这得要归功于他之善于取材于民歌。

为年轻人所特别欢迎的，则是米勒（wilhelm Müller），因为其中有青年人的新鲜血液，有青年人所爱好的谑而不虐的风趣。他那《希腊之歌》使他生时已经获有荣誉。他是很向往于大自然的，这常表现于他的诗中。此外，他的取材便是《魔号》中的内容了。至于形式，更不用说是充分运用着这古代民歌的形式。和米勒同调的则有栾尼克（Reinick）和保姆巴哈（Baumbach）。

霍甫（Hauff），也是反映民歌的精神的。他没有初期浪漫派那种喜欢神秘，喜欢畸形的成分。他的题材多半是新鲜的，清晰而单纯的，所以他有一部分诗便也变成了19世纪真正的民歌。

现在要提到海涅（Heinrich Heine）了，这是中国所熟悉的一个诗人，他是浪漫派的最后代表。他早年的诗，是深深地养育于浪漫派的精神中的。关于民歌的内容之吸取，恐怕他超过了德国任何作家。他热狂于梦幻的世界，但是他的环境是平凡的。在他的诗里，有一种完全庄严与美妙的形式，其音乐的成分诉之于每一个读者的心坎。大体说起来，他的诗是在情感上纯粹而真挚的，不过有时伤感太过，令人觉得失实。他写海上风光的几首，可说给德国诗坛上又增加了一种新元素。

我们把浪漫运动中歌谣和文艺的情形说过了，我们再看此后以及最近的情形。1830年到1848年，是德国政治上一个转换期，全德为革命的气息所充满。因此抒情诗的内容，乃多半以政治与社会的问题为中心。这样血型的人物便是海尔维（Herwegh），他呼求自由与独立，反抗奴性和怯懦，他的诗虽然流利，却也很注意修辞。施特拉哈维慈（Strachwitz）也是这一派，不过缓和得多。霍甫曼·封·法莱尔斯勒本（Hoffmann von Fallersleben）则是除了在他的政治诗中也颇激烈与革命之外，却很浸润于德国古代的精神之中，这在他的《夜歌》（Aendlied）里表现得尤为清楚。这些人也都是受了民歌的影响的。

1848年的革命失败了，空气又一变。自1848年到1871年间最普及的诗，是艾曼奴厄耳·盖贝耳（Emanuel Geibel）的作品，他的思想比较保守。然而却并不掩其热诚与英气，他的情感也很深，很浓，而且很真。他的诗有史诗的活力，刚性，而富有生命，这不能不归之于他自民歌中所得的裨益。他也很受乌兰德的影响，他像乌兰德一样，对于自然极其爱好，又有德国人一般的爱生命，爱希望，积极和快乐。

由于俾斯麦之手，近代的德国走上统一的路子。不过似乎没有余力致力于诗了，有的作家也大都在小说和戏曲里发展。话虽如此，却也有值得一提的几个人物，例如海塞（Heyse）表现出南国的色泽和光彩，施托谟（Storm）表现出北方的朴素与单纯。施托谟的《意门湖》，早已在中国青年人的心目中留下很深的印象了，他的诗却也像他的小说，对于自然极有好感，同时富有回忆的情趣。C. F. 迈叶尔（Conrad Ferdinand Meyer）也是这时的大诗人，不过走入象征和哲理上去，不是淳朴和民间的了。

作歌谣很好的有泰奥道·方（Theodor Fontane），那跳动的音节，活泼勇敢的内容，以及其新鲜，有力，都使他的作品脍炙人口。

尼采（Friedinch Nietzsche），里林克朗（Detlev von Liliencron），施泰帆·乔尔歌（Stefan George），这自然是德国近代的大诗人，不过他们和民歌的关系不如我们说过的那些诗人那样密切，所以我们可以不谈了。

总起来看，大抵是德国的每一个时期的文艺运动，都有民歌的影子。凡是大诗人，多半有这里吸取其内容，采用其形式。关系尤为密切，几乎与民歌相依为命的，则是浪漫运动，我们晓得那反对浪漫运动的启蒙派如尼考莱（Fr. Nicolai）同时便反对民歌，可见其中消息。中国历史上的文艺运动，往往以复古为解放，德国的文艺运动却往往以民间艺术为生力部队的援军，这是很有趣的，同时也是很有道理的：因为二者同样有没受过雕琢的生命力，其中有同样真的肉和血。

三　德国民歌概念之由来及其现势

这是德国学者的特别处，他们很注重概念（Begriff）。这缘故，是因为他们对于理论的思索有兴趣，也有习惯。他们决不采一语道破的办法（我常觉得"一语道破"其实是"一语道错"的），他们也决不采先不要管，混混沌沌地得过且过的办法（讨论是有的，但不禁止别人相反的意见），所以在他们任何一件事物，总是一个学说一个学说地此起彼伏，层出不穷，结果非常充实，因此才成其为"学"（Wissenschaft）。而他们首要的工作，尤在清楚概念，因为概念不清，则学问的对象不能确定，学问的范围无从说起，学说无从建，体系无从立，这在他们总是不满足的。在这种情形之下，民歌并没作了例外。

"民歌"（Volkslied）这名字之起，是开始于海尔德。这原是英文popular song和popular poetry，法文poésie populaire的译名。海尔德在1773年作了一篇《关于莪相与古民族诗歌》（über Ossan und die Lieder alter Valker），在1778年出版了他所搜集的《民歌集》（Lieder des Valkes）。他所以注意民歌者，是因为受了卢梭的影响，认为凡是自然的就是好的。同时英国人那部《英国古诗钩沉录》（出版于1765年）所给的德人的冲动非常之大，海尔德便也是受了这冲动的人物之一。这时候，就是很理智的莱辛（Lessing）也论到过litauische Dainos，这见之于他的《通信集》三十三。

不过后来的学者对于海尔德不大满意，认为他没分清楚"自然民族的产物"（Erzeugnissen der Naturvölker）与"文艺"（Dichtungen）的区别，这却是在16世纪已经为法国人蒙田所知道了的。"自然民族的产物"，并不是民歌，只是"大众诗"（Gemeinschaftsdichtung），其价值是人类学与民族心理学的，而不是文学的。

歌德受了海尔德的指示，在施特拉斯勃哥，曾搜集莱茵河岸艾耳萨斯（Elsass）的民歌有一年之久，后来便成了一本书，在1779年问世。其概念与海尔德当然差不多。

专门模仿民歌的诗人毕尔格，在1776年写过一篇论文《对民间文艺之倾心》（Herzeuserguss über Volkspoesie），发表在《德意志博物院》杂志（Deutsches Museum）上，他却和海尔德的错误也相同，便是把民众（Volk）和村俗（Pöbel）相混淆了。

反对民歌运动的启蒙派尼考莱，这时却也出版了两卷民歌集，书名叫《小巧一历书》（Eynfeyner cleyner Almanach），他原是为反对民歌用的，但其出版（1777—1778年）反在海尔德的书之前。海尔德的书，有一个缺点，就是没注意到谱，尼考莱这本书乃时而有谱了，因此这本书反倒成了民歌的功臣。

格雷特（Gräter）对于民歌，则特别注重口述的价值。

A. W. 施勒格耳（A. W. Schlegel）一出，对于民歌的概念一变。他认为民歌的作者就是下层社会（die unteren Gesellschaftsschichten），决不是真有这么一个个人。

浪漫派和格利姆（Grimm）对于民歌，是以神秘视之。他们认为民歌是民众间不带个人色彩的生发物，纪念品。他们着重民歌的民族性，这和海尔德以来着重世界性者不同了，因此在民歌的研究上也便得了一个新方向。

乌兰德在1830年作《古代德国文艺史》（Geschichte der

Altdout-schen Poesie），其意见和旧说差不多。可是到了1845年，他作《德国民歌论》（Abh über deutschen V.er），就认为民歌终究有"个人"作为"发动者"（Urheber），不过大众的力量超过于个人。其实他这点意思在1830年就已经多少透露，他说民歌中有"优美的个人的特色"（abschleifen individueller Eigentünclichkeit）。这种学说的先驱是弗里得里希·施勒格耳（Fr. schlegel）。在他认为原来就是艺术家的作品，经过人们唱得不完全了，换言之，就是唱坏了（Zersingen），而跑到民间（volkläufig）罢了。现在我们就实际上看，的确有许多诗人的作品，跑到民间，而变成了真正的民歌。其形式有改动的，但也有原样的，前者如在提洛耳（Tivol）地方流行的歌德所作的《小小花，小小叶》（Kleine Bumen, Kleine Blätter），后者如歌德所作的《小玫瑰花》（Heideurösklein）：

　　一个小孩儿看见小玫瑰花儿正开，
　　小玫瑰花儿开得野生生，
　　像早上的太阳那么鲜，
　　他快快跑，靠跟前，
　　他心里是说不出的喜欢。
　　小玫瑰花儿，小玫瑰花儿，小玫瑰花儿红，
　　小玫瑰花儿开得野生生。

　　小孩说："我折了你吧，

小玫瑰花儿开得野生生！"

小玫瑰花儿说："小心我扎了你；

这样你就永远想着我，

我可不吃这个疼。"

小玫瑰花儿，小玫瑰花儿，小玫瑰花儿红，

小玫瑰花儿开得野生生。

那野性的小孩儿就折了，

小玫瑰花儿开得野生生；

小玫瑰花儿抗了抗，扎了扎，

可是小花儿疼也吧，叫也吧，

小花儿不得不走这一程。

小玫瑰花儿，小玫瑰花儿，小玫瑰花儿红，

小玫瑰花儿开得野生生。①

又如海涅所作的《女妖劳瑞莱》（Die Lorelei）：

我不明白，这应该指着啥，

我这么伤心；

---

① 这一首歌曾经被海尔德误当作民歌而收在他的民歌集中，其能混真一如此，后来歌德又自加修改，成了现在这个样子。大意是说女子的命运的。

首句为 Sah oin Kuab'ein Röslein stohn.

古时候的一个童话,
叫我离不开胸襟。

风凉了,天已暗,
莱茵河静静地潺,
峰峦闪烁着
入于落晖的云烟。

那最美的少女
坐在岸上流连,
她梳她那金黄的美发,
金黄的宝饰耀眼。

她梳发用金黄的梳,
她又唱了一只曲:
这曲有惊人的
强而有力的音符。

小船里的舟子
乃有了焦躁的悲哀;
他只看见上空,
他没看见船坏。

我知道，海浪

终于要把人和船吞掉；

这就是那只曲

女妖劳瑞莱唱得奏了效。①

还有艾欣道尔夫所作的《在一块凉的广场》（In einem kühlen Grunde）：

在一块凉的广场，

那里有一所磨房；

我心爱的人没了，

她曾在这里来往。

她曾允许我不变，

所以给我个指环；

谁知她那心改了，

我这指环也坏了。

---

① 海涅，生于1797年，卒于1856年。这首歌在1824年第一次印出。他这时正旅行，为的是排遣他因为不能和他表妹 Amalie Ileine 结合而陷于失恋的痛苦。这首歌，Sileher 在1827年为它作了动人的谱，后来便变成真正的民歌了。女妖劳瑞莱的故事是在1802年为 Clemens Brentano 所创，劳瑞莱乃莱茵河 St. Goarshausen 附近一个很有名的峭壁。现在中国的大学生也有很多人会唱这个歌，歌词则多半是英文的翻译。我觉得这个歌很有哲学意味，在述说男女爱情的命运上。首句为 Ich weiss nioht, was solles bedeuten.

我要去各处卖唱，

天南海北都走走；

我要唱我的歌谱，

挨了人家的门口。

我要去骑只快马，

在那血战里厮杀；

我要在死的夜里，

平地上放一把火。

我又听见那魔盘，

我不知道怎么好；

我死在她跟前吧，

这样就没了烦恼。①

由此可见施勒格耳那点提示不是没有道理的。

1841年，A. 凯勒（A. Keller）和赛肯道尔夫（S. V. Seckendorff）合编《布雷檀崖民歌》（V. aus der Bretangne），他在序文中曾有：

---

① 艾欣道尔夫，生于1788年，卒于1857年。此歌作于1810年，是很普遍的一首，其中有上古民歌的朴实之风。我感到他写的真，充满活人的力量和热情。

首句为 In einem kühlen Grunde.

"我这样说并不错,民间文艺者是艺术文艺(Kunstpoesie)在文学中作了古董的,却也还在国家的一部分居于继续不断的演进现象之中的。"这种学说既出,民歌便成了古诗之遗了,从此以后大家对于民歌的研究,乃不着重民间的起源,而着重民间的接受。现在坚持来源在民间的,我们称为"产生说"(Produktionstheorie),这一派以约瑟夫·泡默尔(Joseph Pommer)为代表。不问来源,认为由艺术诗歌(即诗人的作品)而变为大众遗产(Volksgut)的,我们称为"接受说"(Rezeptionstheorie),这一派以约翰·麦厄尔(John Meier)为代表。

现在的学者乃多半转到民歌之艺术问题上去,就是讨论民歌的风格。例如克瑞西(Krejöe)的研究,认为民间文艺的特色在"心灵的机械作用"(Seelischen Mechanismus)和"联想法"(die assoziative Denkweise)。A. E. 柏尔格(A. E. Berger)的研究,认为民歌的重要之点在口传,因为口传之故,音乐成分的重要乃在字句之上。

据近代民俗学家劳依舍耳(Karl Reuschel)的意见,觉得民族心理学上的对象"大众诗"是和文明种族的"民间文艺"截然两回事的,二者的混淆,乃是文法论上的根本错误。不但如此,"民间文艺"和"艺术作品"也同样不容相混,因为天然有许多高等的诗歌决不能跑到民间去。就他看,民歌的定义,应该是:

民歌是一种民间唱的歌;以内容论,以语言的及音乐的形式论，它合乎最广的地域之情感生活，想象生活；并且不被人视为私有的东西，又带了典型的姿态，至少有十年之久，经过人口传的。

（V. ist ein im volke gesungenes Lied, das naclt Inhalt und sprachlicber wie musikalischer Form dem Empfiudungsund Vorstellungsleben weitester Kreise entspricht und als berrenloses Gut betrachtet wit typischen Formeln versehen, mindestens Jahrzente lang von Mund zu Mundgeht.）

大体上，这没有什么毛病了，关于民歌概念的问题，到这里可以告一段落。倘欲知道的更详细些，则有下列各书：

莱维（P. Levy）：《民歌概念之历史》（Geschichte des Begriffes Volkslied, 1911）

劳洛（H. Lohre）：《从派尔司到魔号》（Von Percy Jum Wunderhorn, 1902）

克瑞西：《民族心理学杂志》（Zeitschrift für Völkerpsychologie XIX. S. 115）

柏尔格：《南北杂志》（Nord und Süd LXVIIIS.76）

麦厄尔：《大众口中之艺术诗歌》（Kunstlieder im Volksmunde, 1906）

永格班诺（G. Jungbaner）：《毕默尔瓦德之民间文艺》

(Volksdichtuug aus dem Böhmerwalde，1906)

同：《日尔曼罗马月报》（Germanisch-Romanische Monatssehrift V. S. 65)

潘策尔（F. Panzer）：《古代研究，德国文学，教育新年报》(Neue Jahrbücher für das KIassische Altertum, Gesehichte und deutsche Literatur und für Pädagogik XXIX S.63)

居慈（A. Götze）：《关于德国民歌》（Vom dt, Volkslied, 1921)

道尔（A. Daur）：《依确定之表现形式所观察之古代德国民歌》（Das altdt, Volklied nach seinen festen Ausdrueksformen betrachtet, 1909)

施提克拉特（O. Stückroth）：《德国民歌之章节变动》（Dt. Volkslied-wauderstrophen），此文见文学史专攻杂志Euphorion XXIS. 8 und S. 303

彭克尔特（A. Penkert）：《巷歌》（Das Gassenlied，1911）①

---

① 此文发表于《歌谣》二卷第三十六期（1937年2月26日），署名李长之。见《李长之文集》第十卷，河北教育出版社2006年版，第352—363页。——编者注

歌德童话:新的人鱼梅露心的故事

译者前记

一

在这国家存亡的紧要关头,译小说已是不大合适,译的还是童话,天大的理由,也是罪不可恕。

如果,读者这样责备我以大义,我自然觉得无所逃于天地之间,我只好学徐志摩在猛虎集序里的调子:您们还是不责备我的好。在这地方,自然,我不敢抄袭徐志摩那样"这些,我全知道"的勇气的话。正是相反,我现在是糊涂到家的人了,我什么也不知道,我想避免责备,并没有旁的意思,只是想请读者暂缓处置,先腾出时间听听我的原委、心情而已。

我有这样的想法,也许就是十足的糊涂的想法,那也不打紧,正是本色呢,我认为:人人的心是相同的。我本着这个糊涂的立脚点——你不要笑,傻子也有立脚点,人人都有立脚点,都想用个人的立脚点来欺骗自己,以贯彻自己的愚妄,——我敢读世界上任何名著,我信那些伟大的作家的灵魂,都会在我的心幕上浮动;我敢向世界上任何一个人公开我的心,我信谁也不至于拒绝我：因为我们在心灵的深处，有着相同的感印。

我是读书很少的人，严格说来，还没开始读呢；但是，我是很信书的，至于是我误会书呢，还是书欺骗我呢，恕我糊涂，答不出。在以前，读过朵斯脱夫斯基的《罪与罚》，我中了个人类有着灵魂的深处的可爱，并不被污秽垃圾埋没了它的美丽的信念，及至看到朵斯脱夫斯基夫人所作的《朵斯脱夫斯基回忆录》，看那位作家在狂赌狂饮，连性命都不顾的时候，那是显示着：人类对于一己之希冀总那样的执着，就像无论如何"输"总盼那渺茫的万一的"赢"的意味；然而，人又是如何的熬不过苦处，想在麻醉里讨那霎时的暂忘。比这苦处更大时，便反而不想逃避了，倒要在苦处里求那更大的苦处的解放和慰安——这是在《罪与罚》里比较着更清楚的。人，永远在向善，永远在希冀，纵然被苦痛所钳制。我因而想，世界上唯一可斗争的事，便是把这些人类的美丽的灵魂，解放得可还其原有的面目，使人类能自由地完成其向善，不必再在苦痛里热切地煎熬地执着于希冀而终悲哀于幻灭了！

听说朵斯脱夫斯基现在在俄国不吃香了，并且还开过咒骂他的会，中国的批评家似乎该加倍地挖苦他才是，截至现在，那样稿子还像没出世，也许是觉得值不得挖苦了——因为中国总是比别国进步的。然而我却不能不承认，我是"落伍"了，假如我赶上过"伍"。究竟这些事还是让别人去说的好，我只是抱着如上所说的印象罢了。

还有，我读过那武者小路实笃的《一个青年的梦》，一个印象永驱除不去我的脑际，便是在战场上两方敌对的兵士互送烟卷的火的事。人作了多少愚妄的举动：战争，牺牲了多少可贵的机会；相爱！为谋解放战争是必需的，但已经是万不得已的路了；违背了解放的而陷在循环的报复的愚妄的圈子里的，同时又是操纵于少数可诅咒的恶魔之手里的战争，无论如何是反对的！

以上只是先前的意见，已经是糊涂的意见了罢；因为在现在我糊涂得厉害了，所以连糊涂与非糊涂，我也糊涂不清了。

现在呢，我却也同样地见国旗在天空里招展时，我不禁有着喜悦的骄傲，我听了喊我们的国家万岁的时候，我却也同样地觉得鼓舞，奋勇，在近来特别还有亲切悲壮的深感。

我不是比从前聪明了些吗？我明白爱国了！爱国就希望国家好，首先是希望国人生活得再深刻些。

歌德正是深刻的充实的生活者，他是国难中的明星，他生在德国国势不振的时候。然而德国终于强了，把他的东西译点出来，看了总有好处。也是区区的微意了。

中国民族还有更重大的使命呢，现在遇见她的空前的巨大的危难了，都也是给她一个间不容发的试验，又是给她一个苏醒的振奋的良机，必定能从生活深刻化里自危难中奋斗出去，陶铸成堪担当得一切的民族了吧，我热切的希望着。

在这童话里，说着一个人曾失了伟大，变成小人，又恢复原形的事。巨人呵，恢复巨人的伟大，强健，煊赫，和威仪呀！那是中国的象征；我遥望着。

但是在另一方面，我仍不禁想麻醉，我除了想在大自然里把我的精神注往那美丽的匀和的结构外，我还想在虹之国里会晤天真的精灵。这个译文就算我泛人类思想和国家情感的挣扎中的一点纪念吧。

今年恰巧是歌德百年忌，对我译书倒是偶然的事。

二

我对于这童话的著者歌德，不能不说几句话，一来一本翻译照例该有点原著者的介绍。二来我真乐意谈他呢；但我可不是想作他的传，他的年谱，或者他的著作目录等等。固然由于那些东西已经有许多"现成"的，我懒得搜集——说句不好听的话，便是懒得抄袭；然而最忠实而正当的理由是：我不能。我现在要说的，只是像我对鲁迅一样的"在我幼稚的心里，有我幼稚的崇拜和景慕"（读《鲁迅在广东》，见1929年6月《华北日报》副刊）罢了。

说来也巧，就恰在去年的今天，2月5日，我在郭沫若译的《少年维特之烦恼》第62面上写着这样的话：

> 我许多次想读这本书，总读上一点儿即止，这也或者是根于我太好持反对的态度的缘故吧：我见有许多人读这本书，我便往往偏不读它；今因对德文原本看去，才知道

从前不看此书真是再傻也没有的事了。这本书里，有的是活力，有的是道着人类灵魂的深处！

是的，我至少有十几次开头读这本书了，没有一次读得下去，我现在追忆那时的心情，好像是，因为书里所叙太偏感情（更恰当一点地说，是爱情）一方面了，我觉得太腻，我觉得不耐烦，我觉得不痛快，而且题目也给一个反感：我有什么"烦恼"的呢？没有"烦恼"却看什么之"烦恼"，把"烦恼"招惹来了，可不是自寻"烦恼"吗？我那时头脑的简单有如此者。——虽然现在也还没超越过简单。

我记得，1929年的夏天，我住在北平景山东街，我同老龙住在一起，那时我还没很认识老龙，还没觉得他有多么令我敬爱的地方，我也还没知道他是如何的笃厚，天真，爱小朋友，有着聪明的卓锐的见解，只觉得他有点奇怪，他白天大睡其觉，夜里演弧三角和立体解析几何；那正是从他的床头上，才见了一本永远放着的被他读得稀破的书，便是《少年维特之烦恼》——他究竟读过十次抑是二十次以上呢。我可忘了，他告诉我过；我从此才时常徘徊在心上，想读它，——然而我的眼皮挡驾。阿尔志巴绥夫，安特列夫等革命前夕的恐怖和个人威惧的作品，反而能摄引我的视线。

再往前说，六七年前，王文长兄常向我宣传歌德。对维特也不断讲。可是没有什么印象，除却了这个名字。

我学心理学，讲到学习时，不，也许是论"天才"，作书的人便举出科学家兼文学家的歌德来，我也很漠然，我反而误会得以为这也不过如中国的作家在想当年也受过点科学教育罢了，算得什么？

我的朋友希逋，他有一次，送给各个朋友一张小画片，后面却写上三两行有名的诗句，贴合那个接受画片的性格。只有我收到的画片上空着。他说我又爱文学，又爱科学，只有拿歌德的诗句赠我才好，可惜手下没有歌德的诗集，没法写，请我自填。说真的，就在此际，我还仍没以为歌德能令我神往。

简单地说，直至1931年，我纵或听了人家说歌德是如何的伟大的人物时，曾无意识地点头赞同，然而，我绝没有感到这"伟大"一个形容词的含义之亲切。

我对于歌德的认识，在过去既曾是如此漠然，同时又没有谁给我深深地介绍过，您对于那我是如何的偶然的发现了我这崇拜的对象的事，该不会愕然的吧。那只是去年开头，由我挚友豫园邀我往北京饭店看德国游行戏园演的《浮士德》，我单怕不懂那故事是看出不兴味的缘故，遂在开演前的半天忙把郭译本浏览了一下。本来，听不懂德文，去看德人的演剧，是件再可笑也没有的事，然而这次却给我很好的机会，使我起了对歌德的兴趣，我这次的读译本《浮士德》也不是第一次了，但得了与从前迥然不同的印象，一个旁观者漠然的味觉而为被摄引的欲罢不能的直然是剧本的参加者的兴致了。那天，我的日记上记着：

昨天一天不痛快，真心神不宁，今天一天痛快，并不是因为看《浮士德》后才觉得。一起身便极高兴。峻要把 poems of Sholley 给我，这也是十分可欢喜的了。此次读《浮士德》确较上次为佳，因知书还是一气读完的好。书中用意很明白：浮士德博士，自己也说：感情与理智的冲突，那在赈灾时他毒过的人，还要以为恩惠而谢他；以及靡菲时特催浮士德写证明书时说解释宇宙问题还不是大欺诈，都很警惕，不过并非全书精神所在。可爱的是万分努力的，人间的，深深探求的浮士德那副彻底的精神。剧场的感想也是如此。……（1931年1月14日）

我从此才拼命的读德文，期能读歌德的巨作。隔了半月的日记上。记我读《浮士德》原文和兴趣：

细观 faust，太好了！！！真令人忘倦。garten 一场，写 faust 之伟大深厚，Margarette 之天真活泼，被 Mophietopheles 同 Marthe 的衬映，生动极了。两对上来下去，也没有觉着呆板的意味。（1月29日）

有人责备我，德文这样浅薄的程度，如何能读歌德的作品呢？这是不了解我的心情的，我并不是因德文而读歌德的名著，正是相反，我是因为歌德名著才使我不懈地攻读德文呢。

我平常有着这样的偏见，也算是迷信罢，我以为愈是名著愈不难读，这句武断的话本身之真实性如何姑待证，可是给了我大无畏的勇气。不知为什么，我后来，竟觉得德文有特别的美了：音调的清晰，形容词的丰富，句形之与中文的相似……自从见了歌德的少许的作品，我竟像发现了另一个世界似的；我的心向往这个世界，我整个的精神左右的悬浮在，上下地漂动在这个世界的天空。我开始了解什么是人，我开始认识什么是伟大的作品。歌德虽不是我的唯一的崇拜者，但他是在我的最所崇拜者之中。

关于维特，我后来的日记上曾写着我那初读时是如何地兴味：

> 我今早看书，看Werther，真正到入神的地步了，我是在图书馆里的，我以为才读两个钟头，其实是三个半钟头了。（2月6日）

> 维特读后，令人满意的是那书中主人热烈的脾性，感情和理智充分深刻的发展着。与读浮士德得有一样的印象。（同日）

次日的日记上，又写着：

> 夜里，只至校中电灯息了（一点钟了。）我看Werther的兴趣还没完，因为我没预备洋蜡，我便用手电筒照着读完了数行。我才觉得，好的文学，只是人类的感情。但是

作者非亲自体验得来的，却决写不出。许多大著作，多半是自传的性质，也就是最好的证据了。如红楼梦，The Vicur of Wokofield, Faust, Werther。……

那时我在北大读书，北大的规矩，晚上电灯一点才熄，现在又提早到十二点了，附带说明一下。我可以说，这是我从来所有的读书兴趣最浓的记录，使我忘了时间，忘了昼夜，非身历其境的不能体验这种滋味。在从前我读的书，纵然十分深切感动我的。不过使我的情绪半天为那书所撩扰，如小仲马的《茶花女》，或者令我不自主的落泪，如武者小路宝笃的《母与子》。但没有能把我全部精神吸引了去的，有之，则歌德之作品维特耳。我从此才觉得如果有人问我第一部爱读的书是什么时并无踌躇思索之必要，我能立刻告诉他："维特！"

那是歌德的"维特"，它援引我登了文学鉴赏的高峰，使我在这高峰上能够远瞩近瞻许多文学之国里的奇境，它给我了鉴赏文学的味觉，使我永不绝口地说："读书还是读名著，真解馋。"

自此以后，我便"看歌德的书一两句也喜欢，因为他的话决没有浮浅的"。(2月24日记) 而且，"我现在才知道，歌德的文字，像维特一样的实在很多，太可爱了"！(10月12日日记)

三

童话这个名词是从日本来的,据说是在18世纪里由东京传于骨董集中首先用的,原来只是儿童小说的意味,在现在自然是特别指着一种文学上的体裁和内容了。

赵景深君曾下了这样的定义:童话是从原始信仰的神话里转变下来的游戏故事。他这样说法,也未尝没有部分的真实。不过好像限于流传的传说的意味。

正当的说来,童话在西洋的原名,英文上叫做Fairy Taks,德文上叫做Marchen,二者的含义有着来源的不同,现在用去并没分别;但我以为德文字的来源更近于现在所谓的童话的内容。而且我现在译的是德国大诗人的童话,更应当明白这个德字的定义。

我查 Brockherj, Konvor atiäng–Lexikon 和 Mere konvorations–Lexicon二书的解释,还是后者好,我现在就采它的说法:

Marchen ist diejenige Art der erzählendon Dichtung, in der Sich die Uberlebnisto des mythologfschen Denkens in einer, der Bewusacseinstufe des Kindes angepassten form erhalten haben。

我译:童话是叙述诗的一种,那是在适用于儿童的想像的步骤之形式中,把神话的思想之痕迹保持着。

我以为这个定义再确切再好没有了。在那书的这条底下,还更说这个字Märchen的来源,是由于古代的德字Maere来的,那意思即是erzahlende poesien——叙述诗——的意思即在中间,这个字又变为Spel。还说，Märchon有两种，一是艺术的童话Kunstmärchen，一是民间的童话Volkmärchen。

歌德的童话，写成文字的，虽只有三篇。（童话Das marchen，新的巴黎的故事Die neue Paris和新的人鱼梅露心的故事Die neue Neiuaine）但他一生，可说都与童话有关系。他小时便从他母亲那里听来的故事中养育他的幻想的天才，他到了七十五岁的时候，还在日记上记着他与孙儿讲童话的事。至于在此中间，他无时不向人讲童话，他在叙述里把童话随着创造下去，他创造出来的，也就不断叙述。

现在所译的这篇《新的人鱼梅露心的故事》，原是收在《维廉游记》中，但据歌德自己说，却是创作了经过十年之后，常常向人叙说的，甚至都能背诵得出，默写得出了，才写将出来的。可见这篇是他很费心血的东西。

大意是叙一个旅行家奇遇的故事，他遇见一个神秘的女友，那位女子能够有两种形体，一个是如常人的样子，一个却是小得厉害，可以放在小匣里的，那位旅行的青年，因为爱这女友的缘故，曾一度牺牲了常人的大小，也缩成小人儿，跟到小匣里去，后来他因为忘不了常人的伟大的躯体，又逃脱了。

至于这篇故事的命名，不过取梅露心之以人鱼而与人类结婚，有这样相同而已。

梅露心为法国传说，至1387年始为法人Jean d'Arras编成书。

这童话中神怪的小匣，似乎是格利佛游记的影响。

有人说这故事是歌德的自况，那女子乃是泽森海娜（Setenheim）牧师的女儿富利德利克（Friedrrike）。歌德顾念个人前程的伟大，犹之乎童话中主人忘不了从前的伟大躯体，遂决定离开她了。

我以为这些事只是对研究歌德的传时有注意的必要，我们在读童话时，也没有多大用处；甚而至于无聊，我觉得。

总之，在这故事里，那对于女友的忽来忽去，使他一阵喜欢，一阵懊恼，令我们感觉到音乐的美，那对于女的炽爱纵然十分强烈，但在离开时，却因为要求精神上痛苦的慰安，便浪费，便狂饮，便狂赌，便接近女人；他的女友的不至，他会咒骂，他会忿恨，但女友来了，他便只有热情地抱住她什么也不想了；这处处表现出"人总是人"——歌德语——的情绪。再后来，他因为爱那女友，甚至于把伟大的形体放弃，令我们看到为爱牺牲一切的精神；但终于他忘不掉伟大的原状，乃以"恢复伟大"为他的理想（Ideal），抱了那样的决心，受了那样的痛苦，道出了Ideal的意义，人们是在痛苦里完成那Ideal的意义：全文的意义在此，而全故事于此告终。

我们为这篇童话的亲切，生动，而惊赏，而鼓舞，我们为这篇童话的伟大的含义而提高了纯化了我们的情感：我们也要有理想呵，我们也要有伟大的理想呀，我们不怕什么痛苦呀，我们把全部精神牺牲到，深入于，这伟大的理想的实现呀！

爱是我们要的，但我们更要伟大的爱，爱是我们重视的，但我们更重视伟大的生长！全人类呀，充实地深刻地爱呀，广漠博大地生长呀！你听，歌德在前面走着，歌德在那里给我们奏着进行的曲！

童话正文

至敬爱的先生们！方才说的那些话和引言，您们并不特别爱听，我也很明白的；所以我也无须乎更多说，使你们相信我定要在这次得到无上的好评了，从我口里，确已说过许多非常生动的故事，大家都感到十二分而且是多方面的满意了，但是我敢说，今天这件故事却是比先前那些还强上许多，而且，纵然那是我在多年以前所遇着的了，现在还常在回忆里使我不能宁静，并依然希望这个故事总还该有个进一步的结局似的，您们恐怕不容易找着这样类似的故事呢。

我首先要承认的，是我从来不会打算盘，什么明天怎样，来年怎样，我很少放在心上的。我在年轻时就是如此没有远虑的，所以常常百般受窘，有一次，我决心作一次旅行，也许能够逢点好运气罢。但是我这次旅行，规模有点太大了，起初是坐上等马车，之后便坐平常的，终于不能不步行起来了。

因为我是一个活泼的青年，所以我早就有这样的习惯，每逢走进一个旅馆，总要把那旅馆的主妇或者厨房的女仆看个仔细，并且向他们表示点谄媚；这样账还可以少算点儿哩。

有一晚上，我走进一个小城的旅馆，我还要玩我那老花样呢，这时在我的背后却有个马车的声音,那是两人坐的,套着四匹马,也到了门口。我转身去看,原来只有一位女子在里面,也没有老妈子,也没有听差的。我赶快向前跑去,推开她车上的门,便问她可有什么吩咐我作的事吗?我登上车去,见那窈窕的身材,还有那秀丽的面孔,如果就近了看时,却略略有点忧愁的影子在那里点缀着。我又问了,可有需我帮忙的事吗?"哦,好的,"她说,"如果你乐意,就请您把座上的小匣子仔细着取下拿起吧,但是我要很嘱咐你,拿平稳着,一点儿也别摇动。"我小心着拿了小匣子,她把车上的门关了,我们一同进了那旅馆,她告诉茶房说今夜要宿在这里呢。

现在只剩我俩在屋里了,她让我把小匣子放在靠墙的桌子上,当我从她几个举止上看出她要独自留在屋里的时候,我就要告辞了!临告辞,我就把她的手虔敬然而热烈地吻了一下。

"预备咱们俩的晚餐去吧。"她说了。我是有着怎样的高兴去执行着她的吩咐,甚至于在这高兴之中又是对那旅馆的无论主人、主妇和仆役等都要怎样地睥睨自傲了,您可以想像得出。我等那终久我使我再见她的一霎那,我简直不耐,饭摆上了,我们对着坐下,我是许久不曾尝着这样好味了,也是许久没在这样欢欣的情景之中了,我像复活了似的。哦,她像在每一分钟都越变越美了似的,我十分觉得。

她那谈吐真悦耳,可是她却像竭力躲避着关于爱情的事。饭吃完了,我还惶惑着,踌躇着,恋恋不舍地,想尽各种的法子,去接近她，但是枉然。她是有一种高尚的风度把我拒挡了，我一点也不能抵抗，我必须强违着我的意志早些离开她了。

我是在一个有一多半是醒着，而同时又是不能平静的梦寐着的夜之后，很早便起床了。我问她是不是已经套车预备走呢，我听见了个"没"字，我便到了花园里。看她靠窗立着穿衣服呢，我赶快跑上前去了。因为她，在我看来，是如此的美丽而且比昨天还要美丽的迎面而来，便马上一起儿扰动在我心里了：炽爱，狂喜，和粗暴；我扑向她去，我把她抱起来。"不可拒的动人的天使呵！"我叫出了！"饶恕我，那可是不许的呵！"她这回答，用了简直不能使你相信的轻巧，她在我怀里逃脱了，我在她颊上连一吻都未遑。"请你慢着这样猛烈的强热的情绪之爆发哪！倘若您不愿意毁坏你将来的幸福的话；那幸福对你已经近了，只要先经过一个试验便可得到哩。"

"您所乐意的尽管说来罢，天使呵！"我叫了，"但不要陷我于失望呵。"她笑着答道："你如果愿意竭诚给我帮忙，您就仔细听着吧。我到这儿来，是访我一位女友的，我打算在她那儿住几天。这几天我想把这车子同着这小匣子仍然向前驶去。您愿意担任吗？那可没有什么事情做，只不过在上下车的时候把小匣子要小心着拿进拿出，如果在车里要坐在它旁边，仔仔细细地看守它。如果您进了旅馆，要把它放在特别的一间屋里的桌子上，这间屋子不许您在那儿住，也不许您在那儿睡，这里有一把钥匙，可以开关一切的锁，可是经它锁了的，却是谁也弄不开，您就每次要用它锁那间房间。"

　　我看着她，我有一个奇异的感觉！我开口应她了，任何事都是在所不辞的，只要她许我不久便能再见到她，而且把我这个许可先须用一吻来我嘴上盖个章。她这样作了，从那一瞬间起我便完全属于她了。我应该去套车，她说。我们约定应走的路，和我该停车与等她的地方。她拿着一袋金子塞在我手里，我用唇触着她的两手，她在离别时好像有点不安的神情，至于我，已经更不知道方才做的什么和将来要做什么了。

　　我套车回来了，房门已经锁好了。我立刻试我那钥匙，果然效验。开门了，空空的，只有那小匣子在桌子上，还是我曾经放在那儿的。

　　车子前进了，我把小匣子仔细着放在我旁边，旅馆的主妇开口问我："可是那位太太呢？"旁边一个小孩说："她进城了。"我向这些人点首示意，便凯旋似的前进了。昨夜满鞋积土从这儿来的正是我呢。现在我是有怎样的余裕，来反覆回味这奇遇，来数数钱，来作各种的妄想，更常常地偶然来望望这小匣子，您是容易想象得出的。我一直向前驰去，许多站都没下，一站也没停息，顶到一个庄严的城池，那是她约我会齐的地方。她那吩咐是诚心敬意地要遵守的，把小匣子置放在特别的房间，有两支没点着的蜡竖于其旁，这也是照她说的做的。我把那房间锁了，回到个人屋里，我真有轻松之感呢。

　　很短的一忽我固然可以支持着想念她，但这一忽，马上便变成很悠久的了。我不曾习惯于没有伴儿里的生活，到了酒馆和公众地方，我倒立刻如愿了。在这时刻我那钱又开始向外流了；一天晚上，我毫没打算地拼命作了一次热狂的赌，袋里的钱完完全全净了。当我回到屋里，我失了知觉。钱是没有了，还有个有钱的人的面孔，旅馆里的一笔阔账还在那儿等着我呵，靠不住的，是否而且何时我那美人儿才出现呢？——我是陷在极大的困恼里了。我加倍地渴念她，我想没有她和她的钱，我是完全不能活着的呵！

晚饭吃过，那饭对我毫无滋味，因为我不能不孤寂地自享的缘故；我在屋子里躁急地踱来踱去，我自言自语，我咒骂自己，把自己摔在地上，乱撕自己的头发，——表现得毫无理性了。忽然我听得那锁好的房间里有点微微的声响，不久又听得是敲那锁好的门的声音，我赶快拿钥匙向前跑去，门却自己开了，在那燃着的烛光之中，我那美人儿迎面走出来。我跪在她的脚下，吻她的衣，吻她的手，她拉我起来，我不敢抱她，连看也还有勇气，我坦白地悔恨地承认了个人的错。"可以原谅的，"她说，"不过不幸要展缓你我的幸福的到来呢。您现在必须还要在大地上向前走走，之后我们才能相见。这里还有更多的金子哩，只要您多少会花，满够用的。这次你既然因为酒和赌受窘，将来您要小心酒色才是，让我们有个更快乐的再聚罢。"

她越过门限退回了，两扇门便关了，我敲，我请求，然而再也听不着什么了。次早要算账的时候，那伙计笑了答我："现在我们可明白了，您为什么把那门锁得那样巧妙而不可思议，什么钥匙也开不开的光景。我们就猜您一定有许多金银和贵重东西，现在我们却看见楼下藏着的财宝了；好上锁些，真也值得。"

我什么也没回答，付了钱，便携了小匣子登上车了。我又要驶入这个世界了：我的目的，只是永远遵从我那位神秘的女友的箴言。然而刚到了大城池，就认识了许多可爱的女子，使我不能摆脱。她们好像故意对我矜持她们的恩惠以高声价；她们常是表示着一种可望不可即的风度，我既然单是求买她们的欢心，我于是乎又不留神我的钱袋了，逢着就花，遂不断地浪费起来。事情真有令人奇怪和狂喜的，当我在几星期后细看我的钱袋，钱不但没见少，而且仍然那样圆满充实如初。我想把这件希奇的事更证实一下，便坐下细数那确切的数目，我岂不是又可开始同我的伴侣们过欢乐的生活了吗？水陆游逛啦，歌舞啦，以及其他的娱乐都不致缺乏了。在这时我就不注意钱袋的真正消灭，绝没顾那无尽的财富是会好像在那可咒骂的数算一个举动里给杜塞的。其间我也一度大大享乐过，我乐而忘返，我的现钱不久就告终了，我也要随之而尽，我骂我的境遇，责我的女友，是她把我引入追求的；她不再让我见她了，我怀恨她，我在忿恨中我解除对她所负的一切责任了；我决意打开那小匣子，或许有点助我渡过难关的法子。因为那小匣纵然不很重，不能有许多钱，但宝贝可望有的，对我也是十分欢迎呢，我正要去打开，转而一想，还是挨到夜里再做，好做得神不知，鬼不觉才妙。我赶赴一个宴会，那是我早应下的。当大家饮酒正酣的时候，我们都被酒和乐声猛烈地激动着了，有一种不快之感在我心上掠过，那是因为在饭后，有我所爱的一位女子的旧友从旅行归来，不经意地闯进了，一坐坐在她的旁边，毫无顾忌地想维持他的旧权利。因而惹起怒意，辩争和恶斗，我们都抽出刀来，我被打得半死，人把我抬回来。

外科医生替我捆绑好就离我走了。夜已深，我的仆人都已入睡；旁室的门自己开啦，我那神秘的女友进来了，坐在床上，靠近我。她问我的伤势，我没回答。因为我又累又烦。她还带着同情地续说，又用一种香草抚摩我的额角，我竟很快地而且毅然地觉得自己强健起来了，是如此的强健、我能恼怒我自己，我能责骂她了。在一种强暴的言词里，我把我一切不幸的过失都归罪于她，归罪于她把我陷入的热情，归罪于她的临莅和她的来去无踪，归罪于那不能不使我感到的疲乏和渴望。我越说越生气，就好像被热病所制服，我终于发誓，如果，她不愿意作我的爱人，这次不属于我，而不和我在一起，我决不再活着。关于这，我要一个决断的答复。当她还想有所解释，以延宕答复，我自己到了不能约束我自己的地步了，我撕裂我二层三层的裹伤的布，我要决绝地置我于死地。然而这有多么奇怪呢，当我发现我的伤势全愈了，我的全身也没疤痕，清洁而有光泽，她却在我怀里。

我们现在是世界上最幸福的一对儿了，我们彼此互求原宥，连自己不知为什么。她许我一同再向前旅行，我们就上了马车并坐着，小匣子对着我们，在第三个人的座位上。我从不曾向她提那小匣子的事；现在我也不想提，虽然那小匣子在我们眼前，而我们在默然的一致里去照顾着它，好像没有提到的机会。我只是拿了它上车下车，管着门上的锁钥和从前一样罢了。

只要袋里还有钱，我就照花；空了时，我就指给她。"这不成什么问题呢。"她说了便指了两个小袋儿，那是在车旁边上头放着的，我早就留过神，却不曾用。她伸手探入了一袋，抓出了许多金币，别一袋，抓出了许多银币，她指示我任何消娱，只要娱悦我们的，尽管开支，并无困难。这样我们从这城到那城，从此乡到彼乡，我们彼此，以及同着别人。都是十分欢乐。我也不想她可以再离开我的事了，因为很少有那样想的理由，而且多时她便怀孕了，我们的快乐和爱情还将因之而只有增进呢。然而一早晨，哎呀，我找不着她了，我没有她而独自住着是很无聊的，我便又带了小匣子奔上征途了，我试试那两个小袋儿的财源，却还常有效。

旅行是很顺利地进行着，到现在我也不再细想我那奇遇了，就是如此，也还时常有些感情袭来，置我于惊愕，忧虑，甚至于惧怕之中。因为我想习惯于白天夜里都可以走路，所以常是在黑暗中向前进，车中蜡烛有时灭了，便昏昏地丝毫没有光亮。有一次，我在这样的黑夜中便入睡了，当醒了时，却见车顶上有一部分光亮。我沿着这光亮的方面去看，才发现那是从小匣子的一条缝里出来的，宛如热燥的夏天之闪电似的。关于那宝贝的思想又引起了，我猜想那是红宝石，我急于要证明一下。我轻巧地跑到跟前，一眼看定了那条儿缝。我真是大大的惊奇了，我竟是直然从一个屋顶，看进皇家的大厅，那屋里被烛光照耀着，许多珍奇宝物都陈设在那里。自然,我只能望见一部分,但我可以推全豹呢。我看见那炉火,还在旺着,旁边一把靠手椅子。我屏息续看。这时那厅的另一头,来了一位女子,手里拿着书,我马上便认出了,那是我的爱人,虽然那身材缩小到异常的地步。她坐下了,想读书,用火钳挑了炉炭,我尖锐地感到,这样小人也会生小孩哩。我觉得需要换换我不舒服的姿势,想再往下看,并且再证实一点,那必不是梦,然而光亮熄了,我只望见一个空洞的黑暗。

我是多么希奇,又是多么害怕,您自己想去吧。我作了千百个关于这次发现的思想,结果什么也想不出。我因而入睡了,再醒来,我信我刚才只是一梦而已,但是我却对于我那爱人有点生疏之感了,同时我更要加心用意去看守那小匣子,我也不知道这是希望或是恐怕我那爱人再恢复常人的大小呢。

经过一时期之后,我那爱人在一晚上穿着白衣裳来了,屋里已经漆黑,她到了我的跟前,好像比往常长大了许多,我记忆起听说过的水怪和它的常是在夜间现巨形的事了。她像从前似的奔入我的怀里,我却不能爽然地用我抑郁的胸抱紧她了。

"我最亲爱的,"她说,"我现在很感到您这样接待我了,我早就不幸地知道了。您一定是在我那种时间里见我来,您一定是探索那时间的我来;完了,您我的幸福由之中断了。而且到了破裂之点了。我必定离开您了,此后能不能再见您,我也不知道了。"她的临莅,她说话时的令人销魂,把我各种记忆她自己以前到现在不过当作梦的那种小身材的事完完全全消尽了。我热烈地抱起她来，我使她相信我的烦恼，我使她谅解我的坦诚，向她承认我那次偶然的窥看，够了，我是说得许多许多，把她安慰下了，而她又转而想法安慰我。

"仔细度量度量，"她说，"您这发现是否有损于您的爱情，我那两种形状在您跟前的事您是否能够忘掉，我的缩小身材是否灭削您的倾慕？"

我看着她，她比先前更美丽了，我对自己想：有这么一位夫人，永远装在小匣里，作丈夫的天天带着小匣子各处转，算是一件大不幸吗？然而如果她是一个巨人，她丈夫却得被放在小匣里，不是一件更大的不幸吗？我的聪明回来了，世界什么东西也换不了她去。"最好的心呵，"我答道："让我们从前样的在一起吧。我们俩将更找到光明呢！您怎样方便就可以怎样，我允许您，我将更小心翼翼地爱护那小匣子。我岂能让我生平所见过的最可爱的在我心上留一个坏的印象吗？如果爱人们能够有这么个缩小的形体，他和她不也三生有幸吗？况且这样的躯体，终于只是一种小小的魔术的意味儿呢？您试探我，您耍弄我，您还是看看我将来怎样操持吧。"

"那事情比您想的严重哩，"那美人说，"您那样轻易的想法，现在我就暂且还算满意吧：因为我们还有更快乐的一幕哩。我就相信您，我尽我所能的做去；只求你答应我，那个发现再也不要带有责骂的意味地想起了。再者，此后你更要当心酒和愤怒。"

她所说的，我都答应了，我处处想答应她，而且永远是答应她的；她把话题转了，我们事事如常。我们没有理由改换我们停憩的地方：城是很大的，形形色色的人群都有——正是各种乡村和园林聚宴的季节。

在各种欢乐里，我那爱人也颇受一般的欢迎。一种温柔妩媚的举动，又自范以高尚超然的风度，遂使各个人都敬她爱她。此外，她歌唱得很漂亮，因而各种夜宴都需要她出场才生色似的。

我却要承认，我对音乐是外行，音乐对我反有一种不快之感。我那美人儿是瞧出了这个的，当只有我们俩在一起时，她总是力避谈到它。在相反，她好像于众人广坐中求一种补偿，在那里照例是有许多赞美她的。

我极力涵养，而在我们最近的谈话里终没能搁置我那反感，虽然我意识地还没觉察到，然而我那感情非常使我不能释然，现在我又有什么可否认的呢？一天晚上，我在大众中，把压抑的不如意爆发了，我吃了极大的亏。

我现在老实地回想起来，自从那不幸的发现以后，我爱我那美人儿的确差多了；我竟嫉妒起她来，以前却不会的。那天晚饭时，我俩斜对着坐下，中间颇隔一段距离，我两旁是两位女子，我早很看中的，我很喜欢。在说笑戏谑中，我并没少喝了酒，这时在那边有两位爱音乐的先生把我爱人捉住了，他们鼓动着大家来音乐，他们领唱，独奏与合唱相间。我的坏脾气来了；那两位艺术家也势欲执问；那歌声激我怒了，当人也请我独唱的时候，我就爆发了，把酒一饮而尽，猛然地把杯摔在桌上。

经过芳邻的婉劝,我觉得气平了点,但是怒这件东西,只要一起,很难立止。虽然正唱着柔和的调子,各事也是应使我愉快的,我那怒气还在暗中发作。而且只有更更加甚,尤其在人于歌声中断,都跟着我那美人儿的讴唱赞扬的时候。扫兴常能使人沉默,我一句话也不插入了,只是那音调使我的牙齿都难过。在这种情形之下,星星之火,可以引起矿焰,又有什么奇怪呢?

那女歌者唱完了一曲在盛大赞扬中间周遭看了一眼,目光是朝着我的,说真的,是可爱。然而,并不曾慑服了我。她见我喝净了一杯酒,又满了一杯。她伸出右手的食指示意,给我以婉告。"当心呵,那是酒!"她说得不高不低,恰令我听得。"对于海怪说还是水哩!"我叫着。"太太们,"她看着我的邻座,"请您们留神不要让他的杯空了。"于是有一位向我耳语:"您不要想在酒徒党里当主席呵!" "那小人国里的还想怎的!"我咆哮着,我作着更粗暴的手势,把杯打翻。"洒了许多的红酒,"那妖冶的美人说着,一面在弦乐上作了个特别的声响,她想把大众的视线从这纷扰里再行集中于她身上。果然的,她一站起来,就好像顺顺姿势似的,又领导着唱下去了。

当我一看那桌布上流着的红酒,我也明白过来了。我承认大错还是我作的,内心很谴责。第一次我感到那唱歌者的悦耳之音。头一个曲子是有着向众人辞别的友谊的意味的,还有种群聚之感;随后的一曲,便是众人彼此叙别的光景,很有孤伶分散的情调,好像没有一个再敢承认自己还是存在着的那么寂寞,我对于末了这一曲，可能说什么话呢？她是单独对着我说的呵，一种懊恼的情绪之奏唱，暴露于黯淡的而又兴奋的别离之间。

我同她一起回寓，我在路上一言未发，我不作什么希望了。然而不等到了我们的屋里，由于她那至高的友情的与那欢欣然而又狡黠的表现，复使我成为人类里最感幸福的了。

次早我完全自信的满怀热诚的问她："您有多次为大众所请而歌唱：就像昨天所谱的动人的别离曲似的。您现在也能应我之请，为我唱一个美的快乐的欢迎歌在这清早吗？就像我们新相识的光景。"

"我的好友，那是不成的，"她严肃的回答我，"昨天所唱的那歌是指着我们的分别，分别就在眼前，我只可以告诉您，违背约誓对我们是不好的预兆；您把您的一个大幸福破坏了，我也好放弃我爱情上的梦想了。"

当我力求她解释这些话的意思，她又答道："说来是很伤心的，因为那关系我的去留。让您知道一向对您隐藏的事吧。您从那小匣中见到的我的形体确乎是属于我的，而且没有什么可疑处；原来我是小人国里有权势的——爱克互德——皇家一系的，许多兴味的故事都从这皇家传出呢。我们的人民还和先前一般的勤勉易治。您不要以为小人国的工作是后人的。在先前她们有名的出品是防人攻击时追敌的大刀，看不见的神秘的连在一起的链子，穿不透的盾等。现在他们却正致力舒适的器具和衣服一类，那种精巧是超过地球上任何民族的。您如果穿过我们的工业区和贮货地带，您一定要惊愕。这一切都是很好的，如果不是全国，特别是皇家，遭逢着特别的事故。"

因为她停了一瞬，我就督促她再续解释这奇异的神秘，她马上就同意的说下去。

"那是公认的，"她说，"上帝刚造好了地球，地上各种东西都是乏味的，屹然的巍然的山立在那儿，上帝便造了小人儿，同时又赋以智慧，使其能领略陵谷之大，宇宙之奇。我们更知道，这些小人儿常自视甚高，往往妄想操持地上的威权。因此上帝便造了龙，借以把小人儿驱到山上。但是因为龙自己便在大穴和山缝里作巢，又要在那里住，他们还吐火，以及其他捣乱的举动，这样真闹得小人儿们不知怎样是好了，只好向上帝那里谦卑地哀求和祈祷，请他再把这不洁的龙族灭绝。虽然上帝以他的智慧不曾决定把他创造的东西毁掉，但又想到小人儿们的灾难也是于心不忍，因而立时创造巨人，巨人与龙战，虽然没把龙杀尽，龙至少是没有那么些了。

"随后巨人和龙的冲突快要终了，他们又同样的骄傲自负起来，作了许多无理无法的事情，特别对于老实的小人儿们。小人儿们再被侵扰了，又告诉于上帝，上帝用他的万能造出武士，武士与巨人战，与龙战，小人儿们融洽地生活。这一方面的创造工作，到这地步就告一结束，此后小人儿和巨人，以至龙和武士也就许久相安下去。这样您可以看出，我们是来自世界上最古代的一族，因此一方面值得人起敬，同时也有许多吃亏的地方。

"世界上原没有悠久的东西，而且曾经一度是伟大的，其后必变小，必减削，我们也是如此，自从世界创造以来，我们就渐渐微小，而且皇家因为血统纯粹的缘故，更显著地遭受这种命运。因此我们的聪明哲人便从多年来想出法子，就是在这皇家里时时挑选出一位公主，遣她到大陆上，寻找个威仪的武士作丈夫，以中兴小人儿全族，免得整个沦灭。"

这时候我那美人是很诚坦地说着，我半信半疑地望着她，她好像因为她的话能够摄引的趣味而感到快活。她的来历有如何的高贵，我没大置疑；不过她没得武士而得我，这便使我惶惑了，她的祖先还是上帝直接造的这件事，更难让我信服了。

我把我的惊异暂且按住，友情地问她："但是，我亲爱的孩子，告诉我，你如何变成这么大又这么庄丽的呢？我还没有见过别的女子，可以与您的焕发的貌相相比的哩。""那是要告诉您的，"我那美丽的说，"从很久以来小人国里便传统着一个教训，人要仔细着，非至万不得已不采用各样特别的步骤。我觉得这也很对的。要不是有着我的小弟弟太小了，致从襁褓之中，好好地自保姆手里失踪，谁也不知道他到什么地方去的事发生，那派遣公主到大陆上还许延宕些时候。小人国的哲人们开了个大规模的会，为从来历史上所不经见的，结果便决议派我当求婚者。"

"决议！"我叫了，"那奇怪！人是能够决议的，人是能够决议什么事情的；然而何以小人国能给我您这仙貌，把您弄成这个样子？"

"那是已经，"她说，"从我们祖宗便预备好了。在那皇家的宝藏之中，有个很大的金制指环。这指环在我小时便被指给，见放在那儿的，也就是现在在我手上的；人是按着下面所说的程序施法。人告诉我将遇见的一切什么事情，指示我应该怎样主动，应该怎样被动。

"一座奢侈的宫殿，按着我父母夏日的行宫修好，只要有正殿，有个门，其余都是随人意铺排的。要建于大山缝的入口处，要点缀得格外壮观。在择好的日子，全体朝臣，和我父母携着我，都临此地。军队举行检阅，有二十四个仆人抬着一个贵重的架子，他们抬着一点也不容易呢。上面是那个够怪的指环。过那宫殿的门限时，人是把指环放在正靠门限以内的地方，人都越门限经过。许多仪式，作起来，我在致过诚恳的别辞之后，我就前去受法了。我走近了，把手往指环上一搁，立刻显然地长起来。一会的工夫长成现在的样子，指环同时也在手上。顷刻大门也关了。二门，房门，便门也收缩了。宫殿没有了，换上一个小匣子靠近我，我就携着它各处去；我又强又大了，不无怡然之感，固然比大树，高山，长江，旷野，还算小人儿，但比草芥却是巨人了，特别是比那蚂蚁，他们是常同小人儿不睦的，常为小人儿们的巨患。

在我这像唐僧取经的长途上，于没遇见您时，曾发生过的事情，说来太多。够了，我试验了许多人，都没有您合格，能够中兴和连绵我们光荣的——爱克互德一族——"

听她这许多话，我虽然不直然向她，却暗暗地时时向自己摇头。我问她许多问题，都没有确切的答复，毫无头绪，而最使我心乱如麻的是知道她在目前有回家省亲的必要。她希望，以后还能到我这儿，不过她现在不能挽回的必须备车走，否则我和她都会损失一切。钱袋里也数不出钱来了，从前所有的都马上空空的了。

我听说，我们快要没钱，我也无心问没钱将怎的了，我耸耸肩，我静默着，似乎她懂得我的意思。

我们把行李打好，坐在马车里，小匣子在我们对面放着，我怎么看也看不出个宫殿来。走过了许多站。邮费和酒钱都从左右衣袋里方便地充足地支出，末后到了一个山地，我的美人儿先我跳下，我赶快呼着她，持匣随着她。她领我到了一个峭然的盘路上，走到一块狭小的草地，草地上顷刻穿出了一股清泉，马上安闲的曲折地向四处流。她指给我一个高坡，让我把小匣子放下，她说："再见了，你很容易找着回去的路，不要忘了我，我希望还能再见哩。"

在这一瞬里，我真觉得离不开她。她又具有她美丽的一天，或者如您爱说，她美丽的一点钟了。同着这么一位美丽的人儿独自一块，为绿野所围，处花草之间，翠峰圈着，流水绕着，有怎样的心肠能够无动于衷呢？我要握紧她的手，我要抱她，但她推开我了，并且警告我，虽然用了温柔可爱的态度，但我现在如不离开，便好像有大危险的样子。

"难道没有个法子，"我叫着，"使我同您在一处，我和您能够留在一起吗？"我是用了这样可怜悯的手势和语调，她似乎感动了，略经思索，便对我说，我们继续地在一块并非完全不可能。呵！谁可能比我更幸福呢？我那越来越如火的急性，逼得她把废话都收回了，向我露出，如果我决心也变得像她，像她如我从前所见的那么小，我便也能够同她在一起；在她的地方住，加入她们的家庭。这个提议，并不很使我高兴，但是我此刻既离不开她，又多时以来便惯于好奇，我鲁莽地决定了，我说，从她所欲，无不乐为。

我现在必须伸出右手的小指，她也伸出她的，她用左手把她的指环轻易地拿下，给我带上，这样一来，我马上手指间感到剧痛，那指环渐小，我疼得要命。我狂喊起来，我四周找那美人儿，却消失了。我是有怎样地新奇之感呢，我不知道该用什么表现法来形容。我什么也不说了，只是不多一会，我便又小又矮的，同我的美人，在青草的大森林里了。在一个短的，几乎并不是的分离之后，那种再见之快乐，或如您爱说，并未分别的重新结合之快乐，是压倒一切的杂念了。我搂着她的脖颈，她回答我的柔爱，于是这对幸福的小人儿也如幸福的一对大人了。

多少有点不舒服的，我们现在上一个山坡；麦田成了我们不易穿过的丛林。我们终于到了一块空场，这有多么令我奇怪呢，当我看见一个巍峨庄严的整齐的巨宅时，我会马上认得出那是小匣子，因为还是在我放下的地方。

"走进，我的朋友，您叩叩门，将见奇迹。"我的爱人这样说。我到跟前，还没叩门，确乎奇异的事呈现在眼前了。两扇门自己开了,许多部分像秤盘似的上上下下,什么门呵,窗呵,柱呵,凡是宫殿当有的都一起呈现眼前了。

谁要见过栾琴氏巧妙的书桌时①,那书桌是有许多活动的部分,一串的笔;一次或挨次地,可有抽屉,写字台,信箱,钱柜出动的,就可以想像出我现在同我甜蜜的女伴所进入的宫殿。在大厅里,我还可以立刻认出我从前自顶上看见的那个火炉,和她坐的靠手椅子。我又定睛了看时,我也还能够寻出屋顶上那条罅缝,那是我由之下望过的。我节省大家的时间和精神,我不说其余的了;我只说一切都敞大,珍贵,有趣罢了。我还在惊赏未定之际,我听见远处有细微的乐声。我那美丽的内助,喜得跳起来,高兴着告诉我她父母要来到了。我们到了门口向外瞧,看见从那巍然的山口来了一队辉煌的人马。军队,侍卫,朝臣,挨次来到。后面的国王,是在金碧炫光之中。大家都在宫门排好,国王为众人拥绕进入。他那娇惯的女儿忙跪上前去,也拉了我,我们一同向国王跪下,国王谦恭地把我扯起。当我站在他面前时,我才觉像是小世界儿里顶威严的石像了。我们共集在大殿里,国王在此地亲身于众人面前向我致一典雅的欢迎词。表示在这里见到我是非常的荣幸,声言以我为婿,明日即可举行婚礼。

当我听见说结婚时,一时惊愕得不知又要发生什么事了,好像我所怕的还不是婚礼中音乐的本身;音乐似乎已经是我在地上

---

① 栾琴,原名 David Routgan (1745—1807),当时德著名家具匠人。不要误会为物理家栾琴,物理家栾琴氏生于1845年,在歌德死后十几年呢。

最厌恶的了。音乐家所给的，——我常爱说，至少在他们想像里，是有一种一致的，亲和的力量。因为当不断的一个音乐，开始很久了，使我们耳朵被各种噪音也聒得够了，他们便可以糊涂地坚信是把"音"调和好了，一个乐器尽管跟着一个乐器地来罢。乐师在这地方往往愚狂引以为乐，越要逞能地奏下去，这时我们只有刺耳之感。在结婚的典礼里，这样也没有了：纵然是二人合唱，也能听出两个声音来！用两种乐器该能配在一起罢，其实也常不如您所料：因为比方男子一开口，女子随着便唱高一点，男子便更提高起来；乐队的音唱到高处了，乐器又赶不上。我就恨合唱，说合唱给人以苦恼，我一点不以为过。

那天举行的宴会，我不能够，而且也无须乎细述了；我根本上一点也没理会。那些珍馔美酒，我是一点也不愿尝。只是想，我只是回忆；我怎么样做才好呢。终于也想不出什么。我决意在夜里，干脆的，从这里逃出去，在什么地方躲躲吧。我幸而找到一条石缝，我竭力缩进去，尽我所能的藏躲着。我第一件难题，便是对付手上的指环，我想不出什么有效的法子，而且我一想解除它，便觉得它更紧，使我很疼，待我放弃我的念头时，疼也立灭了。

早晨我醒来，——小人儿是很容易睡得好的，我觉得四周有些蠕动，我要看是什么东西。原来有许多碎叶，草末和花片像沙石的袭来，有多奇怪呢，我四周都是活跃的无数的蚁勇军，向我攻击。出我不意，已把我围攻，我虽然勇往直前，结果却是被迫投降。我听见说我必须投降时，我也笑了。我真降了以后，一个威仪的蚂蚁，很谦恭然而很庄重地向我施礼。我才知道，这些蚁勇军是我岳父的联盟，乃是为我岳父所派，要我回去的。现在我是陷在更小的小人儿的手里的小人儿了。我思量这婚姻，我要感激上帝，我岳父并没有生气，我美妻也没懊恼。

我在各种仪式里默然着，够了，我们结了婚了。正在大家兴高采烈的时候，不及料的沉默的期间到来，那是易导人于幻想的，我便想到我这不曾有过的遭遇；以后如何，您们也是要知道的。

那时我四遭的东西，都是与我相称，极合我的需要，那酒壶酒杯对于这个小酒徒也是十分合比例的，您简直可以说，比现在我们使用的还方便多呢。我那小舌，也尝着一层的食物有非凡的味，我那夫人小口的一吻，也可使我以为至宝，我不否认，我的新奇之感使我把处处的"相称"看作无上的喜欢。可是，我不幸还忘不了我从前的形状。我心里还存着从前的大量的尺寸，这使我不能心安，这使我不能快乐。现在我才明白，哲学家的称为"理想中完美的标准之追求"者究竟是怎么一回事，而人们由于这追求又是讨了多少的苦吃的。我现在自己，也有个理想了，我常常在梦里梦着自己是巨人。够了，女人呵，指环呵，小人儿的形状呵，以及其他的束缚，使我完完全全的不乐，我开始急切地谋我的自由了。

因为我知道，整个儿的神秘是藏在指环里，我便决意把它除掉，我到皇家的玉匠那里借了金刚锉。幸而我一生惯用左手，右手轻易用不着。我勇敢地工作起来：那并不是很容易呢，因为是金作，看着虽然薄，但却有相当的厚，初铸之后，多少还有点膨胀呢。所有的其他余裕的时间，我都用在这上面，不顾一切，并且我也有那样的聪明，那金属快要磨透了，我赶快跑到门口。发生的事是如此，猛然间我的金戒指跳去了，我突然生长起来，使我相信可以冲破天似的，至少是可以把我们夏日行宫的楼顶冲破的，而且整个宫殿可以由我的新具的蠢笨庞大毁得粉碎呢。

我现在又立在那儿了，诚然，我的伟大恢复了，单是一件：我觉得，我也迟钝起来。当我恢复了我的知觉时，我见了我的箱子在我跟前，我携了它经由小径往车站时，颇觉得沉重；我从车站便套好马车，又前进了。在半中上我便把小钱袋分放在两旁。说到钱，花得快净了，我找着一把小钥匙，那是属于箱子上的，我在箱子里发现了点积蓄。只要我有钱，我便往前进，没有钱时，我将卖了马车，坐邮车走。我把那箱子扔了，因为它在那里，我便老以为它有钱。最后，我虽走了些曲折的路，却又跑到厨女的炉旁，那是你们头一次认得我的地方。

译后小记

事非经过不知难，出乎我意料之外的，我真想不到翻译这点童话竟是件十分吃苦的工作！那吃苦处是在感到原文的力量，却拿不出相等的力量去表现的时候。往往因为一字，思索到不知有多么些时候。译文学书和普通外国书，其难易真不能相较，然而，在偶然的寻得了巧合的译语时，或经过苦思而终于模仿得了原文的神气的时候，却有无上的乐趣。

据我这次的经验，我觉得意译似乎比直译困难，流利而轻易的译句，几乎比看来好像恰合原文的生硬的译句难，这实在不是我从前所知道的！在从前我见人流利的译句，便以为人家偷懒似的。这种观念是错的，纵然不可一概而论。

平常我对翻译是认为可能的，原因是人人有个相同的心。——特别懒的人不大相信这句话。

翻译是件乐事，同创作同有眼看那作品在生长在发育的乐趣。

翻译的动机，在我，往往是因为爱原作便有情不自禁地要去动手的光景。但不知在别人是否如此。我是因此而常用临字摹画的比方来拟翻译的，在这种意味上，如果这位临摹者自己——翻译者自己——不是艺术家的时候，便很难望他的作品有成功。反之，如果在艺术家任之，却能有与原作具着同样的生命的希望，这样讲来的时候，我是惭愧到僭妄到无可形容的地步。那错误只在我太爱原作了。

临了，声明者一事：我不是编什么对照读本之类。我没打算那样作，我也最不原谅那样人的妄举。所以，读者在把原文和译文对照读起来的时候，如果所得印象不同，译者的罪！如果所受感动的力量大小不同，译者的罪！但，如果所译的与字典的注有出入，与原文的形式有殊异，则译者恕不承认是错！

又，要求者一事，也算提议罢，我主张中国应该有一本文学翻译字典，这自然是因为我感觉到困难才想起的。我的意思，把外国文字中的表现法，选择中国可靠的而具有文学的天才的翻译家的用语附于其上。有好几种翻译法，可以并列，如林纾，严复，郁达夫，郭沫若，杨丙辰，鲁迅，徐志摩……的译品都是这种字典的来源。这种不但有助于翻译，还可增进中国国语的表现法呢，比生吞活剥地硬填日本语好多了。同这种工作类似的是把中国古书中旧的表现法，也来一个总检阅，裁汰老弱，编成劲旅。将来中国国民文学的建立，实利赖之，我真不胜什么什么之至了。

至于请大家不客气的赐教的话，虽然有点太照例的意味，却也是必要的。[①]

1943年2月8日全文及长序毕后

[①] 此文曾发表于《歌谣》二卷第三十六期 (1937年2月27日)，署名长之。选自《李长之文集》第九卷，河北教育出版社2006年版，第353—375页。——编者注

德诗选译[1]

失　意[2]

歌德　作

当葡萄再荣，
杯酒恰在手。
当玫瑰花开，
吾不知你之。

双颊涕泗流，
自作还自受。
虚想难意料，
心中如焚烧。

---

[1] 本部分诗歌选自《李长之文集》第九卷，河北教育出版社2006年版，第529—538页。——编者注

[2] 此诗首句为 Wenn die Reben wieder blühen.

终须独自语，
当吾细思时；
即此良美景，
彼女钟情始。

与爱者近①

歌德　作

我想你，当太阳从海里
　散布着他的余光；
我想你，当月亮往清泉
　把她那影子印映。

我见你了，当长道
　正飞起尘土；
是夜深，在那窄途
　征人正踯躅。

我听见是你，当烟云
　伴了海涛汹涌，
静静的林里，我谛听
　万物阒然无声。

---

① 此诗首句为 Ich denlse dein, wenn Mir der Sonnc Schimmer.

我是在你身旁了,虽然
　　你也许看着很远,
　　日沉了,我身上星光洒满,
　　　那不是你在跟前?

致读者①

歌德　作

诗人并不爱缄默呵，

倒爱把心迹倾泻。

责难和赞赏，谁管得，

没有人喜欢散文呵，

我们总是信艺术的女神；

只有她那园林里，有着好的玫瑰。

我的错，我的对，

我生活过的，我倒霉过的，

我一概用来把花篮编就。

老年的事，幼年的事，

失足也好，德行也好，

我要从首首诗篇奔流。

---

① 该译诗发表于《北平晨报》北晨学园第九九五号（1936年8月12日），署名长之。——编者注

赠 月①

歌德 作

洒满了林和谷②,
静静地映着雾,
终于要消融了,
我整个的灵府。

原野是这么阔,
清辉这么柔和,
像朋友的那眼,
温暖我的飘泊。

四方同响感到心上:
欢会与怅惘,
我游于苦与乐之乡:
时时是悲凉。

---

① 该译诗发表于《小雅》第四期(1936 年 12 月)。——编者注
② 此诗首句为 Füllest wieder Busch und Tal.

流呵，流呵，可爱的水！
我却永没有兴味，
笑谑和热吻已逝如尘灰，
忠实的爱亦不回。

我又看见一次了，
那是多么可爱的！
可是人对于苦痛，
也不容易忘怀的。

沿了谷，流水，和烟云，
动荡不憩，无人，
烟云里好像有种音乐，
流入我自己的歌。

是入了冬夜，
你遂凄厉而如怒；
春光明媚了，
你给生命以鼓舞。

无忧恨之人，
是多么幸福呵：

拥抱着良友，
美景从容消受。

人不知道的呵，
人想不透的呵，
胸间的一切迷幻，是
于夜间，如不系之舟。

有所失歌[1]

歌德（S. George） 作

呵，谁能取回那佳期，

初恋的那佳期，

呵，谁能取回那一霎，

那良辰中可爱的一霎！

我寂寞地抚慰我的创伤

而且常是伴了新的悲凉

我为那逝去的幸福痛哭。

呵，谁能取回那佳期，

那良辰中可爱的一霎！

---

[1] 该诗发表于《益世报》文学副刊第二十七期（1935年9月4日，天津），署名长之。——编者注

年轻人的疑问[1]

乔尔歌（S. George） 作

谁常跑到你的怀里的
他何以能屈服了？

"人都服侍那悠久
病的血才造出叛徒"。

谁常在这样时候坐着的
他何以能变成下流？

"有的是喝竭了生
有的吞噬的是死"。

你的教课全是爱——
可它常呼唤得如此凶？

---

[1] 该诗发表于《益世报》（天津）文学副刊第十八期，署名长之。——编者注

"为了这我带来了和平
为了那我带来了刀兵"。

舟中人之歌[①]

——别 Yuos von Jolanda

乔尔歌 作

你等也白等了。

他即还在

也安眠了

那里没有他

可以找得着了——

我的血凉了

我去浮海

我再不能见你了，不能再。

当他去寻死，

堕下悬崖

去那么远

逼近幸福了么？

[①] 该诗发表于《益世报》文学副刊第十八期（1935 年 7 月 3 日，天津），署名长之。
——编者注

你那么多预感

这最后的你却没……

疯狂的牵引人的海

我不再能是你的了,不能再。

我知道你会哭

当着黄昏的时候

那是你的使命到了

我已远了——

我的舟,我的友——直到我有了事做

在异邦之岸

我的运命充满。

都坏吧

你却要留着是纯洁如玉!

你悲悼得绥和了么

那凌乱的花冠

为了幻影

在岩石岸边

逃了是为你的

和我的福祉。

寄——[1]

勒瑙（Lenau） 作

我要是你的，这一生有多美满！
可是，完了，完了，只有怅惘了，
只有弃置的厌绝，只有怜悯了，
呵，我又不能任运命而自遣。

交不忠者怨长，
逝去的友人早葬在他乡，
可是倘若我，比起那得不到你的遗恨，
那痛苦却又归渺茫。

---

[1] 该诗发表于《益世报》文学副刊第十八期（1935年7月3日，天津），署名长之。
——编者注

赠歌德（并序）

昔读《稼轩集》，见有"读《陶集》，爱不忍释，乃作小令赠之"之语，今吾读《歌德集》，亦爱不忍释，乃亦赠之以诗。

我生在一九一零，
你生在一七四九，
你生在德意志，
我生在中华神州。
可是为什么你所要说的，
全是我生命里，自己所要奔流的？

你是不是一个造物主的化身，要不，
为什么你的精神，弥漫宇宙？
我看你就是大自然，
静静地包罗万有；
我看你那里就是深刻的整个的人间，
又推动人向前走。

出污泥而不染，

入圣人之乡而超凡,

歌德,歌德,吾将何以报之?

爱其人,想其德,将译其诗篇。①

1935年10月24日,北平

---

① 此诗曾收入作者诗集《星的颂歌》,于1939年出版。选自《李长之文集》第八卷,河北教育出版社2006年版,第83页。——编者注

送季羡林赴德国兼呈露薇

你,我的益友,你去了。至少有两年。
我仿照了古之君子,临行赠之以言。
办好的杂志,出版有价值的书籍,
这是你,露薇,我,许多好友的心愿,
你去了,我们一定短期内使它实现,
使你遥为欣欢。
你,露薇,我,许多好友,都爱古典文学的德国,
德国文学的顶点是歌德,
一千九百四十九,
歌德诞生二百周,
咱们一定成立中国歌德学会,译完歌德全集,
把歌德的文化,使一般人消受。
现在,咱们受的压迫诚然多,
但是,这有什么?
我却觉得有些地方,咱们还太妥协。
想不为愚妄者踏践,
唯一的办法,就是将愚妄者征服;

你,我的益友,你去了,唯一的相赠,就是:
有我们的勇气,有我们的道路。①

1935年8月31日晨

---

① 此诗发表于《益世报》文学副刊第二十七期(1935年9月4日,天津),署名长之。选自《李长之文集》第八卷,河北教育出版社2006年版,第114页。——编者注

编后记

《德国的古典精神》辑录了李长之先生1933年至1942年间的六篇著译，此版本根据上海书店1992年出版的《民国丛书》第四编（4056）中所收录的东方书社1943年版本之影印版编排而成。附录除原有的《介绍〈五十年来的德国学术〉》一文之外，另收录了长之先生的一些著译作品，内容涉及德国哲学、文学、诗歌等领域。著作本身的目的，在于传达德国之古典精神，即人文主义和理想主义，借此也为读者描绘了一个令人向往的理想胜境。

此次再版，除少数字、词及标点符号根据现代汉语习惯用法有所调整之外，正文内容及注释均力求保持原貌。讹误之处，敬请读者诸君指正。

编者
2010年3月